Katrin Winter

Dezembermorgen

Die Autorin

Katrin Winter wurde 1964 in Berlin geboren. Sie lebt heute im ländlichen Niedersachsen. Aus purer Freude am Schreiben verfasst sie dramatische Liebesromane, mit einer kleinen Prise Erotik für »große Mädchen«, bei denen gelacht- aber auch geweint werden darf.

Kurztext

»Vom Glotzen werden wir auch nicht satt!«

Sarina fühlt sich ertappt, als der Obdachlose sie anblafft und ihr seinen Bettelnapf scheppernd vor die Füße knallt.

»Dann geh arbeiten!«, ist ihre schnippische Antwort.

Mit schnellen Schritten hastet sie weiter zur U-Bahn. Der Wind ist eisig. Doch ihr geht der kleine Hund des Bettlers nicht aus dem Kopf und so kehrt sie um und kauft beim Discounter etwas zu Essen für die beiden. Es ist bald Weihnachten, da hat man ein weiches Herz.

Stolz präsentiert sie ihm die Köstlichkeiten.

»Willst du mich vergiften? So etwas Ungesundes esse ich nicht.«

Sarinas Maß ist voll. »Ich wusste nicht, dass Sie ein Gourmet sind, dann hätte ich Kaviar besorgt.«

Noch mehr Demütigungen braucht sie nicht von ihm und stapft wütend davon.

Doch sie kann ihm nicht böse sein, denn er hat die schönsten nachtblauen Augen, die sie je sah ...

Katrin Winter

Dezembermorgen

Bibliografische Information der Deutschen Nationalbibliothek:
Die Deutsche Nationalbibliothek verzeichnet diese Publikation
in der Deutschen Nationalbibliografie. Detaillierte
bibliografische Daten sind im Internet über http://dnb.dnb.de
abrufbar.

1. Auflage: Dezember 2017

Herstellung und Verlag: BoD - Books on Demand,
Norderstedt

ISBN - 9783746012544

Der letzte Tanz ist nicht das Ende.

Er birgt Hoffnung und Inspiration.

Er führt dich zurück ins Leben

und dessen himmlischer Wende …

Katrin Winter

1. Kapitel

Der Wind weht eisig durch die Straßen der Stadt. Schneeberge türmen sich am Straßenrand. Dieser Winter ist besonders kalt. Ich schlage den Kragen meines Mantels höher und ziehe den Schal über die Nase, egal wie es aussieht. Hauptsache keine Erfrierungen davontragen. Ich stapfe durch das Schneegestöber und versuche mich zu orientieren. Früher war an der Ecke zur Friedrich-Wilhelm-Straße ein Juwelier, doch heute krönt den Laden eine Leuchttafel mit einem pinkfarbenen ›T‹ darauf. Diese Handyläden bevölkern mittlerweile das gesamte Straßenbild, egal, ob auf dem Tempelhofer Damm, der Schloßstraße oder sonst wo in Berlin. Das Niveau scheint sich verschoben zu haben. Doch auch wenn der Bezirk nicht mehr der ist, der er einmal war, bin ich hierher zurückgekehrt – hier kenne ich mich aus, hier, in Tempelhof, wurde ich geboren.

Meine Großmutter schwärmt von den neuen Geschäften in der Steglitzer Schloßstraße. Ich kenne sie noch von früher, dort war ich oft einkaufen.

Ich biege in die Friedrich-Wilhelm-Straße ein und muss mich nach vorne beugen, um gegen den Wind anzukämpfen. Noch ein paar Schritte, dann bin ich da.

Als ich das Haus betrete, schlägt mir der Geruch von altem Mauerwerk, muffigem Keller und aufgewärmtem Eintopf entgegen. Ich klopfe meine matschigen Stiefel ab und gehe auf den Hauptflur zu. Dieser Flur, der einmal sehr schön war, müsste dringend renoviert werden, aber dafür scheint das Geld zu fehlen. Ich greife nach dem knarrenden Treppengeländer und stütze mich beim Hochgehen ab. Mein Gang ist noch unsicher, doch ich möchte mich nicht beklagen. Auch wenn der Unfall bereits ein Jahr her ist, kann ich froh sein, überhaupt laufen zu können. Die erste Prognose nach der Notoperation sah nicht gut aus. Sie sagten, ich würde mein Bein eventuell verlieren. So gesehen springe ich heute wieder wie ein Reh.

Im zweiten Stock klopfe ich gegen die Tür und meine Großmutter öffnet sie mit einem freudigen Lächeln. »Hast du auch die BZ für deinen Opa mitgebracht?«

»Na klar Omi«, antworte ich und gebe ihr die Tüte mit den frischen Brötchen vom Bäcker und die Berliner Zeitung für meinen Großvater.

Von drinnen höre ich ihn rufen: »Ist sie endlich da? Ich verhungere gleich!«

»Ja Opi! Deine Tageszeitung habe ich auch mitgebracht!«, gebe ich laut zurück, obwohl es völlig sinnlos ist. Opa ist stocktaub, und wie ich ihn kenne, hat er sein Hörgerät wieder mal nicht im Ohr.

Omi lächelt, als keine Antwort kommt, dann tippt sie sich vielsagend ans Ohr und grinst frech.

Oma kennt es schon, dieses ständige Theater mit dem Hörgerät. Doch es hat auch einen Vorteil: Opa kann zwar alles essen, braucht aber nicht alles zu wissen. In diesem Punkt sind wir uns einig.

Insgeheim glaube ich, Opa will auch gar nicht alles wissen. Oma ist eine kleine Plaudertasche und da er meistens seine Ruhe haben möchte, lässt er das Gerät halt in der Schublade liegen, natürlich nicht absichtlich, versicherte er mir und zwinkerte dabei.

Als wir am Tisch sitzen und Oma den Kaffee einschenkt, fragt Opa: »Hast du auf der Wohnzimmercouch gut geschlafen?«

»Geht so«, antworte ich wahrheitsgemäß und füge dann hinzu: »Ist ja nur noch für ein paar Tage.«

Opa nickt. Ich bin sicher, er hat nicht ein Wort verstanden. Dann widmet er sich seiner Zeitung.

Oma lächelt nachsichtig. Ich glaube, das geht hier jeden Tag so, seitdem Opas Hörvermögen nachließ. Aber das sind auch die kleinen schrulligen Eigenheiten, die eine Ehe, die bereits seit fünfzig Jahren besteht, so einzigartig machen.

»Wann kommt das neue Schlafzimmer?«, fragt Oma und ich antworte ihr: »Am Montag ab neun Uhr dreißig«, wie ich bereits die anderen fünf mal geantwortet hatte, wenn sie mich danach fragte. Opa blickt von seiner Zeitung auf und nickt, als hätte er genau gehört, um was es geht. Ich schüttele belustigt den Kopf. Ob ich in diesem Alter auch mal so werde? Wer weiß das schon?

»Tu nicht so als wüsstest du, worum es geht. Nicht mal, wenn deine Enkelin bei uns ist, kannst du dieses verdammte Ding in dein Ohr stecken«, schimpft Omi.

»Ja, ja«, sagt Opa und widmet sich wieder seiner Zeitung.

Ich könnte diesem Schauspiel stundenlang zusehen, denn irgendwie war es nie anders. Seit meiner Kindheit leidet Opa an hartnäckiger Beratungsresistenz.

»Hast du die alte Klingweiler aus dem ersten Stock gesehen?«, wechselt Oma das Thema.

»Nö«, antworte ich mit vollem Mund. »Sollte ich?«

»Nö«, sagt Oma ebenfalls und fügt dann flüsternd hinzu (Opa würde es eh nicht hören): »Die neugierige Schnepfe hat mich nach dir ausgefragt. Ich hätte meinen Goldzahn darauf verwettet, dass sie dich auf der Treppe abfängt.«

Ich grinse verschwörerisch und flüstere zurück (um Opa nicht zu stören): »Von mir erfährt sie nichts«, dann mache ich mit der Hand vor dem Mund eine verschließende Geste und Oma sieht zufrieden aus. Ich weiß zwar nicht weshalb die alte Klingweiler nichts von meinem Umzug nach Berlin wissen soll, aber ehrlich gesagt ist mir das auch egal. Ich glaube, Oma macht das mit Absicht. Ihre Nachbarin ist noch neugieriger als sie. Wenn Oma ihr solche wichtigen Informationen vorenthält und ihr nur bröckchenweise kleine Häppchen zuwirft, bereitet ihr das eine perverse Freude, die ich wohl erst nachvollziehen kann, wenn ich selber in ihrem Alter bin. Das ist der alltägliche Kleinkrieg unter Nachbarn, in Berliner Altbau Häusern. Das Spiel heißt: Ich weiß etwas, was du nicht weißt!

Nach dem gemeinsamen Frühstück räumt Oma den Tisch ab und ich mache mich auf den Weg in mein neues Domizil in der Schmidt-Ott-Straße. Ich habe da noch einiges zu tun, bevor am Montag die Schlafzimmermöbel geliefert werden. Gut gestärkt und voller Tatendrang verlasse ich die Wohnung meiner Großeltern.

Im ersten Stock erwischt mich doch noch die alte Klingweiler. Ich grüße höflich im Vorbeirauschen und werde dann genötigt stehen zu bleiben. »Ach nee, die kleene Sina is mal wieder zu Besuch. Dit is aber schön. Da freuen sich Oma und Opa aber, wa?«

»Und wie Frau Klingweiler. Ist aber auch schön, mal wieder in der Stadt zu sein.«

»Dit glob ick dir, mene Kleene. Uf 'm Dorf jehen die Uhren anders, wa? Hier is mehr los.«

»Jenau«, rutscht es mir in ihrem Jargon heraus und Frau Klingweiler überlegt, ob ich sie verulken wolle.

»Na ja, ihr jungen Leute habt ja noch Hitze im Blut. Der Micha is wie du, immer uff Achse.«

»Der Micha? Ist er wieder in Berlin? Ich denke, er wohnt jetzt im Hamburg«, frage ich verwundert. Nach meiner letzten Information ist Michael vor fünf Jahren zu seiner Flamme Andrea nach Hamburg gezogen. So, wie es aussieht, hält nicht nur Oma mit Neuigkeiten hinterm Berg.

»Na ja. Ick sollte dit noch nich an die große Glocke hängen, aber der Junge is wieder da. Dit mit der Andrea war nischt. Dit Mädel hat keen Niveau, musste wissen.«

Ich gebe mir größte Mühe, nicht in schallendes Gelächter auszubrechen, und sehe sie mit dem Respekt an, der einer Dame in ihrem Alter gebührt. »Oh, das tut mir leid für ihn. Ich dachte, er ist dort glücklich. Schade, ich habe es Micha gewünscht. Ich mochte ihn immer gerne.

Können Sie sich noch daran erinnern, wie wir uns gemeinsam im Keller versteckten? Opa war wütend, weil wir da unten die Mäuse gefüttert haben.«

»Ach Kleene, dit warn noch Zeiten. Sicher kann ick mich erinnern. Wenn der Bengel hier bei seiner alten Omi war, war dit erste, wonach er jefragt hat, ob die kleene Sina och da is und wenn de da warst, ist der schnurstracks de Treppe hoch und hat bei deine Groß-eltern jeklingelt. Ne, war der verrückt nach dir ...«, sagt sie voller Inbrunst und fügt etwas leiser hinzu, wobei sie mich zu sich herunter winkt: »Und dit ene sag ick dir: Der hat dich nie verjessen – so wahr ick hier stehe.« Nun nimmt sie ihre Hände vor den Mund und schüttelt leicht den Kopf, dann flüstert sie: »Ihr wärt beede en echtet Traumpaar. Dit kannst de mir globen. Komm Kleene, ick geb dir seine Nummer.« Und schon flitzt sie zurück in ihre Wohnung und kommt nach wenigen Sekunden mit Michas kompletten Daten zurück. Alles fein säuberlich auf ein Blatt Papier geschrieben. Mich überkommt dabei der Gedanke, dass Oma Klingweiler das mit langer Hand vorbereitet hat. Micha und Sina – nicht zu fassen. Ich bedanke mich freundlich bei ihr und verspreche, Micha noch heute zu kontaktieren, dann eile ich die Treppe hinunter. Von oben höre ich ihre Stimme, als sie mir hinterherruft: »Pass schön uff Kleene, dit is glatt drau-ßen!«

Ich sitze im Auto und schnalle mich an, da klingelt mein Handy. Auf dem Display erscheint Omas Bild. Ich nehme den Anruf entgegen und höre sofort ihr schallendes Gelächter. War ja klar, dass sie die Unterhaltung mit Frau Klingweiler belauscht hat. Ich warte einen Augen-blick, bis sie sich beruhigt hat, und unterbreche sie mit einem gedehnten: »Omaaaaa! Das ist nicht lustig!«

»Entschuldige Sina, aber ich habe mir gerade Michael Klingweiler und dich als Ehepaar vorgestellt. Jetzt weiß ich wenigstens, weshalb sie so scharf auf Neuigkeiten von dir ist – sie will euch immer noch verkuppeln – nicht zu fassen. Sie hat es bis heute nicht aufgegeben.«

Ich kann es bildlich vor mir sehen, wie sie sich vor Lachen biegt. Typisch Oma, jetzt wird sie jedes mal in schallendes Gelächter ausbrechen, wenn der Name Micha oder Klingweiler fällt. Mist! Hoffentlich zieht sie mich nicht damit auf, denn das ist eine ihrer Spezialitäten. »Beruhige dich Oma, ich muss ihn nicht heiraten, denn ich bin nicht schwanger«, gebe ich genervt von mir und Oma brüllt erneut laut lachend ins Telefon.

Nachdem sie sich beruhigt hat, beende ich das Telefonat und werfe einen Blick in den zweiten Stock. Natürlich steht sie am Fenster und äfft Frau Klingweiler nach. Ich schüttele den Kopf und fahre langsam aus der Parklücke heraus. Die Straße ist sauglatt und ich verfluche es insgeheim, Omas Rat befolgt zu haben und noch in diesem Jahr zurück nach Berlin zu ziehen. Im Frühling hätte es auch gereicht, aber ich habe es meinen Großeltern zuliebe getan. So bin ich schneller hier, wenn sie Hilfe brauchen und außerdem vermisste ich sie in der Vergangenheit schrecklich.

***

Zum Glück habe ich auf dem Hof des Wohnhauses einen Stellplatz anmieten können. So entfällt die lästige Parkplatzsuche in den überfüllten Straßen der Stadt. Herr Müller, mein Vermieter, riet mir dazu. Seine Worte waren: »Es sind doch nur vierzig Euro mehr. Der Wagen steht sicher und Sie haben keine weiten Wege zum Haus, sollten Sie Einkäufe oder Ähnliches zu tragen haben.«

Natürlich überzeugte mich der Preis. Wo sonst in der Stadt bekommt man einen Parkplatz für monatlich vierzig Euro? In Berlin sind die Mietkosten in den letzten Jahren bis in den Himmel gestiegen.

Ich schließe die Wohnung im ersten Stockwerk des modernisierten Altbaus auf und bleibe im Eingang stehen. Ich lasse alles auf mich wirken.

Ein Glücksgefühl durchströmt mich.

Alles meins! ... und genau so, wie ich es wollte.

Noch ist der Geruch der Wandfarbe nicht verflogen und die Möbel im Wohnzimmer geben diese gewisse Ausdünstung ab, die neuen Möbeln anhaftet. Doch es ist mein neues Reich ... hier beginnt mein Leben von vorne. Ein Leben ohne Roman ... ein Leben, nur für den Tanz, nur für die Kunst, der ich mich vor langer Zeit verschrieb.

Ich trete ein und schließe die Tür hinter mir. Die wärmegedämmte Außenfassade gibt ihr Bestes. Daher stelle ich die zu warmen Heizkörper etwas herunter. Dann schlendere ich in mein zukünftiges Schlafzimmer und stemme die Hände in die Hüften. Noch viel Arbeit, die es zu bewältigen gilt, denke ich und bin nicht begeistert. Doch bevor morgen die Möbel kommen, sollte die Deckenlampe hängen und die Gardinenstange muss angebracht sein. Doch vorher werde ich mir einen Kaffee kochen, was nicht heißen soll, dass ich mich vor der Arbeit drücke.

Ich befülle die Kaffeemaschine, da klingelt Herr Müller, um sich zu erkundigen, ob alles in Ordnung ist.

»Alles gut Herr Müller, danke. Und bei ihnen? Passen sie gut auf, wenn sie vor die Tür gehen, es ist höllisch glatt draußen.«

»Ach! Man muss nur das richtige Schuhwerk tragen. Brauchen sie Hilfe? Ich frage nur, weil ich gleich zum Kaffeeklatsch zu meiner Schwester fahren will und dann eine Weile aus dem Haus bin.«

»Das ist lieb von ihnen, Herr Müller, aber ich komme klar. Danke.« Herr Müller scheint auf den ersten Blick hilfsbereit, doch mich beschleicht der Gedanke, dass er von Neugier getrieben ist.

Die Teppichleisten zu befestigen hatte ich mir einfacher vorgestellt und zum ersten Mal bedaure ich, keine Hilfe zu haben. Vier Hände wären jetzt besser, aber was nicht ist, ist nicht. Es hat ja auch sein Gutes. Ich brauche niemanden um etwas zu bitten, und muss mich nirgendwo bedanken.

Ich schufte bis zum Nachmittag. Draußen wird es allmählich dunkel. Dabei fällt mir die Deckenlampe wieder ein und jetzt gelange ich doch an meine Grenzen.

Mit Taschenlampe und Schraubendreher bewaffnet stehe ich auf der Leiter inmitten meines Schlafzimmers und werde langsam wütend. Als ich die kleinen Kabel in die Lüsterklemmen schieben will, frage ich mich: welche Farbe gehört denn eigentlich wohin? Ist es egal, ob ich das grüne oder das gelbe Kabel nehme? Ich bin verunsichert und steige von der Leiter.

Shit! Ich wollte alles allein hinbekommen, doch nun muss ich doch um Rat fragen.

Ich rufe Opa an. Er kennt sich damit aus. Er bot mir an mitzukommen, doch wie immer überschätzte ich mich und stehe jetzt vor dem Dilemma, welches ich selbst verursachte.

Nach einer kurzen Rücksprache mit meinem Großvater konnte ich die Lampe zum Leuchten bringen ... yippie!

Nachdem ich alles erledigt habe, was ich mir für heute vornahm, setze ich mich mit einer Cola an den kleinen Tisch in der Küche und verputze die Brote, die Oma mir mitgab.

Noch dreimal schlafen, dann kann ich hierbleiben und muss nicht mehr in Tempelhof, bei meinen Großeltern, auf der Couch schlafen. Vorausgesetzt am Montag geht alles gut und die Möbel sind ohne Mangel.

Die Lampe im Schlafzimmer sieht jedenfalls schon mal super aus. Ein modern verchromter Leuchter, an dem Kristallanhänger glitzern, verschönt bereits den Raum, in dem ich schlafen werde.

Während ich mein Salamibrot verputze, denke ich an die letzten Wochen. Die Situation hatte sich am Ende gewaltig zugespitzt. Roman hat mir jeden Stein in den Weg gelegt, den er nur finden konnte. Er wollte keine selbstständige, gleichberechtigte Partnerin. Er wollte ein Heimchen am Herd, das den Mund nicht aufreißt und immer brav seinen Anordnungen Folge leistet. Seine verdammte Sippe hat ihn dabei noch unterstützt und seine Mutter meinte, ich sei selber schuld, wenn ihm ab und zu die Hand ausrutscht. Ich bräuchte ja nur das zu tun, was er für richtig hält.

Gut, nach meinem Autounfall war ich nicht in der Lage mich gegen ihn aufzulehnen. Ich war froh, dass ich meinen Fuß nicht verloren hatte. Roman deutete das als Eingeständnis meinerseits.

Ein fataler Fehler!

Am ersten Tag, an dem ich ohne Aufsicht und Hilfe das Haus verlassen konnte, suchte ich einen Anwalt auf und reichte die Scheidung ein.

In einem Dorf wie dem, in dem ich wohnte, war die Nachricht natürlich schneller rum, als ich aus der Kanzlei zurück war. Als Roman heimkam, fing ich mir meine zweite Ohrfeige in unserer Ehe ein. Er heulte zwar anschließend, es würde ihm leidtun, aber er ließ auch keinen Zweifel daran, dass ich ihn dazu trieb. Ich sei also selber schuld, dass er mich schlägt. In dieser Nacht verließ ich auf Zehenspitzen das Haus und fuhr schnurstracks nach Berlin zurück.

Ein Engagement als Tänzerin hatte ich seit meinem Unfall nicht mehr und so war es egal, wo ich neu anfange. Ich musste nicht lange überlegen, denn in Berlin leben meine einzigen Verwandten und noch einige Freunde von früher.

Meine Großeltern nahmen mich sofort auf und mit dem Geld, das ich von meinen Eltern geerbt hatte, komme ich erst mal gut über die Runden.

Spätestens im Frühjahr wird mein Fuß so weit genesen sein, dass ich mit dem Tanzen am Theater beginnen kann. Ich werde erneut als strahlender Stern am Himmel des Balletts aufgehen ... Ich war die erste Solistin und ich werde es wieder sein ...

2. Kapitel

An diesem Morgen begrüßt mich ein strahlend blauer Himmel. Doch ein eisiger Wind weht mir um die Ohren.

In der Nacht hat es zum Glück nicht mehr geschneit und so mache ich mich zu Fuß auf den Weg, um in der Schloßstraße nach Weihnachtsgeschenken für meine Großeltern zu suchen.

Es ist fantastisch, zu Fuß und in wenigen Minuten mitten in der Steglitzer City zu sein. Die Lage meiner Wohnung ist perfekt, ganz in der Nähe der Schloßstraße. Hier findet man alles, was das Herz begehrt. Es ist der heimliche Ku'damm des Südens.

Wir haben das erste Adventswochenende und die Läden sind brechend voll. Ich genieße das in vollen Zügen. Da kann man mich für verrückt halten, aber ich liebe die Atmosphäre der vollen Straßen, die vielen Menschen und das rege Treiben. Ich fühle mich lebendig, so lebendig wie seit Langem nicht mehr.

Das Dorf, in dem ich wohnte, bot zwar eine gewisse Infrastruktur, aber Berlin bleibt Berlin, da muss man sich nichts vormachen.

Am Bierpinsel, wie der Schlossturm auch genannt wird, drängt sich eine dichte Traube Menschen über die Straße, als die Ampel auf Grün springt. Wie in einem Sog werde ich mit über den Asphalt gezogen und halte meine Tasche dabei, aus bekanntem Grund, dicht an meinen Körper gepresst. Um die Weihnachtszeit steigt die Anzahl der Diebstähle sprunghaft an.

Der Wind weht schneidend unter der Autobahnbrücke hindurch, die an dieser Stelle die Schloßstraße überquert. Ich ziehe meinen Kragen höher und stemme mich gegen den Wind, um zur U-Bahn in Richtung Walter-Schreiber-Platz zu gelangen. Bei der Kälte fahre ich doch lieber die eine Station mit der U-Bahn, als mir zu Fuß die

Nase abzufrieren. Insgeheim ärgere ich mich, dass ich mein Auto zu Hause stehen gelassen habe, aber mit dem Auto hätte ich das nächste Problem: Parkplatzsuche.

Am Eingang zur U-Bahn fällt mir ein kleiner, zitternder Hund auf, der mit seinem Herrchen auf einer Decke sitzt. Der Mann scheint erbärmlich zu frieren. Passanten eilen an ihm vorbei und niemand nimmt Notiz von den beiden armseligen Gestalten auf dem Boden. Vor dem Mann steht eine Schale, in der einige Cents liegen.

Normalerweise bin ich nicht so feinfühlig, wenn es um Bettler geht, aber dieser hier erregt meine Aufmerksamkeit. Der Hund tut mir leid. Ich bleibe stehen und sehe ihn verstört an. Seine Kleidung kann unmöglich warmhalten. Der kleine Hund kuschelt sich an sein Herrchen und er nimmt ihn auf seinen Schoß, um ihn zu wärmen. Er blickt nicht hoch, als er in einem unhöflichen Ton sagt: »Vom Glotzen werden wir auch nicht satt!«

Wie vom Schlag getroffen bemerke ich, dass ich wirklich geglotzt habe. Es ist mir schrecklich peinlich, aber wütend darüber, ertappt worden zu sein, blaffe ich zurück: »Dann geh arbeiten!«, und reiße mich von dem Anblick los, um weiter zur U-Bahn zu gehen.

»Einen Euro wirst du doch für mich und den Hund haben – oder?«, höre ich ihn leise bitten. Ich kann spüren, wie unangenehm ihm das Betteln ist. Er scheint noch nicht lange auf der Straße zu leben. Ich bleibe kurz stehen, ohne mich zu ihm umzudrehen. Im Bruchteil von Sekunden überlege ich, was ich jetzt machen soll. Niemand sollte bei diesem Wetter auf der Straße leben müssen – nein, niemand sollte überhaupt jemals auf der Straße leben müssen! Aber was kann ich schon tun? Ich kann doch nicht jedem fremden Stadtstreicher Geld geben. Das ist auch keine Lösung. Solche Leute kaufen dann nur Alkohol, was bei diesen Temperaturen allerdings zu verstehen wäre. Ich schüttele mein schlechtes Gewissen ab und gehe weiter Richtung U-Bahn. Es ist ja nicht meine Schuld, dass er sich in dieser Situation befindet. Allerdings tut mir der Hund schrecklich leid.

Der konnte sich sein Herrchen schließlich nicht aussuchen.

Als ich in der warmen U-Bahn sitze, geht mir das Bild von dem jungen Mann und seinem Hund nicht aus dem Kopf. Ich konnte sein Gesicht nicht sehen und trotzdem ist seine Verzweiflung zum Greifen nahe gewesen. Zuerst hatte ich nur Mitleid mit dem Hund, doch jetzt habe ich das Gefühl, ihn im Stich gelassen zu haben, so merkwürdig das auch klingen mag. Ich habe tatsächlich ein schlechtes Gewissen ihm gegenüber.

Am Walter-Schreiber-Platz bleibe ich auf dem Bahnhof und fahre mit der nächsten Bahn zurück zur Schloßstraße. Ich muss völlig verrückt sein. Ich fahre wegen diesem Herumtreiber und seinem Flohteppich zurück, anstatt mich auf die Suche nach einem Geschenk für meine Großeltern zu machen.

Zurück am Bierpinsel überquere ich die Straße, um bei Kaiser's Dosenfutter für den Hund und belegte Brötchen für den Mann zu kaufen. Geld werde ich ihm nicht geben, aber etwas zu Essen für ihn und seinen Hund zu besorgen, halte ich für eine gute Lösung. Kurz vor der Kasse nehme ich noch eine Coladose aus dem Regal und fühle mich prima, als ich mein Vorhaben umsetze. Zu Weihnachten sind wir alle ein wenig sentimentaler als sonst und unsere Mitmenschen scheinen uns ein kleines Stück näher zu sein, als im Rest des Jahres.

»Sechs Euro neunundvierzig«, bellt mich die erkältete Kassiererin an und ich hoffe, ihre Bazillen springen nicht auf mich über. Mein Immunsystem ist nicht das allerbeste. Meistens schreit es sofort »hier!«, wenn es darum geht, sich Krankheiten einzufangen. Ich stopfe alles in meinen Stoffbeutel, den ich immer bei mir trage, um keine Plastiktüten kaufen zu müssen, und nehme erneut den Kampf mit dem schneidenden Wind auf. Ich kämpfe mich über die Ampel zurück unter die Autobahnbrücke und bleibe frierend vor dem Mann stehen.

»Hallo«, sage ich schüchtern. Wie soll man auch sonst einen Stadtstreicher ansprechen? Er reagiert nicht, sondern bleibt zusammengekauert, mit dem Hund im Arm, sitzen. Ich wiederhole meinen Gruß und jetzt sieht er mürrisch zu mir auf.

»Ach, die Neunmalkluge, die meint, ich solle arbeiten gehen«, ist seine Antwort auf meine Begrüßung. Dann wendet er sein Gesicht ab.

Ich konnte nicht viel davon erkennen, weil er die Kapuze seines Anoraks tief im Gesicht trug. Den Rest bedeckt ein dichter schwarzer Bart. Nur die Augen sind mir für einen kurzen Moment aufgefallen ...

Große, nachtblaue Augen, umrahmt von langen tintenschwarzen Wimpern.

Für den Bruchteil einer Sekunde fühle ich mich wie paralysiert. Ein dicker Kloß macht sich in meiner Kehle breit und ich schlucke aufgeregt den Klumpen in meinem Hals herunter.

Solche Augen sah ich noch nie. Sie drücken Schwermut, Schmerz und Verzweiflung aus, doch trotz all dieser Emotionen auch eine Art von sinnlicher Erotik, die mich unsicher erstarren lässt.

Ich nehme all meinen Mut zusammen und hocke mich zu ihm herunter. Es ist mir ein wenig peinlich. Hoffentlich sieht mich niemand, der mich kennt. Doch wer sollte mich schon erkennen? Ich bin noch nicht lange zurück in der Stadt.

Ich strecke ihm den Beutel hin und sage, wobei ich hoffe, nicht all zu gönnerhaft zu wirken: »Hier. Ich habe etwas für Sie.«

Ohne ein Dankeschön hakt er den Zeigefinger in meinen Beutel und zieht ihn auf. Der kleine Hund bellt erwartungsfreudig, doch der Mann grummelt mich missmutig an: »Willst du mich vergiften? So 'n ungesundes Zeug wie Cola trinke ich nicht.« Dann wendet er sich ab. Der Hund hechelt mir freudig entgegen, doch das ist auch alles, was ich an Dank erhalte. Perplex bleibe ich hocken. So viel Dreistigkeit ist mir noch nicht untergekommen.

»Sie hätten wohl lieber 'ne Pulle Korn«, schleudere ich ihm bewusst ungehobelt entgegen. Ich habe Mühe, mich einigermaßen unter Kontrolle zu halten. Ich muss ja völlig verrückt sein, diesem Penner etwas Gutes tun zu wollen, schelte ich mich selber.

Wütend rappele ich mich hoch, doch er hält mich am Arm fest. Dann sagt er, den Kopf gesenkt, um mich nicht ansehen zu müssen: »War nicht so gemeint. Was ist denn da noch drin, außer Cola?«

»Hundefutter und zwei Salamibrötchen. Aber die Salami ist Ihnen sicherlich zu fett. Habe ich recht?«, kann ich mir ein wenig Rumgezicke nicht verkneifen. Wer stößt schon jeden Tag auf einen verwöhnten Penner, der ein verkappter Gourmet zu sein scheint?

Er schüttelt den Kopf und zerrt sich dann mit den Zähnen den Handschuh von der Hand, in dem er jeden Finger einzeln befreit. Dann langt er in meinen Beutel und holt die Dose mit dem Futter heraus. Als er den Haken am Deckel sieht, grinst er oberschlau und mir platzt fast der Kragen, als er feststellt: »Hast mitgedacht – Blondie«, als wäre ich zu blöd, mir denken zu können, dass er keinen Dosenöffner dabei hat. Dann reißt er den Deckel auf und sticht mit dem Finger hinein. Im ersten Moment denke ich, er will das Zeug selber essen, doch dann sehe ich, wie er die Häppchen seinem Hund hinhält. Mitleidig beobachte ich, wie der fast zahnlose Hund das Futter vom Finger seines Herrchens leckt.

»Langsam Püppi, nicht so schlingen«, ermahnt er den Pudelmix liebevoll und mir kriecht die Wärme seiner Worte unter die Haut, als würde er mich damit wärmen wollen.

Fasziniert sehe ich den beiden zu und vergesse dabei sogar die Kälte. Als Püppi gefressen hat, langt der Mann ungeniert in meinen Stoffbeutel und holt die Brötchen heraus. Er verputzt sie in null Komma nichts und spült mit der Cola den Rest runter. Dann kauert er sich wieder mit seinem Hund im Arm zusammen und würdigt mich keines Blickes.

Gut, mein Maß an Demütigung ist für heute voll und ich rappele mich auf, um meine Einkäufe fortzusetzen.

Was habe ich eigentlich erwartet? Applaus und Jubelrufe? Wirklich glücklich bin ich jedoch nicht, denn was habe ich schon für diesen Mann und seinen Hund erreicht? Nichts, außer dass sie für den Moment satt sind.

***

Auch wenn der Vorfall am Bierpinsel belanglos für mich sein sollte, so werde ich doch jedes Mal daran erinnert, wenn ich mir etwas Essbares in den Mund stecke. Dann wandern meine Gedanken zu diesem Mann mit seinem kleinen alten Hund und das schlechte Gewissen plagt mich aufs Neue.

Seine Augen sahen so traurig aus und dennoch habe ich mich darüber erschreckt, dass ich sie wunderschön fand. Die Augen eines Fremden – eines Stadtstreichers. Auch Romans Augen faszinierten mich, doch sie täuschten etwas vor, das es so nie gab ... Zärtlichkeit. Diese Augen jedoch riefen etwas in mir hervor, etwas, das tief in meinem Inneren verborgen liegt.

Genau diese Augen sind es, die mich nicht mehr loslassen und dazu veranlassen, am Montag erneut in die Schloßstraße zu fahren. Ich muss mich vergewissern, ob es den Beiden gut geht, sonst bekomme ich keinen Bissen mehr hinunter.

Diesmal fahre ich mit dem Auto und halte auf dem Parkplatz unter der Brücke. Es dauert eine Weile, bis ein Stellplatz frei wird und ich lenke meinen kleinen Fiat in die Lücke. Bevor ich losgehe, hole ich noch die Wolldecke, die ich im Kofferraum deponiert hatte. Er wird sie brauchen können.

Als ich mit der Decke in der Hand vor ihm stehe, würdigt er mich keines Blickes. Bin ich neuerdings masochistisch veranlagt oder weshalb ziehe ich mir das alles rein?

»Ich habe Ihnen etwas mitgebracht«, beginne ich trotzdem das Gespräch.

Er sieht nicht hoch, greift energisch nach seinem Bettelnapf und stellt ihn mir mit einem lauten Knall dichter vor die Füße. Das ist ja wohl der Gipfel der Frechheit, denke ich und sage ebenso energisch: »Nein!« Erst jetzt fällt mir auf, dass der kleine Hund schlaff in seinen Armen liegt. Bestürzt hocke ich mich zu ihm herunter und berühre das struppige Fell.

»Sie muss zum Arzt«, sagt er mit belegter Stimme. »Sie ist alt. Die Kälte macht ihr zu schaffen. Tierärzte sind teuer.«

Ich muss an eine Sendung im Fernsehen denken, in der ein Tierarzt ehrenamtlich Hunde von Straßenkindern versorgte. Er könnte so einen Arzt aufsuchen, also teile ich ihm voller Begeisterung mein Wissen mit: »Ich habe mal im Fernsehen eine Sendung gesehen ...«, bringe ich den Satz nicht zu Ende, denn er fällt mir ins Wort: »... und seit dem glaube ich wieder an den Weihnachtsmann! Verschwinde Blondie und geh zurück in deine warme Hütte. Ich will nicht schuld sein, wenn du dir deinen Luxusarsch verkühlst.«

Ich schlucke laut. Gekränkt setze ich zum Gehen an und denke wütend, er könne mich mal da lecken, wo keine Sonne hinkommt. Doch dann fällt mein Blick auf den Hund. Ich möchte ihm so gerne helfen.

»Was fehlt ihm denn?«

»Ihr.«

»Gut. *Ihr*. Was fehlt *ihr* denn?«

»Weiß ich nicht. Sie will nicht fressen.«

»Gar nichts?«

»Nichts. Nicht mal das teure Futter, das du ihr mitgebracht hast. Ich habe das teure Zeug heute für sie gekauft. Nicht einen Bissen hat sie genommen.«

»Oh«, gebe ich betroffen von mir. Erneut versuche ich, mit dem Handrücken über das Fellbündel zu streichen. Diesmal lässt er es zu. Der Hund besteht nur aus Haut und Knochen unter seinem dichten Fell. Dann, ich weiß nicht, was in mich gefahren ist, biete ich ihm an, mit dem Hund zum Arzt zu fahren. Zum ersten Mal zeigt er eine echte Reaktion und sieht mich hilfesuchend aus diesen riesigen nachtblauen Kulleraugen an. Noch nie im Leben habe ich solche Augen gesehen. Dagegen sind die von Roman ein schlechter Witz. Sie sind von einem tiefdunklen Blau, welches man nur bei Nacht am Himmel findet. Ich schäme mich dafür, dass ich mich in ihnen verlieren könnte. Wie kann ich nur in einer solchen Situation an derartige Dinge denken? Es sind die Augen eines Penners!

»Geben Sie sie mir. Ich bringe sie Ihnen zurück, wenn ich mit ihr beim Arzt war.«

Er lacht boshaft und sagt: »Du bringst sie nicht zurück – zu einem Obdachlosen wie mir. Du willst meinen Hund haben? Vergiss es. Sie gehört zu mir.«

Also, so langsam gestaltet sich die Sache schwierig. Ich wollte nur helfen und latsche von einem Fettnapf in den Nächsten. Was denkt dieser Hirni denn von mir?

»Also gut, Sie sind misstrauisch. Das kann ich verstehen. Mein Auto steht da drüben. Ich zeige Ihnen meinen Ausweis. Sie können Name und Adresse abschreiben, vorausgesetzt, Sie sind des Schreibens mächtig«, antworte ich gereizt.

»Kann ich. Lesen, schreiben ... mehrsprachig. Zufrieden?«, blafft er mich an und meine Verwunderung über diesen Mann wächst in Schallgeschwindigkeit. Wenn das stimmt, kann ich erst recht nicht mehr verstehen, weshalb er hier bettelt.

»Schön für Sie«, entgegne ich verärgert. »Auch wenn Sie chinesisch rückwärts singen könnten, würde es, so wie es aussieht, an Ihrer jetzigen Situation nichts ändern. Sie betteln, noch mehr bergab geht es wohl kaum.«

»Gut, ich mache das aber nur wegen ihr, Blondie. Weil sie krank ist. Danach will ich nichts mehr mit dir zu tun haben.«

Also jetzt reicht es definitiv. Was bildet sich dieser Blödmann eigentlich ein? Für wen hält er sich? Meine Antwort fällt dementsprechend deutlich aus und ich kann mir meinen Sarkasmus nicht verkneifen:»Oh wie schade. Es trifft mich natürlich ungemein, von einem Mann, der offensichtlich ein Sechser im Lotto wäre, eine Abfuhr zu erhalten.« Ich weiß zwar nicht, wo ich den Mut für eine solche Antwort hernahm, aber es tut gut, auch mal auszuteilen.

Er senkt betroffen den Kopf. Doch zuvor nahm ich eine tiefe Verletzlichkeit in seinen Augen wahr. Versöhnlich sage ich deshalb:»Natürlich werde ich Sie anschließend in Ruhe lassen, wenn Sie das wünschen. Ich will mich keinesfalls aufdrängen, aber der Hund tut mir leid.« In Gedanken füge ich hinzu: ›… und du auch.‹

»Gut. Ich trage sie zum Auto.«

»Einverstanden.«

»Ich komme mit.«

»Nein, das möchte ich nicht«, gebe ich schnell zurück. Was, wenn er mir unterwegs Gewalt antut und mein Auto klaut, oder auch nur meine Brieftasche?

»Verstehe«, grummelt er aufgebracht, geht aber, zum Glück, nicht weiter darauf ein.

Gemeinsam machen wir uns auf den Weg zum Auto. Gerne würde ich mich mit ihm darüber unterhalten, wie es dazu kam, dass er in dieser Situation steckt, doch ich glaube, es wäre vermessen – es geht mich nichts an. Offensichtlich hat er dieses Leben nicht freiwillig gewählt. Es steht mir nicht zu, ihn wie bei einem Verhör zu befragen und in gewisser Hinsicht hat er recht. Er hat sich mir nicht aufgedrängt, sondern ich mich ihm.

**

Ich kenne eine Tierärztin am Steglitzer Damm. Dort war ich damals mit meiner Mutter und unserem Hund zur Notfallsprechstunde. Die Praxis existiert immer noch.

Drinnen werde ich sofort ins Behandlungszimmer geführt, weil die kleine Püppi schlecht aussieht.

»Gehen sie mal besser vor mir rein. Das kleine Mäuschen sieht schlecht aus«, sagt eine ältere Dame, die eigentlich vor mir an der Reihe gewesen wäre.

Ich bedanke mich erleichtert und trage den Hund ins Sprechzimmer, wo er sofort untersucht wird.

Ich werde mit einem strafenden Blick bedacht.

»Sie ist unterkühlt, dehydriert und wahrscheinlich verwurmt. Ein Zahn muss gezogen werden. Er ist verfault. Deshalb frisst sie nicht. Wo haben sie den Hund her? Ich kann mir nicht vorstellen, dass er Ihnen gehört«, fragt mich die Ärztin ohne ihren Ärger über den Zustand des Hundes zurückzuhalten.

»Von einem Bekannten. Er hat nicht viel Geld ...!«

»Verstehe. Kommen Sie für die entstehenden Kosten auf? Ich werde sie so gering wie möglich halten, aber ganz umsonst kann ich die kleine Dame nicht behandeln. Ich gebe Ihnen die Adresse von jemandem, der sich um solche Fälle kümmert. Da kann sich Ihr Bekannter hinwenden, wenn mal wieder etwas mit dem Hund nicht in Ordnung ist.«

»Danke«, entgegne ich eingeschüchtert, denn an ihrem Verhalten kann ich deutlich spüren, dass sie mir eine gewisse Mitschuld an dem Zustand des Hundes gibt. Das will ich natürlich nicht auf mir sitzen lassen. »Er ist kein Bekannter. Ich kenne ihn nicht, aber der Hund tat mir leid.«

Sie nickt verständnisvoll und seufzt laut. »Nun gut. Wir legen sie an den Tropf, um den Flüssigkeitsverlust zu reduzieren, dann ziehe ich den Zahn. Sie braucht eine Narkose. Das kann in ihrem Zustand kritisch werden. Doch wenn sie wieder fressen soll, ist es nicht zu verhindern. Was, wenn sie es nicht übersteht?«

»Darüber habe ich mir keine Gedanken gemacht. Ich wollte nur helfen. Doch wenn es sein muss, bitte. Ziehen Sie den Zahn.«

Die Ärztin lächelt freundlich und sagt: »Gut. Sie können den Hund morgen abholen.«

»Wie bitte? Das geht nicht. Ich meine … ich weiß nicht, was der Kerl mit mir anstellt, wenn ich ohne Hund zurückkomme.«

»Das ist Ihr Problem. Sie schaffen das schon. Schließlich konnten Sie ihn ja auch überzeugen, Ihnen den Hund mitzugeben – einer Wildfremden«, ermutigt sie mich. Das macht die Sache jedoch nicht besser. Mit flauem Gefühl im Magen lasse ich das Fellknäuel da und verlasse die Praxis.

In der Zwischenzeit hat erneut Schneefall eingesetzt. Das Auto ist bereits mit einer zarten Schneedecke überzogen. Ich hole den Handfeger aus dem Kofferraum und befreie die Scheiben von den weißen Flocken.

Eigentlich ist es doch gut für den Hund, bei der Kälte mal eine Nacht im Warmen zu verbringen, auch wenn es eine Tierarztpraxis ist. Eventuell wäre das ein Argument, wenn der Obdachlose Schwierigkeiten machen sollte.

Zurück in der Schloßstraße beginnt eine heftige Diskussion mit Püppis Herrchen. Letztendlich konnte ich ihn jedoch davon überzeugen, dass es nicht anders ging.

»Wo werden Sie heute Nacht schlafen? Es sollen minus zehn Grad werden«, frage ich vorsichtig. Die Vorstellung, er müsse die Nacht bei klirrender Kälte hier draußen verbringen, behagt mir nicht.

»Heute mal in einer Unterkunft. Da kann ich duschen.«

»Wo schlafen Sie denn sonst?«, frage ich zaghaft und seine Antwort überrascht mich.

»Unten im Bahnhof.«

»Warum? Sind die Unterkünfte zu teuer?«

»Nein, aber ich kann den Hund nicht dahin mitnehmen. Da sind Tiere nicht erlaubt.«

Jetzt erkenne ich, wie wichtig der Hund für ihn ist; dass er dafür sogar die warme und sichere Unterkunft in dem Obdachlosenheim verschmäht, weil der Hund nicht mitdarf. Ich bin mir sicher, er hat ihn nicht bewusst vernachlässigt. Er konnte nicht anders.

Er macht auf mich den Eindruck, als würde er noch nicht lange auf der Straße leben und diesbezüglich noch sehr unerfahren sein.

»Kann ich Ihnen noch irgendwie helfen?«, frage ich einfühlsam und er antwortet: »Ja, bitte verschone mich mit deinem Mitleid.«

3. Kapitel

Es ist Dienstagmorgen und ich rekele mich ausgiebig in meinem neuen Boxspringbett. Diesen Kauf werde ich in meinem Leben nicht bereuen. Ich schlafe hier nicht nur wie ein Baby, sondern vor allem wie im siebten Himmel.

Wie immer beginne ich den Tag, indem ich im Wohnzimmer die Stereoanlage einschalte. Das mag altmodisch sein, aber ich werde auf dieses Relikt aus meiner Jugend nicht verzichten. Mein erstes selbst verdientes Geld ging dafür drauf. Roman brachte sie mir sogar persönlich nach Berlin, mit einigen anderen Sachen aus unserem Haus. Natürlich versäumte er dabei nicht, mich erneut um Gnade anzuwinseln – ich solle doch bitte sofort zu ihm zurückkommen. Alle im Dorf würden bereits über unsere Trennung sprechen.

»Lass sie tratschen«, war meine knappe Antwort. Dann schob ich ihn aus der Tür. Soll der liebe Herr Bürgermeister die Schande bitte mit Würde tragen, denke ich boshaft.

Bei dem Wort »*winseln*« muss ich an Püppi denken. Ich setze Kaffee auf. Auch in dieser Beziehung bin ich altmodisch. Ich mag meine alte Kaffeemaschine. Sie verursacht weder so viel Müll wie eine, die mit Pads betrieben wird, noch kann man nur einzelne Tassen brühen, wie bei diesen klobigen Vollautomaten. Anschließend rufe ich in der Arztpraxis an: »Herzog hier, guten Morgen. Ich möchte gerne den Hund abholen, den ich gestern bei Ihnen ließ. Wann kann ich kommen?«

»Ach, Frau Herzog. Die kleine Püppi wäre so weit. Sie können sie abholen.«

»Danke«, sage ich erleichtert. Insgeheim hatte ich ja Angst, das kleine Fellbündel könnte die Nacht nicht überstehen. Was dann geschehen würde, malte ich mir in dunklen blutroten Farben aus. Der Typ hat meine Adresse. Sicherlich hätte er sich in irgendeiner Form an mir gerächt. Worauf habe ich mich bloß eingelassen? Ich muss völlig verrückt sein. Heute, nachdem ich eine Nacht darüber geschlafen habe, erscheint es mir wie ein irrwitziger Traum, der sich beim Tierarzt noch verstärkt.

Püppi sieht tatsächlich besser aus. Aber ich werde kreidebleich, als die nette Dame hinter dem Tresen im Empfangsraum sagt: »Das macht dann zweihundertachtzig Euro fünfundvierzig. Frau Doktor war so nett, die Verpflegungs- und Unterbringungskosten nicht zu berechnen. Wir hatten den Platz frei, und da es nicht ihr Hund ist ... na ja, sie ist halt nett.«

Ich schlucke laut. »Zweihundertachtzig Euro fünfundvierzig«, entfährt es mir mit kreidebleicher Miene. Ich werde nie wieder einen Penner ansprechen, das schwöre ich. Manchmal bin ich einfach zu naiv.

Püppi wedelt freudig mit dem Schwanz, als sie mich sieht. Sie kann mich doch unmöglich wiedererkannt haben, oder doch? Und wenn ja, bin ich doch die böse Frau, die sie hierher brachte. Über so jemanden freut man sich normalerweise nicht.

Der kleine Vierbeiner ist schrecklich aufgeregt und winselt unentwegt. Eigentlich süß, so begrüßt zu werden. Sie tanzt beinahe um mich herum wie eine als Harlekin verkleidete Ballerina. Da vergisst man doch glatt, dass man vor nicht mal fünf Minuten um zweihundertachtzig Euro fünfundvierzig leichter gemacht wurde. Kopfschüttelnd denke ich über meine Freigiebigkeit nach und darüber, dass ich diesem Penner den Hals umdrehen werde.

Unterwegs in die Schloßstraße halte ich an einem Zooladen an und erstehe für die kleine Püppi ein wundervolles Geschirr in grellem Rot und die dazu passende Leine. So ausgestattet stolziere ich wenig später mit ihr aus dem Parkhaus des Boulevard-Einkaufszentrums und ziehe ungeahnt freundliche Blicke auf mich. Man staune, was der Anblick eines süßen kleinen Hundes, der am Ende seiner Leine eine schlanke Brünette spazieren führt, für eine Wirkung bei der männlichen Bevölkerung hinterlässt. Und schon werde ich angesprochen: »Der ist aber ganz besonders goldig.« Der Mann, aus dessen Mund ich diese Worte höre, ist ungefähr um die Fünfzig, in der Taille strammer als um seine Hüften und auf dem Kopf blank wie eine Billardkugel.

»Danke«, nuschele ich im Vorbeigehen und eile in Richtung Ausgang. Draußen schlägt mir eine Eiseskälte entgegen, die trotz des strahlend blauen Himmels meine Stimmung sofort auf den Gefrierpunkt zurückfährt. Püppi duckt sich ebenfalls, als hätte sie jemand geschlagen. Ich hätte ihr ein Mäntelchen kaufen sollen, blitzt es durch mein Hirn. Aber das kann ich ja immer noch machen. Vorerst nehme ich sie auf den Arm. Die kleinen Pfötchen könnten auf dem eiskalten Boden festkleben, denke ich beunruhigt.

Püppi ist mir schnell ans Herz gewachsen – beinahe zu schnell. Was letztendlich auch ein klein wenig der Tatsache geschuldet ist, dass sie mich einen Haufen Geld gekostet hat. Überzeugt hat mich jedoch ihre Tanzeinlage beim Tierarzt. Damit hat sie genau den richtigen Nerv bei mir getroffen. In gewisser Weise von Ballerina zu Ballerina.

Noch während ich über meine neu entdeckte Zuneigung zu diesem Fellknäuel nachdenke, werde ich mit apokalyptischer Wucht zurück ins hier und jetzt geholt. Püppi fängt an, wie verrückt zu tanzen und dabei zu fiepen, jedoch nicht für mich. Sie hat den Penner lange vor mir entdeckt und zerrt jetzt an der Leine, als ginge es um ihr Leben. Völlig demoralisiert lasse ich die Leine los und sehe zu, wie sie diesem ungewaschenen Individuum mit den zum Sterben schönen Augen in die Arme springt. Wie ungerecht ist doch diese Welt? Neidvoll sehe ich dem Schauspiel zu, welches auch einigen anderen Passanten nicht verborgen bleibt. Die Freude und die Liebe eines Hundes setzten keine menschlichen Maßstäbe. Sie ist rein und unverdorben. Mein Bestechungsversuch mit dem neuen Geschirr und der Leine kommt mir plötzlich töricht vor. Ich wollte einen Hund bestechen – wie armselig.

»Ei feiiiiiiiin ... meine Püppi ist wieder da ... ja feiiiiiiiin«, höre ich ihn mit babyhafter Quietschstimme piepsen und Püppi küsst ihn vor Freude ungeniert auf den Mund. Gut, eigentlich schlabbert sie ihn ab, was ich normalerweise abstoßend finden würde. Doch irgendwie scheine ich bei Püppi andere Maßstäbe anzusetzen. Ich sehe dem Treiben neidvoll zu.

»Na, die Freude ist aber groß«, versuche ich, möglichst emotionslos zu klingen und somit auf mich aufmerksam zu machen. Ich bin ja schließlich auch noch da, nicht nur der Hund.

Der Mann lächelt mich an. Für den Bruchteil einer Sekunde höre ich träumend, wie aus weiter Ferne, Vögel zwitschern, die vor einem herrlich blauen Sommerhimmel tanzen. In meinem Wunschtraum nimmt mich der schöne Fremde in den Arm und drückt mich dankbar an sich ... seine Muskeln liegen hart an meinem Körper und ich spüre seinen Atem in meinem Haar ...

»Bist du okay, Blondie?«, fragt er besorgt und lässt meinen Tagtraum zerplatzen wie eine Seifenblase – PLATSCH!

»Ja ... ja«, stottere ich verwirrt.

Er fängt an, schallend zu lachen. Ich weiß nicht, ob aus Freude über Püppis rasche Genesung oder über mein fassungsloses Gesicht. Dann sieht er mich mit diesen Wahnsinnsaugen an und sagt glücklich: »Danke Blondie.«

Er dreht sich ohne ein weiteres Wort um und eilt mit dem Hund auf dem Arm davon.

Sprachlos und wie vom Donner gerührt starre ich ihm hinterher. Das war's? Nur danke und sonst nichts? In meinem Kopf rufe ich ihm nach, er solle stehen bleiben, doch mein Verstand sagt: Lass ihn ziehen. Du hast dich bereits genug zum Narren gemacht.

***

Nach meinem Erlebnis vom Vormittag bin ich immer noch verwirrt und gefühlstechnisch aus der Bahn geworfen. Doch die Dame bei der Arbeitsagentur scheint das gekonnt zu ignorieren. »Sie sind aufgrund Ihres Unfalls ein Jahr arbeitslos gewesen. Was schätzen Sie denn, wie lange es noch dauert, bis Ihr Fuß wieder vollkommen hergestellt ist?«

»Der Arzt sagt, im Frühjahr sei es wahrscheinlich so weit, aber ich will nicht mehr so lange warten. Ich könnte doch zwischendurch irgendetwas anderes machen. Ich brauche das Geld.«

»Und an was haben Sie dabei gedacht?«, fragt sie gelangweilt und glotzt dabei abwesend auf ihren Monitor.

Es ärgert mich, wie wenig engagiert sie scheint, also kann ich mir einen bissigen Kommentar nicht verkneifen: »Ich bin doch hier richtig? Bei der Arbeitsvermittlung, oder ist das hier nur die Verwaltung von Menschen ohne Arbeit?«

Empört sieht sie von ihrem PC auf und ich freue mich darüber, eine Reaktion bei ihr ausgelöst zu haben.

»Sie sind in erster Linie selber dafür verantwortlich, sich Arbeit zu beschaffen. Dazu können Sie auch unser Onlineportal nutzen.« Dann sieht sie mich bedauernd an und fährt fort: »Mal ehrlich Frau Herzog, denken Sie, Sie werden irgendwann wieder tanzen? Das mit Ihrem Fuß ist doch schon ziemlich schwerwiegend. Ich würde Sie gerne in einer Umschulungsmaßnahme unterbringen. Das halte ich für sinnvoll.«

Wie auf Kommando schießen mir Tränen in die Augen. Genau das, was sie soeben völlig unsensibel geäußert hat, geht mir seit Monaten durch den Kopf. Was, wenn ... – ich darf gar nicht darüber nachdenken. Tanzen war mein Leben, nie wollte ich etwas anderes als das. Soll das jetzt alles vorbei sein? Niemals! »Ich gebe die Hoffnung nicht auf«, jammere ich und schniefe undamenhaft in ein Taschentuch.

»Frau Herzog, bitte. Ich wollte Sie nicht aufregen, aber Sie sollten langsam anfangen, sich einen Plan ›B‹ zurechtzulegen. Ehrlich gesagt kommen Sie jetzt in das Alter, wo mit der Bühnenkarriere, wohl oder übel, Schluss ist. Egal, ob Sie einen Unfall hatten oder nicht. Sie sind fast dreißig ...« Als würde sie plötzlich merken, wie unsensibel sie über meine Ängste herzieht, fügt sie rasch hinzu: »Was würde Sie denn noch interessieren? Außer Tanzen, meine ich.«

Ich hasse es, wenn jemand das ausspricht, vor dem ich mich am meisten fürchte. Das Ende meiner Laufbahn als erste Solistin, oder besser gesagt, als Balletttänzerin im Allgemeinen. Trotzdem denke ich darüber nach, wie ich kurzfristig zu Geld kommen könnte.

Ich weiß nicht, wie es in meinen Kopf kommt, aber da formuliert sich gerade eine Antwort, die mich selber überrascht. Als ich sie ausspreche, staune ich über mich mehr als die Dame, die mir gegenübersitzt: »Was soziales – Menschen oder Tieren in Not helfen ...«

Sie nickt tonlos, ohne auch den leisesten Funken einer Gemütsregung zu zeigen. Dann sagt sie: »Das können harte Jobs sein. Man sieht viel Elend, rennt oft gegen Wände oder scheitert per Gesetz an den eigenen Moralvorstellungen. Ich halte Sie für sensibel. Glauben Sie, Sie sind gefestigt genug, eine solche Arbeit durchzustehen?«

Ich nicke abwesend. Natürlich weiß ich es nicht. Ich habe es noch nie versucht. Dann fällt mir der Penner ein. Ihm habe ich geholfen, auch wenn er es mir nicht gedankt hat. Ich fühlte mich anschließend niedergeschlagen. »Na ja. Ehrlich gesagt kann ich das nicht beurteilen. Sicherlich wird man nicht immer den Dank erhalten, den man sich erhofft. Aber das Gefühl etwas Gutes zu tun wäre doch der richtige Ansatz, oder?«

»Es ist ein Aspekt, der mit Sicherheit in die richtige Richtung zeigt. Aber ein anderer Gesichtspunkt ist die emotionale Belastung. Nur wenige halten das auf Dauer durch. Aber wenn Sie mögen, sehe ich, was wir da machen können. Es ist natürlich ein Unterschied, ob Sie in der Tierpflege oder zum Beispiel in der Kranken- oder Altenpflege arbeiten. Was wäre Ihnen denn lieber?«

»Tierpflege«, antworte ich spontan. »Tiere wissen, wenn man es gut mit ihnen meint und sie danken es einem.«

Mein Gegenüber lacht. »Ja, da haben Sie wahrscheinlich recht. Ich lebe mit einem Hund und zwei Katzen zusammen. Ich weiß, wovon Sie sprechen.«

***

Zu Hause zurück, setze ich mich nachdenklich auf mein Sofa. Eine andere Arbeit ...! Muss ich ernsthaft in Erwägung ziehen, nie wieder zu tanzen?

Ich bin froh, einen Draht zu Frau Gerber von der Arbeitsagentur bekommen zu haben. Wer weiß, wofür mir das in Zukunft nützen kann? Die Tiergeschichte hat ihr verhärmtes Gesicht strahlen lassen. Kann sie etwas für mich erreichen? Obwohl der Sprung von der Ballerina zur Tierpflegerin noch nicht viel Wohlwollen in mir erzeugt. Vom finanziellen Aspekt mal ganz abgesehen. Ich müsste in Zukunft deutlich kleinere Brötchen backen. Aber irgendwie habe ich auch nicht mehr den Anspruch, ständig die Nummer eins zu sein. Ich brauche etwas, das mich ausfüllt, mir einen neuen Sinn vermittelt.

Gedankenversunken erhebe ich mich von meiner Couch und gehe in mein sogenanntes Arbeitszimmer. Eigentlich ist es eine Kombination aus Ankleide- und Tanzraum. An einer Wand steht ein Kleiderschrank, der bis unter die Decke reicht und an der anderen Wand wurden mehrere Spiegel angebracht, davor die Stange für mein Training. An der Wand hängen meine Ballettschuhe. Die weichen, ohne verstärkte Spitze, für Ausdruckstanz und Modern Dance, wie die mit Verstärkung für klassisches Ballett. Verträumt streiche ich über das rosa farbene Satin meiner zuletzt erworbenen Schuhe. Ich habe sie nur einmal getragen, dann nie wieder ... Ich war damals die perfekte Giselle. Darüber waren sich alle Kritiker einig. Die Presse sang Lobeshymnen auf mich und die Inszenierung. Doch von heute auf morgen endete der Traum. Wie durch ein Fingerschnippen in Luft aufgelöst. Der Unfall änderte mein Leben schlagartig.

Jetzt möchte ich sie anziehen – fühlen, wie sich der weiche Stoff an meine Füße schmiegt und sie bis zur Spitze hin stabilisiert. Obwohl ich das Okay von meinem Arzt bekam, nach und nach mit den Proben beginnen zu dürfen, zögere ich zuerst. Was, wenn ich umknicke, wenn der Fuß kraftlos wegbricht? Schweißtropfen bilden sich auf meiner Stirn. Es ist das Zeichen der Angst, die es zu besiegen gilt. Dann fasse ich den Entschluss. Schwungvoll nehme ich sie aus der Wandhalterung, pudere die Zehen ein und schlüpfe in die Zehenschoner, bevor ich mir die Schuhe überstreife.

Ein Glücksgefühl durchflutet mich. In Gedanken höre ich, wie aus weiter Ferne, den Auftakt des Orchesters. Es kündigt meinen Auftritt an. Die Giselle war meine letzte Starbesetzung, bevor ich mit einem bedauernden Gesichtsausdruck des Intendanten aus meinem Engagement entlassen wurde. Wer braucht eine Ballerina mit verletztem Bein? Ich fühlte mich am Boden zerstört. Nur Roman schien glücklich zu sein, denn er brauchte mich nicht mehr mit dem Theater zu teilen. Er hat nie verstanden, wie bedeutsam mir meine Arbeit war und wie viele Glücksmomente ich empfand, wenn ich im Licht der Scheinwerfer tanzte.

Erneut streiche ich mit den Fingerspitzen sanft über meine beschuhten Füße und binde anschließend mit versonnener Hingabe die Satinbänder um meine Knöchel. Dann schwinge ich mich auf die Beine und sofort durchflutet mich die Grazie, die die natürliche Haltung einer Ballerina ausmacht. Ich ergreife die Stange vor dem Spiegel, hebe meinen rechten Arm und spanne den Körper. Es ist wundervoll – das bin ich und nichts anderes. Nur das! Ich stelle mich in die erste Position und beginne mit einem gebeugten Plié, dann hebe ich mich schwungvoll in die Streckung, und hebe mich auf die Fußspitze. Perfekt!

An meiner Tür klingelt es ... mehrmals! Mit einem unflätigen Wort beende ich mein Training und eile mit watschelndem Gang zur Tür, nehme den Hörer der Gegensprechanlage aus seiner Halterung und frage bissig: »Wer stört?«

Draußen fährt ein Motorrad vorbei, daher kann ich den Namen nicht verstehen. »Wer ist da bitte?«

»Sanders. Christoph Sanders.«

»Und was wollen Sie?«, frage ich genervt und abweisend, denn den Namen kenne ich nicht.

Etwas kleinlaut vernehme ich die Worte durch den Hörer: »Ich wollte mich bedanken. Das war echt nett von dir, Blondie.«

4. Kapitel

Wie versteinert halte ich den Hörer in der Hand und starre ihn an, als könne er mir erklären, was in diesem Augenblick in meinem Innersten vor sich geht. Der undankbare Stadtstreicher – sein Name ist Christoph Sanders. Was mache ich denn jetzt? Ich hätte nie im Leben damit gerechnet, dass er meine Adresse aufhebt. Ich habe sie ihm lediglich gegeben, weil er Angst hatte, ich würde seinen Hund nicht zurückbringen. Also sage ich freundlich: »Danke. Es ist nett, aber deswegen hätten Sie nicht extra herkommen müssen.«

Eine Weile ist alles still. Vermutlich ist er schon wieder verschwunden. Ein komischer Kauz, denke ich genervt und will schon auflegen, da höre ich seine Stimme: »Es wird kalt heute Nacht. Ich würde gerne in eine Unterkunft gehen.«

»Dann machen Sie das«, antworte ich knapp. Es ist ein wenig unheimlich, dass er unten vor meiner Tür steht.

Wieder herrscht eine Weile Stille, bevor er sagt: »Der Hund ... ich kann ihn nicht mitnehmen.«

Verzweifelt und völlig konfus winde ich mich wie ein Aal, um aus dieser Nummer wieder rauszukommen. Sicherlich, er tat mir leid – vor allem der Hund. Doch das hier geht entschieden zu weit, auch wenn er die schönsten Augen hat, die ich je gesehen habe. »Es tut mir leid ... ich weiß nicht. Sie können nicht einfach hier herkommen und ...!«

»Bitte ... es ist kalt.«

Mit einem flauen Gefühl im Magen gebe ich mich geschlagen und sage: »Gut. Eine Nacht, anschließend müssen Sie sich etwas anderes überlegen.« Dann drücke ich den Türöffner.

Püppi umtanzt mich mit einer Inbrunst, die selbst mein damaliger Tanzpartner Nikolaj Petrow, nie zustande brachte. Als ich an Nikolaj denke, läuft es mir kalt über den Rücken, denn ich erkenne plötzlich die Ähnlichkeit der Augen. Nikolaj hatte auch diese riesigen nachtschwarzen Augen und es brauchte lange Zeit einzusehen, dass Nikolaj kein Interesse an Mädchen hatte. Ich war einige Zeit todunglücklich, denn er war meine erste große Liebe. Merkwürdig, dass ich diese Augen mit denen von Roman gleichsetzte. Doch manchmal verdrängen wir Dinge in unserem Leben, die uns in den unmöglichsten Augenblicken heimsuchen. Es waren nicht Romans Augen, die ich in seinen sah ... es waren Nikolajs!

Betrübt schiebe ich die Erinnerung zur Seite und widme mich der tanzenden Pudeldame.

Die Freude, die Püppi mir entgegenbringt, ist ansteckend und so erwische ich mich, wie ich mit Kinderstimme die kleine Fellmaus quietschend begrüße: »Ja feiiiin ... so eine feiiiiine Püppiiiiii ...!« Dabei versuche ich das tanzende Etwas zu streicheln, was von ihr durch heftiges Fiepen begleitet wird.

Neben mir räuspert sich jemand: »Sie mag dich.«

»Ja, ich glaube auch«, lache ich fröhlich. Dann sehe ich zu ihm auf und blicke in durchnächtigte Augen mit dunklen Augenrändern. Sofort ist die Freude dahin. Der arme Kerl tut mir echt leid. Mir zucken Gedanken durch den Kopf wie: Möchten Sie einen warmen Tee? - Haben Sie bereits etwas gegessen? - Wollen Sie sich kurz aufwärmen? Dann klingelt das Telefon und ich zucke aus meinen Gedanken.

»Oh, ach je. Einen Moment bitte.« Ich renne mit meinen Ballettschuhen ins Wohnzimmer, was sicherlich nicht besonders elegant aussieht und nehme den Hörer ab. »Ja?«

»Hi Sina, hier is Micha.«

Mit offenem Mund stehe ich sprachlos da.

»Bist de noch dran?«

»Woher hast du meine Nummer?«

»Von meiner Großmama. Sie sagt, ick solle dich mal anrufen, bist wieder zurück von dein Dorf.«

Perplex stottere ich, ich hätte jetzt keine Zeit, weil gerade ein Freund da wäre, und vertröste ihn auf später. Zum Glück lässt er sich abwimmeln und ich lege den Hörer zurück auf die Ladestation.

»Ach so, ein Freund«, höre ich es belustigt aus dem Flur. Ist er etwa hereingekommen? Steht er in meinem Flur? Für einen kurzen Moment gerate ich in Panik. Wenn ich jetzt fliehen wollte, hätte ich mit meinen Tanzschuhen schlechte Karten. Dann flitze ich in den Flur und blaffe ihn an: »Was machen Sie hier? Raus!« Um meiner Aufforderung Nachdruck zu verleihen, zeige ich mit dem gestreckten Finger Richtung Eingangstür.

»Sorry, habe nur Püppi zurückgehalten. Sie sollte nicht mit den schmutzigen Pfoten in deine Wohnung rennen. Hast du ein Papiertuch oder ein altes Handtuch?«

Erleichtert, dass meine Handtasche noch an ihrem Platz steht, sage ich: »Das mache ich schon. Wann holen Sie sie wieder ab?«

»Weiß nicht ... morgen? Je nachdem, wie das Wetter wird.«

»Also kann es sein, dass Püppi länger bleibt?«

»Wenn das geht?«

»Na ja, Sie haben mich ganz schön überrumpelt. Aber gut. Vielleicht melden Sie sich zwischendurch mal. Haben Sie ein Handy?«

»Sehe ich aus, als hätte ich eines?«, grummelt er beleidigt und sieht mich ernst, mit zusammengekniffenen Augenbrauen an.

Beschämt sehe ich auf den Boden. Manchmal bin ich echt zu blöd und latsche, inklusive Ballettschuhen, in den nächsten Fetteimer – Napf kann man dazu nicht mehr sagen. »Tut mir leid.«

Er nickt mit zusammengekniffenen Augenbrauen und antwortet nur knapp: »Ich melde mich morgen. Bis dann.« Im Umdrehen drückt er mir eine Plastiktüte in die Hand.

»Bis dann«, antworte ich und schließe hinter ihm die Tür. Püppi sieht für einen Moment traurig auf die Ausgangstür, doch als sie das Rascheln der Tüte wahrnimmt, ist die Trauer sofort vergessen. Er hat doch tatsächlich Dosenfutter und Leckerli für mehrere Tage eingekauft. Kopfschüttelnd sage ich zu Püppi: »Na dann komm mal mit, du kleiner Hopser. Jetzt putzen wir erst mal deine Pfötchen ab.«

***

Aus einer Übernachtung wurden zwei, dann drei, dann vier, dann fünf und nun wohnt Püppi bereits seit sechs Tagen bei mir und bis heute keine Nachricht von Mr. Wohnungslos. Langsam werde ich wütend. Püppi versüßt zwar mein Leben auf ungeahnte Weise, doch die Tour, die ihr Herrchen abzog, finde ich unmöglich. Er hat seinen Hund einfach bei mir zwischengeparkt. Letzten Donnerstag habe ich unterm Bierpinsel nach ihm gesucht – vergeblich. Kein Penner mit nachtblauen Augen weit und breit. Mist!

Omi war auch nicht begeistert, als ich ihr davon erzählte, doch nun muss ich mal mit jemandem in meinem Alter darüber sprechen. Daniela heißt das Zauberwort. Wir haben uns zwar in den Jahren, in denen ich in Regensburg lebte, etwas aus den Augen verloren, aber das lag mehr an Roman, als an der Entfernung. Daniela war immer so diplomatisch das zu verschweigen aber als ich anfing den Tatsachen ins Auge zu blicken, war mir schnell klar, weshalb ich plötzlich so isoliert war. Roman war ein Meister im Vergraulen von Menschen, die mir nahestehen. Ich beschließe also, Dani anzurufen.

»Hi Dani ... ist lange her«, beginne ich das Telefonat etwas verlegen. Wir haben fast ein Jahr nichts voneinander gehört.

»Ey Sina! Wow! Deine Oma hat schon erzählt, dass du wieder in der Stadt bist. Einmal Berlin, immer Berlin. Du kannst deine Wurzeln nicht verleugnen. Außerdem tobt hier das Leben. In Bayern werden ja bereits bei Anbruch der Dunkelheit die Bürgersteige hochgeklappt.«

»Erwischt Dani. Okay, du hattest damals recht, aber was soll ich sagen? Wo die Liebe hinfällt, trifft es wohl am besten.«

»Na ja, Liebe. Ein großes Wort für einen Mann mit Holzkopf, oder besser gesagt: einen Bayern.«

»Franken«, verbessere ich sie und füge hinzu: »Fränkischer Holzkopf, das ist ein Unterschied. Darauf legen sie da viel Wert. Sage niemals einem Franken er sei ein Bayer. Das könnte eine Familienfehde auslösen.«

Dani lacht ausgelassen und pflichtet mir bei. So etwas hätte sie auch schon gehört. »Schön, dass du dich meldest. Wollen wir uns treffen? Wir könnten ins Coco Beach am Lichtenrader Damm gehen und ein Eis essen.«

»Im Dezember?«

»Na und?«

»Haben die in den Wintermonaten geöffnet?«

»Ich glaube schon, bin aber nicht sicher.«

»Na dann lass uns besser ins *Café Obergeil* gehen.«

Dani lacht und verbessert mich: »Obergfell, nicht Obergeil.«

»Egal, die haben guten Kuchen und schön verstaubt ist es auch.«

»Du meinst altmodisch, nicht verstaubt.«

»Entspann dich Dani. Du weißt, was ich meine.«

»Ich denke schon.«

»Okay, und wann?«

»Freitag. Ich habe um fünfzehn Uhr Feierabend und könnte gegen fünfzehn Uhr dreißig da sein.«

»Gut, also um fünfzehn Uhr dreißig bei *Café Obergeil*«, spreche ich den Namen bewusst falsch aus und sehe förmlich, wie Dani resigniert die Augen verdreht.

»Okay, Obergeil um fünfzehn Uhr dreißig«, antwortet sie zu meinem Erstaunen.

»Bis dann, Bussi«, necke ich sie und sie antwortet genervt: »Ja, Kussi«, dann legt sie auf.

Das wäre erledigt. Dani ist mir wichtig – war sie schon immer. Auch wenn wir unterschiedlicher nicht sein können, so verbindet uns doch ein zartes Band des Vertrauens und der uneingeschränkten Achtung. Sie ist so viel intelligenter als ich und ich um so vieles kreativer als sie. Die Mischung aus beidem lässt uns zu einem Team werden. Auch wenn wir uns zwischendurch über lange Zeit immer wieder aus den Augen verlieren.

Nach dem Telefonat fühle ich mich besser. Bisher hatte ich, seitdem ich wieder in Berlin bin, nur Kontakt zu Micha (was definitiv alles andere als befriedigend war) und zu Mr. Wohnungslos, der mir seinen Hund vererbte. Bei dem Gedanken an ihn wird mir schwer ums Herz. Einerseits bin ich stocksauer und andererseits mache ich mir schreckliche Sorgen um ihn. Draußen ist es bitterkalt und was die Temperaturen angeht, keinesfalls geeignet, im Freien zu übernachten. Ich versuche, den Gedanken an ihn abzuschütteln, doch so einfach geht das nicht. Püppi erinnert mich ständig an ihn. Sie scheint genau so arglos zu sein, wie er. Was macht ihn nur so sicher, ich würde seinen Hund behalten? Ich hätte Püppi ebenso gut ins Tierheim schaffen können. Bin ich so leicht zu durchschauen? Steht auf meiner Stirn: Bitte nutz mich aus und lade alle unliebsamen Dinge bei mir ab? Wahrscheinlich ist es so.

Am Abend ruft mich Omi an und fragt gleich: »Na meine Kleine, wie geht es dir? Was macht das Training?«

»Gut soweit. Ich kann nicht meckern. Die Fußdehnung macht mir noch zu schaffen – ich bekomme ihn noch nicht so weit in die Streckung, wie den anderen. Aber ich stehe schon relativ sicher auf der Spitze. Kraft ist also vorhanden.«

»Das freut mich zu hören Kindchen. Hast du eine Antwort vom Theater des Westens?«

»Noch nicht. Es ist aber auch noch nicht lange her mit der Bewerbung. Ich schätze, die fangen erst Anfang nächsten Jahres mit dem Casting an.«

»Wenn daraus etwas wird, bist du aus dem Schneider, hab ich recht?«

»So könnte man es ausdrücken. Wenn ich da unterkäme, wäre es die Chance überhaupt, in Berlin wieder Fuß zu fassen. Ein Sechser im Lotto sozusagen.«

Oma räuspert sich verschnupft und sagt: »Ich drücke dir alles, was sich drücken lässt und Opa sicherlich auch.«

»Danke Omi.«

»Was macht der Hund? Ist er noch bei dir?«

»Ja«, antworte ich resigniert.

»Und der Junge? Hat er sich gemeldet?«, fragt sie vorsichtig.

»Noch nicht«, antworte ich mit einem Ansturm von Verzweiflung. »Was, wenn ihm etwas passiert ist?«

»Na, dann behältst du den Hund«, antwortet sie, ohne zu merken, dass es mir um ihn geht. Dass ich mir Sorgen um ihn mache, nicht nur um den Hund.

»Es ist kalt, Omi. Ich glaube, er lebt noch nicht lange da draußen. Denkst du, es geht ihm gut?«, frage ich vorsichtig.

»Sicher Kindchen, sicher«, weicht sie mir aus. Ich kann genau spüren, dass sein Schicksal sie ebenfalls berührt.

»Denkst du, ich sollte noch mal nach ihm suchen?«, frage ich unsicher.

»Ach Kindchen, lass es gut sein. Du hast selber genug eigene Sorgen. Er findet sich schon zurecht.«

Die Antwort befriedigt mich zwar nicht sonderlich, aber sie hat recht, er ist erwachsen.

5. Kapitel

Als ich Dani mit hochgezogenem Kragen auf das Café zueilen sehe, in dem ich bereits mit Püppi sitze, muss ich schmunzeln. Die Zeit scheint an ihr vorüberzueilen. Irgendwie ist und war sie schon immer zweiundzwanzig. Damals wirkte sie zu reif, weil sie manchmal ziemlich altklug sein kann und heute wirkt sie ihrem Alter entsprechend jünger. Sie hat sich nicht verändert. Ihre an Stroh erinnernden Haare wehen im Wind wie eine feste Masse, durch Haarspray gehalten. Ich schmunzele. Ich glaube, die Jacke hatte sie schon vor acht Jahren. Andere würden die Nase rümpfen, ich jedoch finde es toll, dass sie immer noch da rein passt. Wie gesagt, die Zeit ist um Dani herum stehengeblieben.

Püppi beginnt einen Freudentanz, als Dani auf uns zugeschossen kommt. Püppi freut sich über jeden. Sie hat ein sonniges Gemüt.

»Ach, ist die süß. Seit wann hast du einen Hund?«

»Ach, das ist eine komplizierte Geschichte. Aber jetzt setz dich doch erst einmal.«

»Nein, erst drücken. Wir haben uns so lange nicht gesehen.« Mit einer festen Umarmung herzt und drückt sie mich, dann ist Püppi dran. »Ei feiiiiin. So eine liiiiiiiiiebe kleine Maus!«

Ich breche fast zusammen und könnte mich kugeln vor Lachen, als ich mich in Dani wiedererkenne. Genau so habe ich auch auf Püppi reagiert.

Wir bestellen Käsekuchen und Milchkaffee, dann fängt das Verhör an: »Na dann mal los. Ich bin ganz Ohr.«

Ich räuspere mich verlegen. Wer gibt schon gerne Interviews über seine gescheiterte Ehe. Vor allem, wenn das Gegenüber eine Musterehe führt. »Er hat mich erdrückt mit seinem altmodischen Rollenbild bezüglich Mann und Frau. Wenn es nach ihm gegangen wäre, hätte ich meine Ballettschuhe an den Nagel hängen müssen und dafür die Küchenschürze umbinden sollen. Heimchen am Herd nennt man das.«

Dani gluckst bösartig und frotzelt dann: »Na ja, wenn er es geschafft hätte, dir ein Kind anzudrehen, wärst du jedenfalls in den Genuss der Herdprämie gekommen. Das ist ein geringes Einkommen, aber es sind monatlich wiederkehrende Bezüge.«

Ich grinse freudlos. Wer das jahrelang live miterlebt hat, dem ist nicht zum Lachen zumute. »Er war bereits hier und hat mir aus unserem Haus Sachen gebracht. Er nimmt mich nicht ernst. Er denkt, wenn ich eine Weile rumgezickt habe, komme ich zurück.«

»Roman – wie er leibt, und lebt.«

»Stimmt.«

Wir schweigen eine Weile und ich gebe Püppi etwas von meinem Kuchen ab. Sie benimmt sich vorbildlich. Bettelt nicht und bellt niemanden an. Dafür hat sie eine Belohnung verdient.

»Wo wohnst du jetzt?«

»Steglitz. In der Nähe vom Wasserturm.«

»Wow. Schöne Gegend.«

»Ja, schön. Ich lebe in einer sanierten Stadtvilla. Deftige Miete.«

»Kann ich mir vorstellen.«

»Wenn alles klappt, werde ich nächstes Jahr wieder tanzen.«

»Das freut mich, Sina. Ist dein Bein wieder völlig in Ordnung?«, fragt sie besorgt.

»Ja, fast, aber der Fuß will noch nicht in die Dehnung. Kraft ist jedoch vorhanden. Ich kann bereits auf der Spitze stehen«, gebe ich optimistisch wieder, fast, als wolle ich mich selber davon überzeugen.

»Das klingt doch toll. Gott sei Dank«, sagt sie erleichtert und dann fährt sie fort: »Sarina, du glaubst gar nicht, wie schrecklich ich den Gedanken fand, du könntest eventuell nie wieder tanzen. Das ist doch dein Leben ...!« Sie langt über den Tisch und drückt meine Hand. Dabei lächelt sie mir aufmunternd zu. »Nicht mehr lange, dann bist du wieder wie früher.«

Ich grinse verlegen. Dani hat sich echte Sorgen gemacht.

Wir tratschen noch eine Weile über dies und das. Dann wirft sie einen verstohlenen Blick auf ihre Armbanduhr. »Nicht böse sein, aber ich muss noch zu meinem Bruder. Wir wollten Haare schneiden und färben.«

»Hat er immer noch die rote Bürste auf dem Kopf?«, frage ich fassungslos. Dennis läuft wahrscheinlich immer noch rum wie ein Punk.

»Ja, leider«, gibt sie kleinlaut zurück. »Wer es nicht weiß, würde uns nie im Leben für Zwillinge halten. Der Punker und die konservative Normalotussi. Na ja, aber er ist gut drauf. Seine Kneipe läuft gut.«

»Freut mich, dass er die Kurve gekriegt hat. Sah ja mal 'ne Weile anders aus«, sage ich erleichtert. Dennis war immer nett und hilfsbereit, aber wegen seiner Vorliebe für Punk ist er oft angeeckt und es wurden ihm viele Steine in den Weg gelegt. Die meisten Menschen sind einfach zu intolerant und beurteilen andere nur nach ihrem Äußeren. Da fällt mir Christoph ein. Ich wollte doch mit ihr über ihn sprechen. Aber das muss dann bis zum nächsten Mal warten.

Wir verabschieden uns mit dem Versprechen, uns nun wieder regelmäßig zu treffen, schlüpfen in unsere dicken Wintermäntel und treten nach draußen in die eisige Kälte.

»Dieser Winter ist besonders kalt. Aber dann bekommen wir wenigstens weiße Weihnachten«, sagt Dani mit zitternder Stimme. Ich stimme ihr zu. Weiße Weihnacht, das ist schon was!

*** *

Auf dem Weg nach Hause fahre ich an der Autobahnbrücke vorbei, um nach Püppis Herrchen Ausschau zu halten. Nichts. Wie vom Erdboden verschluckt. Sorgenvoll fahre ich weiter. In Gedanken male ich mir die schlimmsten Dinge aus. Es gab bereits die ersten Kälteopfer. War er dabei? Ach Sina, mach dich nicht verrückt. Er ist ein Fremder, schelte ich mich selbst. Was macht es für einen Sinn, über jemanden nachzudenken, der einem wahrscheinlich sowieso nur Scherereien macht?

Als ich in die Einfahrt einbiege, um meinen Fiat auf seinen Parkplatz zu fahren, winkt mir ein junger Mann zu. Gut angezogen denke ich im Vorbeifahren und winke zurück. Ich kenne ihn zwar nicht, aber ich möchte nicht unhöflich erscheinen.

Erstaunt bin ich, als der nette Herr neben meinem Auto steht und mir galant die Tür öffnet. Völlig perplex steige ich aus und er begrüßt mich mit einem offenen Lächeln. »Hi Sarina, mene Kleene. Jut siehst de aus.«

Ich breche in albernes Gelächter aus und rufe laut lachend: »Micha! Nee, wie schön! Du bist ja kaum wiederzuerkennen!« Dann nehmen wir uns fest in den Arm und ich bin plötzlich wieder die kleine brünette Göre mit den langen Zöpfen, an denen er immer zog, wenn ich ihn nicht beachtete.

»Was machst du denn hier?«, frage ich erstaunt und nehme Püppi auf den Arm, weil es so kalt ist.

»Meine Oma gibt nicht auf und hat deine Oma so lange gequält, bis sie mit der Sprache rausjerückt is. Dann rief sie mich an und jab mir sofort deine Adresse durch. Die hört nie auf, uns verkuppeln zu wollen.«

»Na ja, hätte ich mir denken können, dass es für Oma Klingweiler eine sportliche Herausforderung darstellt, meine Oma auszufragen«, antworte ich belustigt und deute ihm an, mit reinzukommen.

Püppi freut sich über den unvorhergesehenen Gast und ich verschiebe mein Training auf später. Eigentlich wollte ich mit den Dehnungsübungen fortfahren, aber daraus wird erst mal nichts. Wenn Micha schon mal da ist, können wir die alten Zeiten aufleben lassen und uns an unsere Kindheit im Haus unserer Großeltern erinnern.

Nachdem wir unsere Mäntel ausgezogen haben und ich Püppi die Pfoten abgewischt habe bitte ich ihn ins Wohnzimmer.

»Schick«, stellt er fest und fragt dann: »Zeigst du mir alles?«

Ich verdrehe die Augen. Micha tut so, als hätten wir uns gestern das letzte Mal gesehen. Kein Anstand.

»Na gut. Aber eigentlich geht es dich nichts an, wie es in meinem Schlafzimmer aussieht.«

»Hab dich nicht so. Wir sind alte Freunde«, entgegnet er mir und spaziert los.

»Ihh! Dit riecht noch so neu. Willst de nicht mal lüften?«, nörgelt er, als er inmitten meines Allerheiligsten steht.

Etwas angesäuert wegen seiner dreisten Frage gifte ich in seinem Jargon zurück: »Is noch keener erstunken, aber ne janze Menge erfroren.«

Er sieht mich verdutzt an. »Hast de och wieder recht. Aber dit kann nich jesund sein. Den Jestank meine ick. Dit Bett sieht jemütlich aus. Wer hat denn hier jemalert?«

Den Gedankensprüngen muss erst mal einer folgen.

»Weiß ich nicht. Das hat der Vermieter im Zuge der Modernisierung machen lassen.«

Micha lässt seinen Blick umherschweifen und ich kann seiner Miene ansehen, dass es nicht zu seiner Zufriedenheit gemacht wurde. Um seiner fachmännischen Beurteilung zuvorzukommen hebe ich die Hand, damit er gar nicht erst damit anfängt, und sage: »Gut, Herr Malermeister Klingweiler hätte das sicherlich besser gemacht. Beim nächsten Mal frage ich dich.«

»Dit will ick hoffen. Aber zeig mir mal den Rest.«

Ich führe ihn durch die Wohnung und er beäugt alles mit der ihm innewohnenden Neugier. Am Ende der Besichtigung stellt er fest: »Is ja allet neu. Hast du nischt aus Bayern mitjebracht? Ick meene, 'ne Erinnerung oder so. An irjendwatt must du doch hängen.«

»Nein«, erwidere ich kleinlaut. »Da ist nichts, nur Kleinigkeiten. Ich möchte hier neu starten, ohne alten Ballast.«

»Da machst de es Roman aber einfach.«

»Egal, ich muss mich nicht streiten. Nur das ist wichtig.«

Michael sieht mich verständnisvoll an und lächelt mitfühlend. Das tut gut. Jemand der einen auch ohne viele Worte versteht.

Wir gehen in meine hypermoderne Küche und ich setze Tee auf.

»Dit mit Hamburg is ooch erledigt. Dit jing nich jut. Erstens dit tägliche Jezeter von ihr, weil ick viel jearbeitet habe und denn noch dit mit der Firma ... dit hin und her zwischen Berlin und Hamburg. Ick bin ooch bloß 'n Mensch. Dit kannst de globen.«

Ich nicke verstehend. Michael ist nicht unbedingt der Meister des verständlichen Ausdrucks, aber auf seine Weise hat er mit kurzen Worten alles beschrieben, das ihn zur Rückkehr nach Berlin veranlasste.

Versunken in unsere Kindheit und deren Erlebnisse vergeht die Zeit wie im Flug. Wir erinnern uns daran, wie wir im Keller unserer Großeltern Mäuse fütterten und anschließend bezog Micha eine Tracht Prügel, die sich gewaschen hatte.

»Mir tut heute noch der Arsch weh, wenn ick daran denke. Mann, Mann, mene Oma war stinksauer«, erinnert er sich lebhaft.

»Und du hast an meinen Zöpfen gezogen. Immer. Ständig. Zu jeder Gelegenheit. Kannst du dich noch an den Heiratsantrag erinnern, den du mir mit neun Jahren im Tempelhofer Park gemacht hast? Als ich Nein sagte, hast du vor Wut so doll daran gezogen, dass ich in Tränen ausbrach. Anschließend hast du dich mit einem Eis wieder bei mir eingeschleimt. Das war das letzte Mal, das du daran gezogen hattest.

Micha faltet seine Hände zu einer Art Hängematte und lässt sein Kinn hineinfallen. Er sieht mich über den Esstisch hinweg mit verklärter Miene an. Dann sagt er verträumt:»Ich wünschte mir, du könntest heute mit geflochtenen Zöpfen, und nur damit, vor mir stehen, und würdest deinen Rücken gegen meine Brust fallenlassen.«

Es dauert einen Moment, bis alles, was er sagte, in meinem Hirn ankommt. Zuerst bemerke ich, dass er völlig ohne Dialekt gesprochen hat und dann findet die Übersetzung des Gesagten in meinem Verarbeitungszentrum statt. Das Ergebnis lautet: Ich möchte dich nackt, mit Kinderzöpfen, von hinten nehmen. Mir klappt der Mund auf. Das ist ja wohl der Gipfel der Frechheit. Dieser Hirni sitzt an meinem Tisch, ist mein Gast und macht mir unanständige Avancen. Dagegen war der Heiratsantrag von damals lächerlich.

»Spinnst du?«, platzt es aus mir heraus und ich stelle meine Teetasse mit zu viel Schwung ab. Der Inhalt schwappt über. Doch das ist mir im Moment egal.

»Na so ein Checker. Aber nichts für ungut. Hab genug Zeit gehabt, mich damit auseinanderzusetzen, dass aus uns nichts wird.«

Mir steht immer noch der Mund offen und Micha drückt ihn mir vorsichtig zu. »Sorry, ich wollte nicht unhöflich sein.«

»Willst du mich veralbern? Was soll der ganze Müll? Erst berlinerst du, was das Zeug hält, machst mich an und nun soll ich darüber lachen? Also ehrlich Micha. Du bist echt 'ne Nummer!«

Er streckt sich genüsslich mit einem lauten »Ahh«, dann lächelt er mich an: »Ich weiß mich zu artikulieren. Glaub' mal nicht, ich hätte die letzten Jahre auf einem Baum geschlafen. Wir alle haben uns verändert. Nicht nur du. Mein Geschäft läuft gut. Jedenfalls so gut, dass ich mir etwas Besseres als so einen Elefantenschuh leisten kann.«

Erstaunt antworte ich: »Mein Auto ist groß genug für die Stadt.«

»Meines ist auch nicht viel größer, aber vorne prangt ein goldfarbenes Wappen mit schwarzen und roten Streifen drauf.«

»Angeber«, schimpfe ich ihn und bewundere ihn gleichzeitig. Er hat sich tatsächlich seinen Jugendtraum erfüllt. Schon damals war jedes zweite Wort: Porsche.

Er erzählt von seinem Geschäft, nicht, weil er damit angeben will. Nein, weil es sein Leben ist. Aus der Malerfirma hat er in kurzer Zeit ein Unternehmen mit Weitblick gemacht. Das Gesamtkonzept stimmt. Er beginnt mit dem Ausräumen der zu renovierenden Objekte, ähnlich dem Konzept einer Umzugsfirma. Davor fand eine intensive Beratung zur Gestaltung und Umsetzung statt. Er hat mittlerweile zwanzig Angestellte. Ich finde, er darf zurecht ein wenig angeben.

Am frühen Abend bestellen wir Pizza und schwelgen weiter in Kindheitserinnerungen. Anschließend begleitet er mich bei der Gassirunde mit Püppi und verabschiedet sich noch vor dem Haus. »So, ich werd dann mal wieder. War schön Kleene. Machen wa bald wieder, ja?«

»Gerne, wir bleiben in Kontakt«, gebe ich mit einem Lächeln zurück. Der Abend war wirklich sehr schön und Micha hat sich sehr zu seinem Vorteil verändert.

***

Oben in der Wohnung trockne ich Püppis Pfötchen ab und ziehe ihr das Mäntelchen aus. Ein süßer kleiner Steppmantel für Hunde in einem freundlichen Farbmix aus allen Regenbogenfarben. Genau das richtige für Püppis sonniges und fröhliches Gemüt. Anschließend tapst sie in die Küche und wartet auf ihr Leckerli, welches sie immer bekommt, weil sie so brav stillhält beim Pfötchensäubern.

»Ja meine Süße, du bekommst dein Leckerli«, sage ich mit freundlicher Stimme, als ich nach ihr in die Küche komme. Wie immer bedankt sie sich mit einem kleinen Tanz.

Jedes Mal wenn ich ihr dabei zusehe, hege ich den Gedanken, dass sie eventuell aus einer Dynastie von Zirkuspudeln abstammt. Sie ist zwar allem Anschein nach nicht reinrassig, aber der Pudel in ihr ist klar zu erkennen. Eventuell könnte es ein Mix mit Terrier oder Pekinese sein. Aber ehrlich gesagt, kenne ich mich nicht genug aus, um eine klare Zuordnung zu treffen. Auf jeden Fall steckt eine andere kleine Hunderasse mit drin. Der Pudel dominiert jedoch das Erscheinungsbild. Lockiges Fell, Schlappohren, keine allzu lange Schnauze und ein kleiner Schwanz. Sollte ich sie im Sommer noch haben, werde ich ihr den typischen Pudellook verpassen. Das fände ich süß.

Nach ihrer Tanzeinlage stolziert sie ins Wohnzimmer und legt sich in ihr Körbchen. Ich habe doch tatsächlich ein kleines Hundekörbchen für sie besorgt. Es passt farblich perfekt zu ihrem Steppmantel, aber leider überhaupt nicht in mein Wohnzimmer. Egal, sie mag es. Kopfschüttelnd über diese, für mich, völlig fremdartigen Gefühle einem Hund gegenüber, gehe ich in mein Spiegelzimmer, um noch einige Übungen zu machen.

Ich hatte früher Katzen. Sie sind eigenständige kleine Persönlichkeiten. Wenn sie dich nicht mögen, kommen sie nicht zu dir. Also bist du ständig darum bemüht, ihnen alles recht zu machen. Egal, ob du ihnen den Platz in deinem Sessel überlässt, wenn sie ausgerechnet dort schlafen wollen oder du Bestechungsversuche unternimmst, indem du ihnen immer ihre Lieblingsmahlzeit servierst. Katzen sind Feinschmecker und nicht so leicht zufriedenzustellen wie Hunde.

Püppi hingegen ist eine dankbare kleine Persönlichkeit, die voller Lebensfreude meinen Tag versüßt. Mit Schrecken bemerke ich, wie schnell sie mir ans Herz gewachsen ist. Was, wenn der Stadtstreicher sie zurückholt? Dieser Gedanke scheint unerträglich. Püppi hat sich mit einer Leichtigkeit in mein Herz geschlichen, wie es noch keinem Menschen gelungen ist. Verrückt!

Ich schalte mit der Fernbedienung meine Ballett CD an, auf der sich diverse klassische Stücke berühmter Meister befinden und gehe zum Schrank um mein Trainingsoutfit herauszuholen. Dann ziehe ich mich um und nehme die rosa Ballettschuhe von der Wand. Verträumt drücke ich sie an meine Brust und beobachte im Spiegel dabei mein Spiegelbild – schlank, fast etwas knochig, mit asiatischem Einschlag mütterlicherseits und von vollendeter Grazie – eine wahrhaftige Ballerina.

Sobald ich in meinem Trainingsoutfit stecke, strafft sich automatisch mein Körper. Mit einer lasziven Kopfbewegung werfe ich mein langes Haar über die Schulter und beuge mich weit nach hinten hinab. Ich bin in verspielter Stimmung und würde am liebsten eine dramatische Tanzstunde absolvieren, bei der mein voller Körpereinsatz gefragt ist. Aber diszipliniert wie immer, rufe ich mir mein Ziel in Erinnerung: Das Casting im Theater des Westens. Ich habe nicht mehr viel Zeit, also komme ich schwungvoll zurück in eine aufrechte Position, lasse mich auf den Boden sinken und streife meine Schuhe über. Zuerst die Polsterung der Zehen, dann in den Schuh und zum Schluss die Bänder um den Knöchel schlingen. Aus den Lautsprechern erklingt ein leises Adagio und ich nehme wie immer die sechste Position ein, dann beginne ich mit dem Aufwärmen.

Anschließend beginne ich wieder in der sechsten Position mit dem Training, dehne die Füße über die halbe Spitze und rolle anschließend auf die Spitze zurück. Jetzt ein Plié auf Spitze. Dabei geht die Kraft in den Spann der Füße, was mich zurzeit noch etwas anstrengt und ich muss mich zwingen, mich nicht mit der Körperkraft auf die Stange zu legen. Ich muss die Kraft auf dem Spann beibehalten, so schwer es mir auch fällt, dann die Beine durchstrecken und halten. Anschließend wieder zurück in den Stand abrollen. Diese Übung mache ich im Wechsel, mal mit dem rechten Fuß, mal mit dem linken Fuß. Dabei volle Konzentration der Kraft auf dem jeweiligen Bein. Die Versuchung, die Kraft über die Stange zu holen ist groß, doch wie immer diszipliniere und korrigiere ich mich ständig. Nur so kann ich Erfolge erzielen. Bei einem Blick in den Spiegel sehe ich ein angestrengtes Gesicht. Mist, ich habe die Mimik vernachlässigt. Also einen unschuldig lächelnden Ausdruck aufs Gesicht zaubern und weiter geht's. Würde ich jetzt auf der Bühne stehen, dürfte ich mir die Anstrengung auch nicht anmerken lassen. Wie unter Drogen trainiere ich in stupider Abfolge meine Kraft- und Dehnübungen. Immer wieder – immer wieder ...! Die CD mit meiner Ballettmusik hat schon vor einer Stunde geendet. Es ist mir nicht aufgefallen, so verbissen bin ich bei der Arbeit.

Aus dem Wohnzimmer nehme ich klägliches Fiepen wahr. Erschrocken halte ich inne und lausche. Dann ein zweites Mal, gefolgt von erregtem Winseln. Was ist denn da los?

Ich beende mein Training und verlasse das Zimmer. Auf dem Weg ins Wohnzimmer kommt mir Püppi entgegen und hopst auf und ab wie ein Gummiball. Dann rennt sie zur Eingangstür.

»Püppi, was hast du denn? Da ist doch niemand!«, rufe ich ihr hinterher und stakse mit meinen Ballettschuhen durchs Wohnzimmer in den Flur. Püppi sitzt wie angewurzelt vor der Tür und hält starr ihren Blick darauf. Das Schwänzchen wedelt erwartungsvoll über den Boden.

»Da ist doch nichts, Püppi«, sage ich bei einem Blick durch den Türspion. Alles dunkel. Doch Püppi lässt sich nicht irritieren und bleibt hartnäckig sitzen. Kopfschüttelnd drehe ich mich um und watschele zurück in mein Spiegelzimmer. Ich habe es noch nicht erreicht, da klingelt es. Wie erstarrt bleibe ich stehen und nehme aus dem Augenwinkel die Wanduhr im Flur wahr. Es ist bereits weit nach Mitternacht. Wer zum Teufel klingelt hier noch so spät? Hat Micha etwas vergessen? Bestimmt nicht, er hätte vorher angerufen.

Als ich zur Tür zurückeile, überschlage ich mich fast dabei. Püppi hüpft wie von unsichtbaren Bändern gezogen auf und ab. Dabei fiept sie in einem unnatürlich hohen Ton. Völlig genervt nehme ich den Hörer der Fernsprechanlage ans Ohr und blaffe wütend hinein: »Wer ist da?«

Einen Augenblick herrscht Ruhe, dann kommt die Antwort vom anderen Ende des Hörers: »Ich bin es. Kann ich raufkommen?«

6. Kapitel

In meinem Kopf rattert es, und als ich endlich begriffen habe, wer da unten vor dem Haus steht, läuft mir ein Schauer über den Rücken. Ist das jetzt Angst vor dem Fremden, Erleichterung, dass er noch lebt oder das ungute Gefühl, das er mir Püppi wieder wegnehmen könnte? Ich glaube, es ist die Angst davor, dass er mitten in der Nacht vor meiner Wohnung auftaucht und auch noch reingelassen werden möchte. Spinnt der? Ich lasse doch keinen wildfremden Penner nachts in meine Wohnung, denke ich wütend. Soeben formt sich die geballte Wut über sein unverschämtes Benehmen in mir. Erst sein freches Verhalten in der Schloßstraße, dann seine selbstverständliche Annahme, ich würde mich um seinen Hund kümmern und dann die Tatsache, dass er sich nicht mehr gemeldet hat. Dementsprechend unwirsch fällt meine Antwort aus: »Was fällt Ihnen ein, mich so spät nachts zu stören? Anständige Leute schlafen um diese Uhrzeit! Verschwinden Sie!«

»Es tut mir leid. Ich sah noch Licht. Ich dachte, du bist noch wach«, kommt die zerknirschte Antwort, die keinen Zweifel daran lässt, dass es ihm wirklich leidtut.

Püppi fiept unentwegt und jetzt, als sie seine Stimme durch den Hörer hört, tanzt sie wie verrückt. »Ja bin ich denn in einem Irrenhaus!?«, rufe ich ungehalten. »Das kann doch nicht wahr sein!«

Püppi setzt sich sofort brav auf ihren Hintern und mir tut es im selben Augenblick leid, sie angebrüllt zu haben. Sie kann ja nichts dafür. Also beruhige ich sie: »Schon gut Püppi, bist ein braves Hundchen.«

Aus dem Hörer nehme ich eine erleichterte Stimme wahr: »Sie ist noch bei dir?«

»Natürlich ist sie das! Es ist ja nicht jeder so verantwortungslos wie Sie!«, blaffe ich ihn an. Was soll der ganze Scheiß eigentlich? Denke ich wütend und nehme seine verunsicherte Stimme wahr: »Es ... es ging nicht anders. Tut mir leid. Es geht mir nicht gut.«

»Kann ich mir denken«, antworte ich wütend und füge boshaft hinzu: »Ist arschkalt draußen. Da schickt man keinen Hund vor die Tür, was?«

Ich vernehme ein zustimmendes, aber trauriges Geräusch und im selben Moment denke ich: Was bist du nur für eine Zicke? »Sorry. War nicht so gemeint«, entschuldige ich mich umgehend, aber er sagt kleinlaut: »Hast ja recht. Ein Penner wie ich verdient nichts anderes.«

Er tut mir leid. Ehrlich. Also frage ich versöhnlich, mit sanfter Stimme: »Warum klingeln Sie noch so spät hier?«

Die Antwort kommt stockend: »Ich ... wusste nicht, wo ich hingehen kann ... ich wurde überfallen und ... ich blute ... und ...!«

Er hat den Satz noch nicht zu Ende gesprochen, da drücke ich auch schon auf den Türöffner. Er ist verletzt – mein Gott!

Als er oben ankommt, stürmt Püppi ihm entgegen und er nimmt sie auf den Arm und lässt sich von ihr abküssen. Mit wehem Herzen beobachte ich die beiden und schmunzele über die Freude, mit der er von seinem Hund begrüßt wird. Püppi ist es egal, dass er sie im Stich gelassen hat. Sie liebt ihn aufrichtig. Vorsichtig lasse ich meinen Blick über sein Gesicht schweifen, als er mit dem Fellknäuel beschäftigt ist. An seiner Schläfe klebt frisches Blut und die Haut scheint über der Augenbraue aufgeplatzt zu sein. Das sieht alles andere als gut aus, denke ich und trete einen Schritt zur Seite, um ihm anzudeuten, er könne jetzt hereinkommen. Mit Püppi auf dem Arm tritt er schüchtern über die Türschwelle und ich wundere mich. Dafür, dass er am Anfang so frech war, macht er jetzt einen ganz schön zurückhaltenden Eindruck. Nichts mehr mit großer Klappe und Blondie-Sprüchen. Die kann er sich ohnehin sparen, denn ich bin definitiv brünett. Wie es meine Mutter war.

Als er vor mir steht, komme ich mir plötzlich winzig vor. So groß hatte ich ihn nicht in Erinnerung. Ich unterdrücke die aufsteigende Angst vor ihm und sage mit fester Stimme: »Hallo.«

»Hallo«, antwortet er und sein Unbehagen ist ihm anzusehen. »Vielleicht kannst du dir mal mein Auge ansehen. Es tut weh.«

»Was ist denn passiert?«, frage ich mitfühlend.

»Drei Glatzköpfe mit Springerstiefeln. Vor denen muss man sich in acht nehmen. Die nennen es: Penner klatschen. Ist bei denen so etwas wie ein Volkssport. Bisher konnte ich den Nazis immer aus dem Weg gehen, aber vorhin haben sie mich erwischt.«

Mit vor den Mund gehaltener Hand höre ich ihm mitfühlend zu. Es ist unglaublich, was da draußen alles passiert.

»Zeig mal her«, sage ich fürsorglich, als ich meine Angst überwunden habe. Ich kann mir nicht vorstellen, dass er mir etwas antut. Dafür ist er viel zu verstört und wirkt auf mich in keiner Weise bedrohlich. Er beugt sich zu mir und lässt es zu, dass ich sein Gesicht aus nächster Nähe betrachte. Merkwürdigerweise riecht er weder ungewaschen noch schmutzig. Er wirkt zwar etwas ungepflegt, aber insgesamt nicht verwahrlost. Er scheint das Beste aus seiner Situation zu machen, geht es mir durch den Kopf.

Vorsichtig berühre ich die schorfige Stelle über seiner Augenbraue. Dabei beäugt er mich misstrauisch. Große nachtblaue Augen mustern mich und als ich mit dem Finger zart über die Wunde gleite, schließt er seufzend die Augen.

»Entschuldige, ich wollte dir nicht wehtun«, gebe ich mitfühlend von mir und er antwortet flüsternd: »Es tat nicht weh ... und es ist schön, wenn du nicht mehr ›Sie‹ zu mir sagst.«

In dem Moment trifft mich Püppis Kuss mitten ins Gesicht und wir fangen gleichzeitig an zu lachen. Die angespannte Situation löst sich sofort.

»Ich werde sie mal besser auf den Boden setzen«, grinst er mich an und ich könnte zerschmelzen, als ich in seine Augen blicke, die für den Bruchteil einer Sekunde erahnen lassen, welch fröhlicher Mensch er gewesen sein muss.

Wunderschöne tiefblaue Augen. Ich zwinge mich, wegzusehen. Sonst könnte ich für nichts garantieren. In den Tiefen dieser Augen würde ich mich verlieren.

»Komm mit ins Bad. Da ist der Verbandskasten.«

»Du lässt mich rein?«, fragt er erstaunt und ich antworte genervt: »Zum Ersten bist du schon drinnen und zum Zweiten ziehe deine Schuhe vorher aus.«

Er starrt verstohlen auf seine Schuhe, dann auf meine. Ich folge seinem Blick und stelle fest, dass ich immer noch die Ballettschuhe aus rosa Satin trage. Er dagegen hat derbe Lederstiefel an, die vorne oben nicht zugeschnürt sind. Irgendwie cool, denke ich. Dann treffen sich unsere Blicke und wir grinsen gleichzeitig. Ihm ist der drastische Unterschied genauso bewusst wie mir. Nicht nur, was unsere Schuhe betrifft, auch unsere Statur kann unterschiedlicher nicht sein. Ganz zu schweigen von dem sozialen Status. Trotzdem ist da etwas – wir spüren es beide.

Er zieht seine dicke Jacke aus und streift sich die Schuhe ab, in dem er mit den Zehen abwechselnd die Hacken fixiert und den Fuß aus dem Schuh zieht.

Er folgt mir durch die Wohnung und ich drehe mich immer wieder zu ihm um. Könnte ja sein, dass er mir doch noch etwas über den Schädel haut.

Kopfkino – hör auf damit Herzog, schelte ich mich selber. Wenn er gewollt hätte, würdest du schon längst auf dem Boden liegen.

Hinter mir kichert er frech und veralbert mich: »Naak naak naak, kleine Ente.«

Empört drehe ich mich um, stemme die Hände in die Hüften und stelle lautstark fest: »Scheint dir ja schon besser zu gehen!«

»Nö, aber es sieht lustig aus, wie du mit den Dingern watschelst. Ich dachte immer, Ballettratten sind graziöse Wesen ... aber du ...?«, lässt er den Satz unbeendet und grinst frech.

Ich schüttele beleidigt den Kopf und gehe mit bewusst anmutigen Schritten weiter. Dabei drehe ich mich auf der Spitze und stolziere so vor ihm ins Bad. Der wird nie wieder über mich lachen, denke ich. Macht er auch nicht. Im Gegenteil. Er zieht die Luft scharf ein und stößt dann einen anerkennenden Pfiff aus – oder war es anzüglich gemeint? Na, jedenfalls macht er sich nicht mehr auf meine Kosten lustig.

Weshalb mache ich mir darüber überhaupt Gedanken? Er ist ein Fremder, er hat nicht mal eine eigene Wohnung und seinen Hund versorge ich auch. Am liebsten würde ich ihm das alles ins Gesicht sagen. Aber ich bin lieber vorsichtig mit meinen Äußerungen. Wer weiß, wie er dann reagiert und womöglich wird er doch noch handgreiflich.

»Hier, ein Tuch und etwas Alkohol. Damit kannst du die Wunde reinigen«, sage ich ihm und bücke mich zum Schrank hinunter, um ein Handtuch herauszuholen. Ich stehe, in der ersten Grundposition, tief gebeugt vor ihm, wird mir jetzt siedendheiß bewusst. Mein Gefühl sagt mir, er beobachtet mich, und als ich seitlich an meinem Bein vorbeiblicke, sehe ich, wie ein sehnsuchtsvoller Blick auf meinem Hintern ruht. Schöne Scheiße! Dass Letzte was ich will, ist ein aufgewühlter Landstreicher, der geifernd mein Hinterteil begafft. Also schnell das Handtuch aus dem Schrank gezerrt und zurück in die Senkrechte.

»Bist echt gelenkig, Blondie«, nervt er mich mit seinem Blondie-Spruch und ich zicke zurück: »Ungehobelter Streuner!«

»Autsch, Blondie! Du kannst ja richtig garstig sein«, zieht er mich mit einem unverschämten Grinsen auf.

»Sieh zu, dass du fertig wirst. Ich will ins Bett. Es ist spät.«

»Kannst du das nicht machen? Ich meine, die Wunde säubern«, fragt er kleinlaut.

»Sag bloß, du bist zartbesaitet?«

»Ein wenig«, gibt er spitz zurück.

Ich könnte mich kugeln vor Lachen. Ein Penner auf der Erbse, auch das noch. Ich lasse mich dazu überreden, ihm seine medizinische Erstversorgung zukommen zu lassen und zwinge ihn mit einem Blick auf den Wannenrand. Dann gebe ich etwas warmes Wasser auf das Tuch und tupfe vorsichtig sein blutverschmiertes Gesicht ab. Er schließt die Augen und hält sich nervös am Wannenrand fest, als ich mich über ihn beuge.

»Alles gut?«, frage ich bestürzt, als er anfängt zu zittern.

»Geht schon«, flüstert er und hält verkrampft still. Ich beeile mich, fertig zu werden. Nicht, dass er mir hier noch umkippt. Als ich mit der Hand sein Kinn halte, damit er nicht weg zuckt und mit der anderen Hand vorsichtig der aufgeplatzten Augenbraue näher komme, stöhnt er gequält auf. Sofort halte ich inne. Er atmet aufgeregt.

»Bin gleich fertig«, beruhige ich ihn und er antwortet flüsternd: »Schade.«

Verwundert sehe ich ihn an. Langsam schlägt er die Augen auf. Er hat umwerfende Augen. Lange, dichte Wimpern und aus der direkten Nähe sehe ich zum ersten Mal die goldfarbenen Sprenkel in der dunkelblauen Iris seiner Augen. Wow! Wie ein Sternenhimmel bei Nacht. Ich schlucke geräuschvoll, als er mich eindringlich ansieht. Im Augenwinkel nehme ich die langsame Bewegung seiner rechten Hand wahr, die sich federleicht an meinen Oberschenkel, dicht unter meinen Po legt. Immer noch sieht er mich mit einer Intensität an, die mich lähmt. Die Stelle unter seiner Hand wird warm und er drückt unmerklich zu, lässt mich dabei aber nicht aus den Augen. Funken springen auf mich über. Noch nie wurde ich so sehnsüchtig angesehen. Für einen Moment bin ich wie paralysiert, doch dann setzt mein Verstand ein und ich schlage peinlich berührt seine Hand weg. Die Schamesröte steigt mir ins Gesicht und gleichzeitig spielen sich verwirrende Szenen in meinem Kopf ab, wie ich von einem Fremden bedrängt werde, es aber merkwürdigerweise als angenehm empfinde.

»Raus hier«, krächze ich mit belegter Stimme und er sieht mich erschrocken, wie ein verwundetes Reh, an. »Es tut mir leid ... es tut mir wirklich leid. Das wollte ich nicht. Es ist einfach über mich gekommen.« Verschämt dreht er den Kopf zur Seite und erhebt sich langsam. Dann drängt er sich an mir vorbei aus dem Bad und nuschelt verlegen: »Ist lange her, dass ich von einer Frau berührt wurde. Du bist hübsch ... es war schön ... es tut mir leid.«

Ich höre noch, wie er zu Püppi sagt: »Bleib hier Süße, hier hast du es besser als bei mir.« Dann fällt die Tür ins Schloss.

Ich stehe wie angewurzelt im Bad, während Püppi vor der Eingangstür kläglich jault. Ich sollte ihn aufhalten ... ihm nachlaufen ... ihn bitten zu bleiben. Aber ich stehe wie versteinert da und kann mich nicht bewegen. Die Erkenntnis, welche Gefühle in mir tobten, als er mich berührte, lässt mir das Blut in den Adern gefrieren. Wie kann so ein Mensch solche Gefühle in mir wecken? Plötzlich steht Püppi neben mir und springt mich an, als wolle sie sagen: Komm schnell, wir müssen ihn zurückholen.

Wie von der Tarantel gestochen flitze ich zur Tür und reiße sie auf, um ihn aufzuhalten. Der Lichtschein meiner Wohnung fällt in den Treppenflur und da sehe ich ihn auf dem Treppenabsatz hocken. Den Kopf hat er in die Hände gestützt und rauft sich das Haar. Püppi springt an ihm hoch und ich sage erleichtert: »Ich weiß zwar nicht warum, aber komm wieder rein.«

***

Ich bot ihm an zu duschen, habe seine Sachen in die Waschmaschine gestopft und ihm meinen Bademantel und die Radlerhosen gegeben. Die Hosen sind zu klein, also sitzt er jetzt nur mit meinem knappen Bademantel bekleidet in meinem Wohnzimmer. Nur spärlich wird sein Körper von dem Stück Stoff bedeckt und ich muss mich zwingen, ihn nicht anzustarren. Er ist hübsch – wirklich hübsch. Sein ebenmäßiges Gesicht ist mir damals sofort aufgefallen, aber was sich mir jetzt bietet, ist fast zu viel. Sein Körper wirkt nicht massig, aber dennoch kräftig und durchtrainiert. Ein Tattoo schlängelt sich entlang seines Schlüsselbeins und ich würde zu gerne wissen, wo es endet. Bei dem Gedanken wird mein Mund staubtrocken. Ich sollte nicht über solche Dinge nachdenken. Er ist ein Fremder, ein Streuner, ein Bettler. Einer, der niemals für eine Beziehung infrage kommen würde. Aber sein Körper und die wohlgeformten Gliedmaßen lassen Mädchenherzen höherschlagen. Nein Sina, hör sofort mit diesen Gedanken auf, schelte ich mich selbst.

Püppi hat sich auf seinem Schoß eingerollt und wir quatschen über Gott und die Welt. Chris hat viel durchgemacht. Einen brutalen Vater, der seine Kinder mit Schlägen züchtigte, eine schwere Lungenentzündung, die ihn beinahe das Leben kostete, eine gescheiterte Ehe, die ihn in den Ruin trieb, weil sein Prokurist mit seiner Frau durchbrannte. Das Geld nahmen sie mit. Ihm blieb nur ein Berg Schulden.

»Konnte dir denn niemand helfen?«, frage ich mitfühlend.

»Wer denn? Freunde hast du nur, solange du ihren Lebensstil teilst und sie nicht mit deinen Problemen belästigst. Sobald es schwierig wird, stehst du allein da. Meine Eltern drehten mir den Rücken zu, als ich mein Geschäft verlor. Mein Vater meinte, er sei von Anfang an der Meinung gewesen, es sei zum Scheitern verurteilt und meine Frau hatte er immer mit Missachtung gestraft. Er hatte sie sofort durchschaut ... ich leider nicht. Sie war geldgierig und arrogant. Sie hatte kein Herz.«

»Hast du keine Großeltern?«, frage ich spontan, weil meine Großeltern immer für mich da sind.

»Nein«, antwortet er traurig und blickt verschämt in seine Teetasse.

Verlegen drehe ich meine Tasse in den Händen. Was soll man dazu sagen? Von der eigenen Familie im Stich gelassen. Da kann man schon mal den Boden unter den Füßen verlieren.

»Was für ein Geschäft hattest du denn?«, frage ich vorsichtig. Ich möchte nicht den Eindruck machen, ihn auszuhorchen.

»Ich hatte eine Autovermietung. Spezielle Fahrzeuge für außergewöhnliche Anlässe. Hochzeiten, Junggesellenabschiede, Fahrdienst für Personen des öffentlichen Lebens und so weiter. Auch meine Security-Angebote wurden gerne angenommen. Bei bekannten Personen steht die Sicherheit an erster Stelle.

Einige der Autos habe ich aus den Vereinigten Staaten kommen lassen und hier für viel Geld umgebaut. Die TÜV-Vorschriften sind der reinste Wahnsinn. Um einen Wagen hier zulassen zu können, musste ich tief in die Tasche greifen.«

Während er erzählt, kommt es mir vor, als sei er ein ganz normaler junger Mann mit einem interessanten Unternehmen. Dass hier ein Obdachloser vor mir sitzt, blende ich total aus. Seine Art zu reden gefällt mir. Er hat eine kultivierte Ausdrucksweise. Er macht einen sympathischen und vor allem sehr gebildeten Eindruck. Warum ist er dermaßen abgestürzt?

»Klingt interessant«, antworte ich und versuche seinen Ausführungen zu folgen. Ich habe keine Ahnung von solchen Dingen. Für mich hat ein Auto vier Räder, ein Lenkrad und zwei Scheinwerfer. Aber für Chris war es weit mehr als das. Es war sein Hobby und sein Lebensinhalt. Ein gelebter Traum, der ein jähes Ende fand.

»Ja ... aber nun ist es vorbei. Mir wurde alles genommen. Ich bin sozusagen vogelfrei, bankenunwürdig. Das heißt, sobald ich eine sozialversicherungspflichtige Arbeit aufnehme, bin ich dran. Dann halten meine Gläubiger die Hände auf und mir bleibt gerade noch die Grundsicherung zum Leben.«

Spontan antworte ich: »Aber das ist doch immer noch besser als die Straße!«

Verdutzt sieht er mich an und kneift die Augen zusammen. Dann sagt er in einem herablassenden Tonfall: »Davon verstehst du nichts, Blondie.«

Hä? Bin ich im falschen Film? Der spinnt wohl, mich immer wieder zu behandeln, als sei ich begriffsstutzig. Also protestiere ich lautstark: »Na sag mal, wie redest du denn mit mir?«

Ein verlegenes Lächeln huscht über sein Gesicht und mein Herz macht einen freudigen Satz bei diesem Anblick. Peng! Völlig entwaffnet muss ich mir eingestehen, dass er mich nur anlächeln muss, und ich würde ihm alles verzeihen ... jede Dummheit, jedes Missgeschick, jeden Fehltritt. Nicht zu glauben. Doch mit einem energischen Cut durch diese Gedanken zwinge ich mich zur Vernunft. Er ist ein Streuner, ein Obdachloser. Einer, dem man nicht sein Herz schenkt. Denn das wäre fatal und würde in einer erneuten Katastrophe enden. Nach Roman brauche ich so etwas nicht noch einmal. Ich bin allein besser dran und sollte den Mann vor mir so sehen, wie er ist. Ein Versager, ein Nichtsnutz, der sein Leben nicht im Griff hat.

»Warum sagst du immer Blondie zu mir? Ich bin nicht blond. Oder bist du farbenblind?« Meine Reaktion auf sein verschämtes Lächeln fällt definitiv zu grob aus, aber ich muss mich vor diesen sentimentalen Anwandlungen schützen ... darf mich nicht ausnutzen lassen. Denn dazu bin ich wirklich prädestiniert. Irgendetwas in meinem Erscheinungsbild scheint auf Andere die unweigerliche Bestrebung auszulösen, meine Gutmütigkeit schamlos auszunutzen.

Er antwortet nach einem umständlichen Räuspern: »Gut, direkt blond bist du nicht, aber Fremden gegenüber definitiv zu zutraulich, ergo: blond. Eigentlich schon fast hellblond. Glaube mir Sina, du hast Glück, dass ich ein anständiger Kerl bin. Ein anderer hätte die Situation bereits ausgenutzt. Ob er dich nun beklaut oder vergewaltigt hätte. Oh Mann ... du bist echt 'ne Nummer, lässt einen wildfremden Mann in deine Wohnung, lässt ihn duschen und wäschst auch noch seine Sachen. Von der Versorgung des Hundes ganz zu schweigen.«

Mit weit aufgerissenen Augen starre ich ihn an, dann antworte ich schnippisch, weil ich zutiefst beleidigt bin: »Du hast mich doch ausgenutzt. Der Tierarzt war teuer. Zweihundertachtzig Euro fünfundvierzig hat er gekostet. Das Geld werde ich nie wiedersehen. Und du sitzt frisch geduscht in meinem Bademantel auf meiner Couch und deine Wäsche wird in meiner Waschmaschine gewaschen ...!« Ich breche den Satz abrupt ab. Er hat recht! Ich bin wirklich naiv. Sein unverschämtes Grinsen zeigt mir, dass er meine Erkenntnis bemerkt hat und ich werde daraufhin knallrot. Oh Gott bin ich blöd. Er hat mich schon lange durchschaut und so wie es aussieht, nutzt er sein Wissen um mich gekonnt an der Nase herumzuführen.

»Du bist eine sehr liebe Seele Sina. So etwas findet man heutzutage nur selten. Ich bin dir unendlich dankbar, dass du Püppi geholfen hast. Der Zahn musste wirklich raus. Aber bitte glaube nicht, dass ich deine Gutmütigkeit ausnutze. Wenn meine Sachen trocken sind, werde ich verschwinden und du wirst mich nie wiedersehen. Versprochen«, sagt er mit einfühlsamer Stimme und ich komme mir schäbig vor, ihm die Kosten für den Tierarzt unter die Nase gerieben zu haben. Der kleine Mistkerl hat es fein raus, mir ein schlechtes Gewissen zu machen.

»So war das nicht gemeint«, erwidere ich kleinlaut und verstecke mich hinter meiner Teetasse. Chris greift ebenfalls nach seiner Tasse und nun beäugen wir uns gegenseitig über den Rand unserer Tassen. Große nachtblaue Augen dringen in die Tiefen meiner Seele vor. Es überrascht mich, wie ruhig ich dabei bleibe, nach allem, was ich mit meinem Mann erlebt habe.

Als Roman mir nach unserer Hochzeit sein wahres Gesicht zeigte, habe ich mir geschworen, niemanden mehr so nahe an mich heranzulassen. Aber der Mann, der mir gegenübersitzt, scheint einen direkten Draht in mein Innerstes gefunden zu haben. Es gleicht dem Gefühl der Nacktheit. Als würde meine Seele schutzlos vor ihm liegen und sich offenbaren. Instinktiv merke ich jedoch, dass er es niemals missbrauchen würde.

Wie in Zeitlupe nehme ich wahr, dass er Püppi vorsichtig von seinem Schoß nimmt und sie neben sich auf das Sofa setzt. Dann zieht er den Gürtel meines Bademantels fester um seine Taille und erhebt sich. Seine Augen sind hypnotisch auf mich gerichtet und er kommt langsam auf mich zu. Mein Herz schlägt ungleichmäßig. Ängstlich überlege ich, was er vorhaben könnte. In meinem Kopf spielen sich die widersprüchlichsten Dinge ab, doch eines dominiert den Gedankenwust. Es ist der verborgene, jedoch völlig sinnlose Wunsch, ihn zu halten, ihn zu spüren und diese zutiefst sinnlichen Augen für immer betrachten zu dürfen. Dieser unglaubliche Wunsch schwirrt durch mein Innerstes, doch als Chris sich zu mir beugt, setzt mein Verstand ein und ich mache eine abwehrende Bewegung.

»Keine Angst Blondie. Ich wollte dir nur danken. Deine Hand wirst du mir doch geben, oder?«

Verwirrt starre ich ihn an, als er mir seine Hand entgegenstreckt. Was bin ich doch für eine dumme Gans, anderes vermutet zu habe.

»Gerne«, bringe ich tonlos hervor und gebe ihm zaghaft meine Hand. Er beäugt mich amüsiert. Ich glaube, er weiß, was ich befürchtete. Echt peinlich!

»Verrätst du mir, wie der Trockner zu öffnen ist?«

»Aber sicher«, antworte ich fahrig und erhebe mich ebenfalls. Chris macht mir Platz und nimmt anschließend die Tassen vom Tisch, um sie in die Küche zu bringen.

»Das ist nicht nötig ...«.

»Es ist das Mindeste«, antwortet er mit einem einnehmenden Lächeln und ich überlege fieberhaft, wie ich ihn dazu bringen könnte zu bleiben. Ihn in die Kälte zurückzuschicken bricht mir das Herz. Er macht auf mich nicht den Eindruck, als würde er sich da draußen gut zurechtfinden. Ich könnte Püppi vors Loch schieben. Ihn an seine Verantwortung dem Hund gegenüber erinnern. Ich könnte vortäuschen, seine Sachen seien noch nicht trocken oder ihn mit etwas Essbarem locken. Meine Gedanken arbeiten auf Hochtouren, doch es will mir nichts einfallen. Niemals werde ich ihm anbieten zu bleiben, da muss er schon selber fragen.

»Worüber denkst du nach?«, höre ich ihn fragen und mir wird schlagartig bewusst, dass ich wie angewurzelt inmitten meines Wohnzimmers stehe.

»Ach nichts«, antworte ich etwas zu heftig und nehme Kurs auf den Wäschetrockner. Chris beobachtet mich mit fragender Miene und folgt mir schließlich. Kurz darauf nehme ich hinter mir einen dumpfen Knall wahr und drehe mich erschrocken um. Fassungslos sehe ich den Streuner am Boden liegen und mein Herz macht einen besorgten Satz.

»Chris!«, rufe ich verzweifelt und lasse mich neben ihm auf den Boden sinken. Ich beuge mich über ihn. Sein Atem geht schwer und ich tätschele ihm das Gesicht. Erst vorsichtig, doch als die gewünschte Reaktion ausbleibt, haue ich mit der flachen Hand panisch zu. Daraufhin kommt er zu sich und sieht mich verwirrt an.

»Geht es wieder?«, frage ich verstört und in dem Augenblick wirft sich Püppi auf ihn und beginnt, ihn wild und laut winselnd abzulecken. Ich fange an, schallend zu lachen, und Chris versucht, sich so gut er kann gegen ihre nassen Küsse zu wehren. So sitze ich eine Weile neben den beiden, während sie sich auf meinem Fußboden wälzen. Dann befreie ich ihn von Püppi und helfe ihm auf. Anfangs steht er etwas wackelig vor mir und testet vorsichtig seine Standhaftigkeit, indem er leicht wippende Bewegungen vollzieht. Erst, als er der Überzeugung ist, wieder voll da zu sein, sagt er verschämt: »Was für 'n Weichei.«

»Weichei?«, wiederhole ich fragend und seine Antwort ist ein Magenknurren, wie ich es noch nie zuvor gehört habe. Unangenehm berührt hält er sich die Hand vor den Bauch und lächelt verlegen.

Ich könnte mich innerlich ohrfeigen. Tee habe ich ihm angeboten, aber nichts zu essen. Mein Gott bin ich unsensibel. Der arme Kerl verhungert vor meinen Augen und ich frage ihn nur über seine Vergangenheit aus. Sarina Herzog, du bist die volle Egomanin, denke ich verlegen. Wie konnte ich das nur übersehen? Also frage ich ihn, ob er etwas essen möchte, und werde mit einem hinreißenden Lächeln belohnt. Allein das wäre Grund genug, ihn ein Leben lang verwöhnen zu wollen. Schluss jetzt Sina. Bleib realistisch, bringe ich mich auf den Boden der Tatsachen zurück.

Gemeinsam gehen wir in die Küche, wo ich ein Brot aufschneide, Wurst und Käse aus dem Kühlschrank hole und ein paar Eier in die Pfanne haue. Seine Klamotten im Trockner können mich mal. Ich finde, mein Bademantel ist genug Stoff, um seinen hübschen Körper so wenig wie möglich zu verhüllen. Er sieht anbetungswürdig aus und in meiner Fantasie zeichne ich mit dem Finger das Tattoo an seinem Schlüsselbein nach, bis ich die Region weit unterhalb des Bademantelgürtels erreiche ... Schande! Ich bin doch völlig Panne!

Trotz seines Hungers isst er äußerst gesittet, ohne alles in sich hineinzustopfen. Er benutzt Messer und Gabel ausgesprochen anmutig, und bevor er einen Schluck trinkt, tupft er mit der Serviette seinen Mund ab. Ich könnte ihm stundenlang dabei zusehen. Das ist kein Stadtstreicher, wie man ihn sich vorstellt. Nein, der hier scheint ungemein kultiviert zu sein. Wie hält er es nur auf der Straße aus? Seine anfänglich ruppige Art weicht angenehmen Manieren. Ich bin überrascht. Damit hätte ich nicht gerechnet. Erst als er sein Mahl beendet, kommt der Penner kurz zum Vorschein, als er ungeniert und laut rülpst.

»Wie ich höre, bist du satt«, ist meine Antwort darauf und er grinst frech, als er sagt: »Blondie, du weißt, was Männer mögen.« Dann reckt er sich ungeniert und streckt die Arme in die Luft. »Aah ... satt und faul. Das Leben kann herrlich sein.«

Ich stütze meinen Kopf in die Hände und beobachte ihn. Rein optisch ist er ein Sechser im Lotto, aber der Rest lässt einen sofort ernüchtern. Auf jeden Fall ängstigt er mich nicht mehr und ich brauche mich nur noch darauf zu konzentrieren, diesen wundervollen Augen nicht zu erliegen.

Um mich von meinen Gedanken abzulenken, steuere ich das Gespräch auf Püppi. »Du hast sie gut erzogen. Sie bettelt nie. Meine damalige Nachbarin hatte einen Hund, der ist völlig verrückt geworden, wenn du nur die Kühlschranktür geöffnet hast.«

»Püppi hat noch nie gebettelt. Sie hat sich ihr Futter immer verdient. Sie tanzt, sie springt durchs Feuer, sie kann zählen und sich auf Kommando tot stellen.«

»Wie im Zirkus«, platzt es aus mir heraus.

»Ja, wie im Zirkus. Die Eltern meiner damaligen Frau haben übrigens einen. Fahrendes Volk nennt man das – glaube ich. Mariella hat Püppi viel beigebracht. Sie kennt sich mit so etwas aus, ist ja im Zirkus aufgewachsen.«

»Mariella?«

»Meine Ex.«

»Oh – ach so. Ein schöner Name.«

»Ja, schön, aber ich hätte auf meinen Vater hören sollen. Das sind Zigeuner und Banditen – nichts weiter. Nichts, womit man sich eine Zukunft aufbaut.«

Ich ignoriere seine Bemerkung und lobe stattdessen Püppi: »Na jetzt ist mir wenigstens klar, weshalb sie so gelehrig ist und wie sie gelernt hat, so hübsch zu tanzen. Damit verzaubert sie jeden.«

»Stimmt. Sie ist wirklich süß und Mariella hat an ihr gehangen, als sei sie ihr Kind.«

»Warum hat sie Püppi dann bei dir gelassen?«, frage ich verwundert.

»Sie hat sie nicht bei mir gelassen. Ich habe sie ihr weggenommen. Was meinst du, wie ihr jetzt zumute ist, in dem Bewusstsein, ihre Püppi lebt auf der Straße. Damit habe ich sie am meisten treffen können. Was aus mir wird, war ihr scheißegal, aber dass Püppi draußen frieren muss, bricht ihr das Herz. Eine späte Rache, leider auf Kosten des Hundes.«

Unangenehm berührt schweige ich nach dieser Offenbarung. Er hat den Hund behalten, um sich an ihr zu rächen. Eine sehr menschliche Regung, aber alles andere als ideal für ein altes Hündchen.

»Ich finde, du solltest ihr den Hund zurückgeben«, sage ich kleinlaut. Denn es geht mich eigentlich nichts an, aber Püppi hätte es dort sicherlich besser.

»Misch dich nicht in Dinge ein, von denen du nichts verstehst, Blondie«, antwortet er mürrisch und erhebt sich ruckartig. Dann beginnt er den Tisch abzuräumen und ich springe ebenfalls auf und stelle alles zurück an seinen Platz.

»Gibst du mir jetzt meine Sachen?«

Ich nicke nervös. Mit meiner Äußerung bin ich eindeutig zu weit gegangen. Es geht mich wirklich nichts an. Also hole ich seine Klamotten aus dem Trockner und sehe zu, wie er sich anzieht. Er lässt völlig schamlos den Bademantel fallen und gibt sich keine Mühe, seine Nacktheit zu verbergen. Das Tattoo endet strahlenförmig seitlich unter seiner Brust, nehme ich dabei neugierig wahr. Dann streift er den Slip über, der auf jeden Fall kein Billig-Modell von Woolworth ist, und zieht anschließend mit äußerster Konzentration seine restlichen Sachen an. Wie eine Zwiebel, ein Teil über das andere. Wir schweigen, niemand von uns sagt einen Ton. Die Stille um uns wirkt fast erdrückend. Plötzlich scheint eine Barriere zwischen uns zu stehen und er ist wieder der unverschämte Streuner vom ersten Tag. Ich kämpfe mit den Tränen. Warum nur geht mir diese Situation so nahe? Er müsste mir doch egal sein, aber dennoch fühle ich mich genau jetzt, wo die Mauer zwischen uns so hoch ist, unglaublich zu ihm hingezogen.

Besorgt frage ich: »Geht es dir jetzt besser?« Und er antwortet knapp: »Ja.«

»Es tut mir leid«, platzt es aus mir heraus, denn ich denke wirklich, meine Bemerkung von vorhin hat ihn verletzt.

Er sieht mich schwer atmend an und flüstert: »Nicht Sina – nicht entschuldigen. Es gibt keinen Grund dafür.«

»Aber irgendetwas hat dich verärgert«, sage ich wehmütig und versuche damit, ihn vom Gehen abzubringen. Ich will nicht, dass er geht – er soll bleiben! Ist das zu fassen? Ich flehe einen Stadtstreicher an, zu bleiben. Kann man noch tiefer sinken?

Er schluckt hörbar laut und mit rauer Stimme antwortet er: »Nichts hat mich verärgert. Aber wenn ich bleibe … es geht nicht Sina. Und du willst das auch nicht. Ich bin nichts, ich habe nichts, du würdest es bereuen.«

Ich weiß, was er meint und dennoch fällt mir der Abschied unglaublich schwer. »Was ist mit Püppi?«, frage ich verzweifelt. Sie ist mir in der kurzen Zeit ans Herz gewachsen.

»Wenn sie vorerst bleiben dürfte, wäre das sehr schön. Mariella ist kein gutes Frauchen. Du hingegen bist perfekt für die kleine Püppi. Sie verdient jemanden wie dich.« Und um der Situation die Tragik zu nehmen, beendet er sie mit: »Blondie.«

Ich sehe verschämt auf den Boden und sage: »Natürlich darf sie bleiben. Und du? Wo wirst du hingehen?«

»Ich finde schon etwas für die Nacht. Mach dir keine Sorgen.«

»Du könntest hier …!«

»Schh … keine gute Idee«, unterbricht er mich und hält meine Lippen mit Daumen und Zeigefinger zusammen, um mich am Weitersprechen zu hindern. »Vielleicht … eines Tages …!« Dann lässt er mich los, dreht sich um und verlässt die Wohnung. In mir tobt alles. Meine Gefühle spielen verrückt. Doch er hat recht. Es führt zu nichts. Weinend stehe ich im Flur meiner Wohnung und halte den Bademantel, der noch warm von seinem Körper ist, an mich gedrückt. Ich glaube, ich habe mich verliebt. Aber warum er? Warum jetzt? Warum so hoffnungslos?

7. Kapitel

Irgendwann habe ich mich in den Schlaf geweint. Es dauerte lange, bis ich die Hoffnungslosigkeit akzeptieren konnte. Er hat es bereits erkannt, als ich noch nicht einmal wusste, wie tief mich die Begegnung mit ihm berühren würde. Und noch eines habe ich begriffen. Er will von mir kein Mitleid. Denn darauf würde es wahrscheinlich hinauslaufen.

Nach einer schrecklich kurzen Nacht, die noch dazu von Zweifel und Resignation geprägt war, erwache ich durch das schrille Piepen meines Weckers. Müde und zerschlagen taste ich mit geschlossenen Augen nach dem nervtötenden Quälgeist auf meinem Nachttisch und drücke auf die Stopp-Taste. Anschließend drehe ich mich zurück auf den Rücken, um noch einige Minuten zu dösen, bevor ich aus dem Bett springe und mit den Vorbereitungen für unser gemeinsames Frühstück beginne.

Meine Großeltern besuchen mich heute zum ersten Mal in meiner neuen Wohnung und ich werde mir alle Mühe geben, einen guten Eindruck zu hinterlassen. Ich bin froh, sie nun wieder öfter sehen zu können. In Regensburg haben sie mich nur selten besucht. Sie kamen mit Roman nicht zurecht. Nach einigen missglückten Versuchen haben sich weder Roman noch meine Großeltern bemüht, die gegenseitige Abneigung zu verbergen. Ich weiß, dass sie ihn für seine geradlinige Art und sein Verantwortungsbewusstsein schätzten. Doch seine altmodische Sicht auf die Ehe, mit dem Klischee der festen Rollenverteilung, verabscheuten sie beide zutiefst. Meine Großeltern sind trotz ihres Alters innerlich jung geblieben und konnten daher nie Parallelen zu Romans Ansichten ziehen.

Püppi steht winselnd vor meinem Bett und ich klopfe mit der flachen Hand auf die Matratze, um ihr anzudeuten, sie dürfe hochspringen. Der Sprung lässt nicht lange auf sich warten. Auf meinem Bett angekommen, beginnt sie mich freudig zu küssen. Ich wehre mich, so gut ich kann, gegen ihre nasse kleine Zunge, bis ich schließlich lachend aufgebe und denke: Ich werde anschließend mein Gesicht gründlich waschen.

Nach dieser freundlichen Begrüßung am Morgen fällt mir das Aufstehen wesentlich leichter. In Gedanken daran, was meine Großeltern zu Püppi sagen werden, schwinge ich mich aus dem Bett. Sie wird ihnen bestimmt gefallen. Püppi erobert jedes Herz im Sturm. Genauso wie ihr Herrchen, denke ich wehmütig.

Was jetzt folgt, ist der routinierte Ablauf geübter Hundebesitzer am frühen Morgen. Katzenwäsche, Püppi füttern, anziehen, Leckerlitasche umbinden, Hund anleinen und ab geht es zur ersten Gassirunde des Tages. Püppi findet das toll und beginnt sofort mit dem »Zeitunglesen«, sobald wir aus dem Haus sind. Das scheint alles unglaublich interessant zu sein, denn ihre kleine Nase schnuppert an jeder Hausecke, an jedem Strauch und an jeder Laterne. Auf halber Höhe zum Wasserturm kommt uns eine junge Frau mit einem Bullterrier entgegen. Ängstlich dränge ich Püppi in Richtung Hauswand, denn unweigerlich schrillen alle Alarmglocken in meinem Kopf. Über diese Viecher liest man ja viel Schlechtes in der Zeitung.

»Der tut nichts. Er will nur schnuppern. Keine Angst. Das ist wohl eine kleine Dame?«, fragt die Frau am Ende der Leine.

Vorsichtig gebe ich Püppi frei und sehe zu, wie die beiden sich freundlich begrüßen. Wedelnde Schwänzchen und aufgeregtes Fiepen begleiten das Schauspiel.

»Das ist Jerry. Ich habe ihn aus einer schlechten Haltung bekommen. Er ist sehr lieb. Sie brauchen sich nicht zu fürchten.«

Verlegen entschuldige ich mein ängstliches Verhalten mit meiner Unkenntnis. »Den Hund habe ich noch nicht lange. Sie ist nur vorübergehend bei mir. Auf Urlaub sozusagen.«

»Ach, deshalb habe wir uns noch nicht getroffen. Ich gehe immer um diese Zeit mit Jerry spazieren. Wie heißt denn die Kleine?«

»Püppi.«

»Püppi, wie süß!« Und schon streckt sie ihre Hand nach ihr aus, um sie zu streicheln. Sicherlich erwartet sie das Gleiche von mir. Zögerlich halte ich dem kleinen Jerry meine Hand entgegen. Er hat jedoch nur Augen für Püppi.

»Na na, Jerry. Sei nicht so stürmisch«, ermahnt sie ihn und ich muss schmunzeln.

»Lassen Sie uns doch ein Stück gemeinsam gehen. Mein Name ist Ines Meyer«, trällert sie fröhlich und hält mir ihre behandschuhte Hand entgegen.

Ich greife zu und antworte erfreut: »Sarina Herzog. Seit Kurzem zurück in Berlin.«

»Sagen Sie einfach Ines.«

»Okay, danke. Ich bin Sina.«

»Hallo Sina, schön, dich kennenzulernen.«

Ich lächele sie erfreut an und sage: »Dito.«

Plötzlich wirkt der Wind nicht mehr so kalt und die eisige Kälte nicht so bedrohlich. Die Begegnung mit Ines und unser erster gemeinsamer Spaziergang wärmen mich von innen. Wir verstehen uns auf Anhieb, und als wir unsere Runde beendet haben, tauschen wir unsere Telefonnummern aus.

***

Zurück zu Hause ziehe ich Püppi das Mäntelchen aus und beginne mit den Vorbereitungen für unser Frühstück. Brötchen aufbacken, Tisch decken, Kaffee kochen und Aufschnitt auf einem Teller drapieren.

Als ich die drei Kerzen auf dem Adventskranz anzünde, der mittig auf dem Tisch steht, klingelt das Telefon.

»Herzog?«

»Hi Sina, hier is Micha.«

»Guten Morgen Michael. Was gibt es denn so früh am Tag?«, frage ich neugierig. So weit ich mich erinnern kann, schläft Micha gerne und lange.

Am anderen Ende der Leitung ist ein unsicheres Räuspern zu hören, dann rückt er mit der Sprache raus: »Ick wollte wissen, ob du mit mir frühstücken möchtest. Ick kenne da ein schicket Café. Janz in deiner Nähe.«

Überrascht ziehe ich die Augenbraue hoch und finde es sehr nett von ihm, mich einzuladen. Doch leider bin ich anderweitig beschäftigt. »Das ist lieb von dir. Ein anderes Mal, Micha. Meine Großeltern kommen gleich«, lasse ich ihn wissen. Er macht ein enttäuschtes Geräusch und ich überlege, ob ich ihn hierher einladen sollte. Omi freut sich bestimmt. Sie mochte Micha immer gerne und Opa hätte jemanden, mit dem er sich über die Fußballergebnisse unterhalten kann. Also frage ich ihn, ob er auch kommen mag.

»Echt Sina? Ick soll zu dir kommen?«, fragt er fassungslos. Damit hat er nicht gerechnet.

»Ja Micha. Aber beeile dich, sonst gibt es nur noch kalten Kaffee«, antworte ich mit einem Lachen in der Stimme.

»Na denn bis gleich, Kleene. Ick fliege sofort los!«

Kopfschüttelnd lege ich auf und widme mich erneut dem Tisch. Ich brauche ein Gedeck mehr und ordne alles neu an. In Gedanken bin ich jedoch bei Chris. Wo mag er heute frühstücken? Wird er überhaupt etwas zu essen bekommen? Meine Stimmung trübt sich ein und ich setze mich matt auf einen der Stühle. Scheiße! Warum muss ich ständig an ihn denken? Bei einem Blick zur Seite sehe ich Püppi, die sich wohlig in ihr Körbchen gekuschelt hat und döst. Wenigstens dir kann ich helfen, denke ich wehmütig.

Wenig später stehen meine Großeltern und Micha vor der Tür. »Den haben wir unterwegs aufgegabelt«, lässt Omi mich mit einem fragenden Blick wissen und schiebt Micha, der sich hinter einem Weihnachtsstern versteckt, zur Tür hinein. Dann beginnt das allgemeine Begrüßungszeremoniell. Ich nehme Jacken und Mäntel ab, bringe die Gastgeschenke ins Wohnzimmer und Püppi tanzt unterdessen quietschvergnügt zwischen meinen Gästen hin und her.

Omi meint, Püppi habe sich prächtig herausgemacht. Sie hätte bereits etwas zugenommen und ist nicht mehr so dünn, wie ich es am Telefon beschrieben hatte. Micha spielt mit ihr und scheint ganz verzückt nach ihr zu sein. »Von wem hast du den Hund?«, fragt er verwundert und Opa antwortet völlig unsensibel für mich: »Von einem Penner.«

Bums! Da war es wieder. Dieses Wort, welches mich seit Neuestem tief in meiner Seele trifft. Ich schlucke den Kloß in meiner Kehle runter und nuschele: »Er ist kein Penner. Er hat nur etwas Pech gehabt.«

»Pech hatten wir alle schon mal. Wat is'n dit für'n Kerl?«, fragt Micha und wieder antwortet Opa für mich: »Der hat gebettelt. Am Bierpinsel in der Schloßstraße. Unsere kleine Tanzfee hatte mal wieder ein zu großes Herz. Nun ist sie um zweihundertfünfzig Euro leichter, weil der Köter krank war, und hat das Vieh jetzt an der Backe.«

»Kurt!«, ermahnt Omi ihn mit einem bösen Blick und Micha kommt zu mir, nimmt mich in den Arm und sagt väterlich: »Dit stimmt, Sina. Dein Herz is manchmal zu jut. Halt dich besser fern von solche Leute. Die saufen und klauen. Dit is nischt für dich!«

Innerlich wütend und genervt, aber äußerlich ruhig, ärgere ich mich darüber, welchen Verlauf unsere Unterhaltung genommen hat. Eigentlich wollte ich mit Omi über Chris reden und ihr erzählen, dass er gestern hier verletzt aufgetaucht war. Das kann ich wohl vorerst vergessen.

Zum Glück wird der Vormittag doch noch schön. Püppi verzaubert meine Großeltern mit Leichtigkeit. Micha erzählt von seinem Geschäft und Opa hört ihm bewundernd zu. Ich glaube, meine Großeltern haben insgeheim nicht daran geglaubt, dass aus Micha doch noch etwas wird. Er war früher echt anstrengend und hat nur Unfug gemacht. Ich selbstverständlich auch, wenn wir gemeinsam gespielt haben, und nicht selten endete das mit einem Satz warmer Ohren für uns beide. Jetzt werden diese Erinnerungen auch zum Thema gemacht und Omi hält sich die Hand vor den Mund, als sie herzlich über unsere Streiche lacht, die Opa natürlich nicht vergessen hat.

Nach dem Frühstück wirbele ich mit Omi in der Küche. Da sagt sie im Flüsterton: »Der Micha ist ein guter Junge ..., denk mal darüber nach.«

Aber Hallo! Moment mal bitte! »Omi! Er ist ein Freund, sonst nichts!«

»Na, liebes Kind. Ich glaube, er sieht das anders.«

»Sieht er nicht.«

»Ich meine ja nur ...!«, lässt sie mich mit einem Augenzwinkern wissen.

»Du kannst meinen, was du willst. Aber das ist definitiv ein No-Go! Ooooomi!«, sage ich mürrisch und dehne das ›O‹ dabei. So wie immer, wenn es mir reicht.

Um das Thema zu wechseln, schlage ich vor, einen Spaziergang mit Püppi zu machen. Draußen blitzt ein strahlend blauer Himmel und der Schnee glitzert in der Sonne. Ideales Winterwetter. Mein Vorschlag wird gerne angenommen. Jeder möchte sich nach dem üppigen Mahl die Beine vertreten.

Draußen schlägt uns ein eisiger Wind entgegen. Der strahlend blaue Himmel kann nicht darüber hinwegtäuschen, dass wir tiefsten Winter haben. Meine Großeltern laufen untergehakt und aneinandergekuschelt vorweg und ich mit Micha und Püppi hinterher.

Von der gegenüberliegenden Straßenseite winkt uns Ines zu und Jerry wedelt aufgeregt mit dem Schwanz, als er Püppi entdeckt.

»Wer is'n dit?«, fragt Micha interessiert.

»Ines und Jerry. Ich habe sie bei der Gassirunde mit Püppi kennengelernt.«

Als Ines vorsichtig die spiegelglatte Straße überquert hat, dürfen sich zuerst Jerry und Püppi begrüßen. Anschließend stelle ich alle einander vor. Gemeinsam gehen wir weiter und mir entgeht nicht, dass Micha und Ines sich verstohlen mustern.

Wir schlagen den Weg in Richtung Botanischer Garten ein und Oma meint, wir könnten im Frühjahr einen Ausflug hierher machen. Wenn die Blumen blühen, sei es am schönsten und Ines pflichtet ihr bei: »Da haben Sie recht Frau Herzog, was die Außenanlage betrifft, aber die Gewächshäuser sind meiner Meinung nach ebenso sehenswert.«

»Erst mal müssen wir über den Winter kommen. In unserem Alter weiß man ja nie ...«, wirft Opa ein und ich schüttele bei dieser Bemerkung den Kopf. Jedes Jahr dasselbe.

Als wir den Rückweg antreten, lässt Micha sich zurückfallen und verwickelt Ines in ein Gespräch. Da Jerry und Püppi spielend nebeneinanderher hopsen, nehme ich auch Jerrys Leine und gehe mit den Hunden voraus. Es scheint Liebe auf den ersten Blick zu sein – nicht nur bei den Hunden. Ines hat sich bei Micha untergehakt und die beiden geben jetzt ein ähnliches Bild wie meine Großeltern ab. An der darauffolgenden Straßenecke laufen sie schon weit hinter uns und ich sehe, wie sie ihre Telefonnummern austauschen. Da hol mich doch der Teufel, denke ich amüsiert. Der Micha lässt nichts anbrennen. Und ich dachte immer, er sei heimlich in mich verknallt. So kann man sich täuschen. Wenn ich so darüber nachdenke, finde ich, die beiden passen zueinander. Beide vom Typ: Berliner Urgestein.

Vor dem Haus verabschieden wir uns von Ines, und Micha gibt ihr einen verlegenen Kuss auf die Wange. Ines errötet sofort und Opa räuspert sich wissend. Ich finde das süß. Ines und Micha, das wäre doch was! Und da sich alle so gut verstehen bitte ich Ines, mit zu mir zu kommen. Wir könnten den Nachmittag gemeinsam verbringen. Meine Einladung nimmt sie dankend an und Micha strahlt wie ein Honigkuchenpferd. Ja geht's noch?

***

Der Nachmittag zog sich bis in den späten Abend und Micha bot Ines an, sie nach Hause zu bringen. Von da an waren die beiden nur noch zu zweit zu sehen. Siamesische Zwillinge haben mehr Freiraum, als die beiden sich zugestehen. Na ja, frisch verliebt, wie Jerry und Püppi. Es ist bereits so weit, dass wir die Hunde im Wechsel bei Ines oder bei mir lassen, aber immer gemeinsam.

Plötzlich läuft mein Leben in eine Bahn, die ich nie für möglich gehalten hätte. Micha ist mir wie früher ein guter Freund. Ines ist der Liebling von Michas Oma. Natürlich ist sie tausendmal besser als ich, und so verfliegen die Tage wie im Flug.

Als ich am Freitag darauf einen Blick auf den Kalender werfe, stelle ich fest, dass es nur noch wenige Tage bis Weihnachten sind. Jetzt beginnt der Run auf die Geschenke. Ich finde mich mit Ines im Boulevard wieder, dem neu erbauten Einkaufszentrum in Steglitz. Micha konnten wir derweil die Hunde unterjubeln. Jedes Jahr, das gleiche ... und ewig grüßt das Murmeltier, könnte man sagen. Auch wenn ich mir vornehme, meine Geschenke demnächst rechtzeitig zu besorgen, klappt das nie.

In einem Café in der ersten Etage finden wir Platz, um einen kleinen Imbiss einzunehmen. Ines quetscht ihre

Tüten zwischen Tisch und Stuhl. »Ich hoffe, ich kann den Pullover unbemerkt an Micha vorbeischummeln, sonst ist die Überraschung dahin«, murmelt sie abwesend und ich frage erstaunt: »Wohnt er jetzt bei dir?«

Sie lacht und antwortet: »Nee! Aber wir haben unsere Wohnungsschlüssel getauscht. Mal sind wir bei ihm, mal bei mir.«

»Das dachte ich mir bereits. Ich freue mich für euch. Micha ist echt lieb.«

»Du bist nicht böse?«

Verwundert frage ich: »Warum?«

Sie sieht mich entschuldigend an und antwortet: »Na ja. Ich dachte, da war etwas zwischen euch.«

Jetzt bin ich diejenige, die ›nee‹ sagt. »Wenn da etwas zwischen Micha und mir gelaufen wäre, würden wir jetzt nicht hier sitzen. Ich hätte dir nämlich bereits vor Tagen den Hals umgedreht.«

Ines lacht und sieht mich verschämt an. Dann sagt sie: »Ich weiß. So eine Freundin will keine. Eine, die der anderen den Freund ausspannt.«

»Stimmt«, pflichte ich ihr bei. »Sei also gewarnt. Finger weg von meinen Freunden. Sonst ...«, lasse ich den Satz unbeendet und mache mit den Händen eine eindeutig würgende Bewegung, die so viel heißt wie: Hals umdrehen. Das versteht sie und schmunzelt.

Während ich mein Sandwich verspeise und am Kaffee nippe, lasse ich den Blick durch die Halle schweifen. Tausende von Menschen sind auf den Beinen, um ihre Weihnachtseinkäufe zu tätigen. In dem Gewusel vergeht es einem beinahe, in Ruhe durch die Geschäfte zu stöbern. Aus dem Augenwinkel nehme ich einen Mann wahr, der sich gerade von einem Tisch am anderen Ende des Cafés erhebt. Seine Begleiterin, eine attraktive Brünette, unterhält sich angeregt mit ihm, während er ihr in den Mantel hilft. In diesem Augenblick treffen sich unsere Blicke und mir fällt vor Schreck der Kaffeelöffel aus der Hand, mit dem ich gedankenverloren in meiner

Tasse rührte. Für einen kurzen Moment hält er inne und starrt mich an. Ich erkenne ihn sofort. Es ist Christoph. Entgeistert sehe ich zu, wie er hektisch die Brünette in den Mantel stopft, ihre zahlreichen Tüten in die Hand nimmt und mit ihr eilig das Café verlässt. Selbstzweifelnd kratze ich mich am Kopf und überlege, ob ich mich eventuell geirrt habe. Können sich zwei Menschen so stark ähneln?

»Hallo! Erde an Sarina ... alles gut? Du siehst aus, als hättest du ein Gespenst gesehen«, holt Ines mich ins Hier und Jetzt zurück.

»Oh ... nein. Entschuldige bitte. Ich dachte, ich hätte jemanden gesehen, den ich kenne. Aber er war es nicht.«

»Wen denn?«

»Christoph. Das ist der Mann, der mir Püppi vererbt hat«, gebe ich ironisch zurück und füge noch hinzu: »Allerdings kann er es nicht gewesen sein. Dafür war er zu teuer gekleidet und die Brünette neben ihm ... na ja, er hat nie eine Freundin erwähnt.«

Ines renkt sich fast den Hals aus, um zu sehen, wen ich meine. Doch er ist bereits weg.

»Brünette? Meinst du den Typen mit der blauen Steppjacke? Den mit den schwarzen Haaren?«

»Ja, genau den. Kennst du ihn?«

»Nicht direkt. Nur vom Sehen. Der schwirrt hier oft rum. Ehrlich gesagt ist er mir auch schon aufgefallen. Der hat was, wenn du mich fragst. Ich glaube nicht, dass er der Typ ist, der dir Püppi vererbt hat. Der sieht nicht aus, als würde er betteln.«

Da muss ich Ines beipflichten. Er sah nicht wie ein Bettler aus, aber definitiv wie Chris. Er geht mir nicht aus dem Kopf und ich ärgere mich insgeheim, ihm nicht nachgegangen zu sein. Sicher ist sicher, doch in diesem Fall wäre es bestimmt völlig sinnfrei gewesen. Wie Ines bereits sagte, er sah nicht aus wie ein Bettler.

Aus alter Gewohnheit schlage ich, nachdem wir das Café verlassen haben, den Weg Richtung Bierpinsel ein. Ines seufzt und quengelt: »Es ist arschkalt draußen. Muss das sein?«

»Ja bitte. Nur kurz. Vielleicht sitzt er ja da, wo ich ihn damals traf.«

Ines macht eine genervte Bemerkung und folgt mir aus dem Boulevard heraus in die Kälte. Ich schlage den Kragen meines Mantels hoch und stapfe zielstrebig auf die Stelle unter der Autobahnbrücke zu. Schon von Weitem kann ich ihn sehen, den Mann, den ich für Chris hielt. Genau an der Stelle, wo ich Chris und Püppi ansprach, führt er zur Belustigung seiner brünetten Begleiterin ein gestenreiches Schauspiel auf und mir stockt der Atem. Abrupt bleibe ich stehen und Ines stößt von hinten gegen mich.

»Pass doch auf!«, grummelt sie und ich greife schockiert ihren Arm und deute auf das, was sich unter der Brücke abspielt. Interessiert sieht sie zu, wie der Mann mit wilden Gesten der Brünetten etwas erzählt. Sie hält sich den Bauch vor Lachen und ich könnte vor Scham zusammenbrechen. Ich weiß, was er ihr in diesem Augenblick erzählt. Doch mein Hirn kann die Begebenheiten der letzten Wochen, mit dieser Situation, noch nicht in Einklang bringen. Nur so viel ist klar, aus einem mir nicht bekannten Grund spielte er an dem bewussten Tag einen Bettler, doch in Wahrheit scheint er alles andere zu sein. Mir wird übel und Ines zieht mich an sich und sieht mich entgeistert an. Ich kann das große Fragezeichen über ihrem Kopf sehen.

»Ich denke, du hast guten Grund, dem Penner in den Arsch zu treten. Der hat dich ja ganz schön verschaukelt. Sina, wenn du willst, trete ich in deinem Namen auch zu.«

Sowie es scheint, hat Ines die Situation schneller begriffen als ich. Mein Hirn müht sich immer noch damit ab, das Gesehene zu begreifen. Ich sehe sie gequält an und sage, den Tränen nahe: »Lass uns gehen ... einfach gehen. Weg von hier ...!«

»Moment mal! Der Typ schuldet dir nicht nur eine Erklärung, sondern vor allem das Geld für den Tierarzt und die Kosten, die dir bis jetzt für Püppis Unterbringung entstanden sind«, empört sich Ines. Doch ich kann jetzt nicht darüber nachdenken. Der Schmerz ist zu groß.

Ines begleitet mich zurück ins Einkaufszentrum, wo wir uns im Eingangsbereich auf eine Bank setzen. Nur mit größter Mühe kann ich einen Zusammenbruch vermeiden. Mir ist plötzlich eiskalt, aber von innen heraus.

Der Tag ist gelaufen, die Freude ist dahin. Zum Glück fand ich bereits vor diesem Zwischenfall passende Geschenke für meine Großeltern und Püppi. Ines wurde auch bedacht und so schlendern wir schweigend zurück ins Parkhaus.

Ines ist so einfühlsam, das Thema nicht erneut anzusprechen, und ich sehe gedankenverloren aus dem Fenster ihres alten Golf, als wir auf eisglatter Straße die Heimfahrt antreten.

»Soll ich Püppi heute bei mir behalten? Ich könnte sie dir morgen zurückbringen«, fragt sie mich, als wir in unsere Straße einbiegen. Eigentlich mag ich jetzt nicht alleine sein, aber ich habe ebenso das Bedürfnis, eine intensive Trainingseinheit einzulegen, damit ich anschließend erschöpft genug bin, um schlafen zu können. Also antworte ich deprimiert: »Nett von dir. Ich glaube, so ist es am besten. Magst du morgen mit mir frühstücken?«

»Micha ist da.«

»Er kann ja mitkommen.«

»Gut, so machen wir es. Bis morgen und gräme dich nicht mehr. Das ist der Typ nicht wert«, sagt sie, als sie vor meinem Haus hält. Ich gebe ihr einen Abschiedskuss auf die Wange und steige aus.

***

Die Trainingseinheit, die ich jetzt einlege, hat es in sich. Keine graziösen Pirouetten zu klassischer Musik, nein, wilder Modern Dance zu Tiësto. Die Bässe dröhnen und ich falle in eine Art Trance. Gut, dass Püppi nicht zu Hause ist. Ich brauche auf niemanden Rücksicht zu nehmen und verausgabe mich zum Takt der Musik. Dabei nehme ich ebenso wenig Rücksicht auf meinen lädierten Fuß und muss mit Staunen feststellen, wie gut er bereits verheilt ist. Damals befürchtete ich, mein Bein zu verlieren, der Fuß war nebensächlich. Heute rückt er jedoch in den Fokus meiner Bemühungen, denn ohne gesunden Fuß keine Ballettkarriere.

Drei Stunden später drehe ich erschöpft und von innen stabilisiert die Musik leiser und gehe ins Bad, um zu duschen. Das heiße Wasser tut der Muskulatur gut und ich lasse es genüsslich über mein Gesicht, die Brust, den Bauch und die Beine laufen.

Mein Magen knurrt. Ein gutes Zeichen. Wenn ich seelisch belastet bin, habe ich ein Völlegefühl, als hätte ich zu viel gegessen. Jetzt scheint es, als hätte ich den Kummer verarbeitet. Glücklich lächelnd greife ich nach meinem Handtuch und in Gedanken brate ich bereits Rührei mit Speck, doch das Klingeln an der Tür lässt jeden Gedanken an Essen zerplatzen. Genervt gehe ich, in ein Handtuch gewickelt, zur Tür und nehme den Hörer der Gegensprechanlage in die Hand. »Wer ist da?«

»Hi ... hier ist Chris.«

8. Kapitel

Mit vor Wut errötetem Kopf zische ich in den Hörer: »Du hast Nerven, hier einfach wieder aufzutauchen! Was willst du mir heute vorspielen? Hat man dich wieder überfallen? Hast du Hunger? Möchtest du duschen? Was willst du?«

»Sina, bitte ... ich kann ja verstehen, dass du sauer bist. Sobald es mir möglich ist, hole ich Püppi ab. Ich kann sie nicht in die Unterkunft mitnehmen, das weißt du doch.«

»Was willst du dann?«, blaffe ich ihn an. Seine Dreistigkeit ist unfassbar. Vor allem, nachdem ich ihn heute mit dieser Frau sah.

Seine Antwort kommt stockend und ich höre ihn mit verschämter Stimme flüstern: »Ich ... ich wollte dich sehen.«

Ich verdrehe genervt die Augen. Der glaubt doch tatsächlich, er könne mich mit dieser Masche einwickeln. Ich glaube, wenn er wüsste, dass ich ihn heute Nachmittag beobachtete, würde er es nicht wagen, erneut bei mir aufzutauchen. Daher beschließe ich, ihm etwas auf den Zahn zu fühlen. »Mich sehen? Du kennst doch sicherlich noch andere Leute, bei denen du mit der Tour landen kannst. Da draußen laufen viele brünette Frauen rum. Versuche es mal da.«

Es kommt keine Antwort. Für einen Moment denke ich, er sei verschwunden. Doch dann höre ich ein verlegenes Räuspern am anderen Ende des Hörers und er fragt: »Wie meinst du das?«

»Denk mal nach. Oder ist dein Kopf schon eingefroren?«, gebe ich schnippisch zurück.

Wieder eine länger Pause, dann sagt er mit trauriger Stimme: »Es war ein Fehler hierher zu kommen. Ich dachte, du wärst anders. Lebe wohl.«

Sprachlos halte ich den Hörer in der Hand und denke darüber nach, was ich heute in der Schloßstraße gesehen habe. Ob es alles ein dummer Zufall war? Wenn er es nicht gewesen ist? Vielleicht verdächtige ich ihn zu Unrecht? Fragen über Fragen türmen sich in meinem Hirn auf. Doch eine Antwort lässt sich nicht finden. Ich stelle mir vor, wie er in der Kälte da draußen durch die Straßen läuft auf der Suche nach einer Möglichkeit sich zu wärmen. Ich stelle mir vor, wie er traurig zusieht, wie andere Menschen fröhlich für ihre Familie Weihnachtsvorbereitungen treffen. Ich sehe seine von Trauer verschleierten Augen und wie in Trance drücke ich den Türöffner. Es geschieht wie von selbst. Mein Verstand ist noch damit beschäftigt, alle Details zu analysieren, doch mein Herz hat bereits entschieden.

Ein Klicken dringt durch den Hörer an mein Ohr. Es ist das Geräusch, welches die Eingangstür macht, wenn sie geöffnet wird. Eine nervöse Unruhe befällt mich und ich bin mir fast sicher, einem Irrtum unterlegen zu sein. Er kann nicht der Mann sein, den ich heute in der Schloßstraße sah. Es ist unmöglich.

Ich lausche seinen Schritten im Treppenhaus, und als er vor meiner Tür steht, schlägt mein Herz bis zum Hals. Langsam öffne ich meine Wohnungstür und erblicke einen verfrorenen Mann in abgetragener Kleidung und derben Stiefeln.

Früher hätte ich ihm die Tür vor der Nase zugeschlagen. Für mich zählten nur Wohlstand und Macht. Nicht anders ist es zu erklären, weshalb ich dem Bürgermeister unserer Gemeinde mein Jawort gegeben hatte.

Roman war ein Macher. Ein Mann, der Menschen um sich scharen konnte und ihnen die konservativen Werte unserer Gesellschaft vermittelte wie kein anderer. Doch letztendlich zerbrach unsere Ehe an genau diesen Werten. Ich war kein Heimchen am Herd, ich wollte Karriere machen.

Mein Verstand befiehlt mir, dagegen anzukämpfen, doch mein Herz sehnt sich nach dem Mann, der in diesem Moment vor meiner Tür steht. Alles in mir greift nach ihm, wie nach einem rettenden Strohhalm. Bin ich verloren? Verloren in der Tiefe meiner verletzten Seele, die nach Liebe und Zuneigung fleht, diesen Grundbedürfnissen des menschlichen Daseins, die ich seit Jahren vermisse.

Roman war ein unsensibler, aber trotzdem guter Mann. Es fehlte mir an nichts, aber trotzdem blieb mein Leben leer. Roman bemühte sich auf seine Weise, mir ein schönes Heim zu bereiten, doch mir stand der Sinn nicht nach materiellen Dingen und Statussymbolen. Ich wollte einfach nur geliebt werden, doch das genügte ihm nicht. Er erdrückte mich mit seiner Fürsorge und letztendlich mit seinem altertümlichen Rollenbild von Mann und Frau.

Das hier ist anders. Dieses Gefühl, das ich gerade empfinde, ist frei von jeglichen vernunftgesteuerten Bedürfnissen. Es gibt nur ihn und mich – egal, wer wir sind oder was wir waren. Einfach nur ein Mann und eine Frau, die sich zueinander hingezogen fühlen.

Ich lasse mich fallen ... fallen in ein Meer aus Gefühlen und ungeahnten Empfindungen. Wie berauscht nehme ich seine wunderschöne Gestalt neben mir wahr, und als er seine Lippen über meine gleiten lässt, ist mir alles egal. Ich erwidere diese sinnliche Geste und in meinem Bauch öffnet sich eine Tür, die Tausende von Schmetterlingen in die Freiheit entlässt. Dann werde ich vorsichtig hochgehoben und in mein Schlafzimmer getragen. Seine Lippen ruhen weiterhin auf meinen und ich vergrabe meine Finger in seinen Haaren. Sie sind unerwartet weich und seidig. Ein Stöhnen entrinnt meiner Kehle und Chris flüstert erregt: »Sarina, du bist wundervoll.«

Wie ein zartes Gebinde aus zerbrechlichen Zweigen werde ich auf mein Bett gelegt. Die Sanftheit seiner Berührungen ist fast überirdisch. Ich wurde noch nie, mit solcher Zärtlichkeit liebkost.

Mit einer flinken Bewegung entledigt er sich seiner Sachen und stürzt ins Bad. »Bleib da liegen«, ruft er mir atemlos zu, als ich ihm verwundert hinterher sehe. Die Dusche wird aufgedreht. Ich höre, wie er ein wohlwollendes Seufzen von sich gibt, als das warme Wasser über seinen Körper fließt. Am liebsten würde ich zu ihm schleichen und ihm zusehen.

Es dauert nicht lange, bis er fertig geduscht, in meinen Bademantel gewickelt, zurück im Schlafzimmer steht. Sein Blick schweift über meinen fast nackten Körper, der nur von meinem Badetuch bedeckt wird. Jetzt legt er sich vorsichtig zu mir. Mein Herz pumpt unnatürlich stark das Blut durch meine Adern. Wir sagen kein Wort. Hierfür gibt es keine Worte. Wir sind einfach nur zwei Menschen, die sich sehnsuchtsvoll nacheinander verzehren. Sein leises Stöhnen lässt mich erschauern und gleichzeitig meine letzten zweifelnden Gedanken verblassen. Es gibt nur noch ihn und mich.

Gierig streife ich den Bademantel von seinen Schultern und er windet sich geschickt aus dem winzigen Stoffstück. Seine Haut gleicht der weichen Oberfläche von sinnlich zarter Seide. Ich wusste nicht, dass ein Mann solche Haut haben kann. Ich berühre ihn vorsichtig mit den Fingerspitzen. Zentimeter für Zentimeter erkunde ich seinen Körper, nehme jede Pore seiner Haut intensiv wahr. Wunderschön ... makellos.

Er sieht mich fast qualvoll an, kann der Berührung kaum standhalten. Jetzt entzieht er sich meinem Streicheln, um mich von meinem Badetuch zu befreien. Mit konzentrierten Handgriffen schält er mich Stück für Stück aus dem Frotteestoff.

Als ich nackt vor ihm liege, schluckt er laut und streicht mit den Händen sacht über meinen Körper. Angefangen an der Stelle zwischen den Brüsten, bis tief hinab zu meinem Nabel. Eine Glut der Erregung durchflutet mich und ich biege ihm meinen Unterleib entgegen. Ich komme mir dabei schamlos vor, aber die

Gefühle überwältigen mich und Chris beugt sich zu mir herab und küsst zärtlich meinen Bauch.

»Du bist wunderschön, kleine Sina. Wie eine zarte orientalische Blüte. Vergib mir, aber ich kann nicht mehr länger an mich halten.« Mit diesen Worten legt er sich auf mich und küsst mich mit einer Intensität, die mich alles um mich herum vergessen lässt.

Mit seinem Knie spreizt er meine Beine und dringt langsam in mich ein. Es verlangt ihm alles ab, nicht sofort heftig in mich zu stoßen. Jetzt, wo er in mir ist und sich rhythmisch zu bewegen beginnt, keimt ein letzter Zweifel in mir auf. Doch meine Lust ist größer als alle Bedenken und ein Gefühl der Vertrautheit lässt mich dahinschmelzen. Es fühlt sich fantastisch an. Es kann nicht falsch sein.

Er ist so vorsichtig und zärtlich, so unsagbar sacht, dass mein Herz zerspringen könnte. Noch nie wurde ich mit einer solchen Sanftheit geliebt wie jetzt. Ich halte sein Gesicht vorsichtig in den Händen und blicke in seine wunderschönen nachtblauen Augen, in denen der Schleier der Hingabe zu erkennen ist. Kleine goldene Sterne in der Iris leuchten mich an. Ich verliere mich in ihnen und nehme nur noch ihn wahr. Alles andere existiert in diesem Augenblick nicht. Es gibt nur ihn und mich.

»Chris ...«, stöhne ich seinen Namen und seine Antwort ist ein raues Seufzen. Immer heftiger bewegt er sich in mir und ich halte seinen festen Hintern und ziehe ihn mit Macht zu mir. Ein Rausch flutet über mich hinweg, wie ich ihn noch nie erlebte. Er versteift sich und wirft seinen Kopf nach hinten. »Ahh ... Sina ... ah, mein Gott!« Dann sackt er auf mir zusammen und vergräbt sein Gesicht in meinem Haar.

Noch nie hatte ich einen Orgasmus wie diesen. Es ist mir schleierhaft, wie ich nach meinem intensiven Training dazu überhaupt fähig war.

»Danke«, flüstert er erschöpft und ich schlafe vollkommen zufrieden ein.

***

Am Morgen erwache ich ausgeruht und entspannt. Die Sonne lacht und der Himmel zeigt sich in einem strahlenden Blau. Ich strecke mich ausgiebig und lasse den gestrigen Abend in meine Erinnerung. Ein Lächeln huscht über mein Gesicht. Ich bin glücklich. Tastend suche ich mit der Hand nach dem Mann, der mir gestern etwas gab, von dem ich nicht glaubte, es je wiederzufinden.

Da ist nichts ... kein Christoph. Verwundert richte ich mich im Bett auf und horche angespannt in die Stille ... nichts! Mit einer unguten Vorahnung steige ich aus dem Bett und durchsuche die Wohnung. Wieder nichts! Keiner da. Ich bin allein. Verwirrt reibe ich mit den Händen über mein Gesicht. Sollte ich alles nur geträumt haben? Das ist doch unmöglich. Es war so real! Enttäuscht lasse ich mich auf mein Bett fallen und vergehe in Selbstzweifel. Nichts deutet darauf hin, dass er gestern bei mir war. Habe ich mir alles eingebildet? Nein. Die Erkenntnis haut mich fast um. Ich ringe nach Luft. Die ersten Tränen dringen nach oben und ich kämpfe mit ihnen den Kampf, den ich nicht gewinnen kann. Er ist einfach gegangen. Er hat mich erneut benutzt. Skrupellos und eigennützig hat er meine Naivität ausgenutzt. Mir steigt die Schamesröte ins Gesicht. Was bin ich für ein dummes Huhn!

Von der Tür kommt ein ratschendes Geräusch. Ein Schlüssel dreht sich im Schloss und jetzt höre ich, wie sich jemand laut die Füße abtritt. Nackend, wie ich bin, renne ich zur Tür. Chris sieht mich lächelnd an und hält eine Tüte mit frischen Brötchen hoch. »Frühstück, kleine Ballerina!«

Ich falle ihm vor Erleichterung um den Hals und dann fragt er: »Wo ist eigentlich Püppi?«

»Bei einer Freundin«, antworte ich und füge hinzu: »Sie bringt sie heute zurück.«

»Aha«, sagt er und zieht sich die dicke Jacke und seine Stiefel aus.

»Zieh dir besser etwas an, sonst komme ich auf dumme Gedanken. Weißt du eigentlich, wie hübsch du bist?«, fragt er schelmisch.

Verlegen schlinge ich die Arme um meine Taille und gehe zurück ins Schlafzimmer, um mir einen Morgenmantel zu holen. Aus dem Flur höre ich dabei ein freches Lachen. Der Streuner wird mutig, na warte.

Während des Frühstücks in der Küche beobachte ich ihn heimlich. Er trägt zwar ein verschlissenes Kapuzenshirt und eine alte Jeans, doch das ist heutzutage kein Indiz für Armut. Eher Ausdruck von coolem Selbstbewusstsein. Auch die derben Stiefel im Flur machen keinen ärmlichen Eindruck. Würde man seinen Hintergrund nicht kennen, käme man nicht auf die Idee, er würde auf der Straße leben. Er sieht mich prüfend an und fragt: »Worüber denkst du nach?«

Und viel zu spontan platzt meine Antwort heraus: »Du siehst nicht aus wie ein Obdachloser.«

Chris fährt sich nervös mit der Hand durch die Haare und antwortet mit fester Stimme: »Weil du es ver-drängst. Mach dir nichts vor. Versuche, den Blick für die Realität nicht zu verlieren. Ich bin kein Mann, mit dem man seine Zukunft gestaltet. Außerdem lebe ich noch nicht lange da, wo ich jetzt bin.«

Ertappt darüber, dass er mich anscheinend durch-schaut hat, antworte ich viel zu forsch: »Stimmt. Aber die Nacht war toll. Das sollten wir wiederholen, auch wenn wir nicht heiraten wollen.« Ich habe es kaum aus-gesprochen, da könnte ich mich ohrfeigen. So war es nicht ... es war viel mehr. Ich habe mich in diesen Mann verliebt, obwohl es völlig idiotisch ist.

Seine Augen schließen sich für einen Moment und er atmet tief durch. Anschließend erhebt er sich und sagt verletzt: »Danke für die schöne Nacht und für das Früh-stück.«

In Windeseile verlässt er den Tisch und eilt zur Tür. Ich schäme mich für meine Bemerkung und laufe ihm hinterher. Ohne mich zu beachten, zieht er Schuhe und Jacke an, während ich wie versteinert dastehe und ihm zusehe. Ich muss ihn aufhalten ... muss ihn davon abbringen, jetzt einfach zu gehen. Sag was, schreit es in meinem Kopf, aber ich bringe kein Wort heraus.

Das, was letzte Nacht geschah, hätte nicht geschehen dürfen. Es hat keine Zukunft. Sieh es endlich ein Sina, ermahne ich mich. Doch die Stimme in meinem Kopf ist anderer Meinung als der Muskel, der in meiner Brust schlägt. Ich halte ihn am Arm fest und sehe ihn flehend an. Was mein Mund nicht über die Lippen bringt, spie-gelt sich in meinem Blick, als ich ihn stumm bitte: Geh nicht – bleib!
Chris sieht verletzt auf mich herab und legt seine Hand auf meine. Eine nicht enden wollende Ewigkeit blickt er mir tief in die Augen. Ich kann in diesem Moment alles sehen. Schmerz, Leid, Sehnsucht, Resignation. Jetzt nimmt er meine Hand behutsam von seinem Arm und lächelt mich mit schmerzerfülltem Gesicht an, als er flüs-tert: »Ich bin nicht der Richtige. Du hast etwas Besseres verdient.«
Wie in Trance nehme ich wahr, wie er sich umdreht und die Tür öffnet. Noch ehe er sie hinter sich schließt, sinke ich zusammen und beginne bitterlich zu weinen. Ich weiß, dass er recht hat, doch mein Gefühl sagt etwas anderes und mein Herz, dieser Verräter, hämmert gegen meine Brust, als wolle es mich zwingen, ihn aufzuhalten.

Ich weiß nicht, wie lange ich im Flur auf dem Boden lag, als es klingelt. Erschöpft richte ich mich auf und nehme den Hörer der Gegensprechanlage ans Ohr. »Ja?«
»Hi Sina! Hier sind Micha und Ines. Wir haben hier eine kleine Dame, die schreckliche Sehnsucht nach dir hat.«

Im Hintergrund höre ich Püppi bellen und ein kleiner Lebensfunke kehrt zurück in mein geschundenes Herz. Püppi, denke ich. Sein Hund. Er hat sie mir anvertraut.

Ich drücke auf den Türöffner und lasse sie herein. Während sie geräuschvoll den Flur heraufkommen, eile ich in die Küche und entferne hektisch das zweite Frühstücksgedeck. Noch braucht niemand zu wissen, was heute Nacht hier geschah und wer mein Frühstücksgast war.

Oben angekommen wird sturmgeklingelt und ich eile entnervt zur Eingangstür.

»Kommt rein, ihr Frühaufsteher«, begrüße ich Ines und Micha und beuge mich dann zu der tanzenden Püppi herab. Jerry bekommt ebenso meine Aufmerksamkeit geschenkt, während die beiden sich ihre Schuhe ausziehen.

»Habt ihr schon gefrühstückt?«

»Nein.«

»Na dann kommt mal rein, ich setze Kaffee auf. Brötchen sind auch da.«

Wir marschieren in die Küche und ich stelle noch zwei Gedecke auf den Tisch.

»Hattest du Besuch?«, fragt Ines verwundert.

Meine Gesichtsfarbe wechselt von blass beige zu dunkelrosa. »Wie kommst du darauf?«, frage ich brüskiert und sehe mich verstohlen in der Küche um, ob ich ein Detail übersehen habe.

»Nur so, war nur ein Gefühl. Frühstückst du immer so ausgiebig? Der Tisch ist ja gedeckt, als hättest du Besuch erwartet.«

Ich zucke mit den Schultern und sage: »Wir waren doch verabredet.«

»Ja, aber der Tisch ist ja für eine komplette Fußballmannschaft gedeckt«, gibt Ines grübelnd zurück und lässt ihren Blick über den vollen Tisch schweifen.

»Ich mache es für uns halt gemütlich«, gebe ich kurz angebunden zurück und gieße Kaffee ein. Zum Glück klappt sie ihre Wundertruhe zu und belässt es dabei.

Aus dem Wohnzimmer hören wir Püppi und Jerry toben.

»Jerryyyyy! Nicht so übermütig«, ermahnt ihn Michael und ich winke nachsichtig ab und schüttele den Kopf.

»Lass doch ... sie spielen.«

»Ja, aber es braucht nicht gleich etwas zu Bruch zu gehen.«

»Wird schon nicht«, antworte ich versöhnlich.

»Wat is'n nu mit dem Penner? Ines hat erzählt, dit is garkeener. Der hätte sich nur über dich lustig jemacht. Soll ick mir den mal vorknöppen? So richtig ufmischen?«

Ich verschlucke mich fast und bekomme einen Hustenanfall. Ines klopft mir fürsorglich auf den Rücken und erklärt: »Ich hab es dem Micha erzählt. Ich meine, dass wir ihn gestern mit dieser Frau sahen und er kein bisschen wie ein Penner aussah. Tut mir leid, aber dit war schon krass.«

Ich schüttele energisch den Kopf. »Bloß nicht! Micha, das ist lieb von dir, aber völlig unnötig. Ich glaube auch nicht, dass er es war. Es war sicherlich ein Irrtum. Aber wenn er sich mal melden sollte, werde ich ihn darauf ansprechen. Irgendwann muss er sich ja zu dem Verbleib seines Hundes äußern.«

»Aber gestern bist du dir so sicher gewesen ... ich dachte, du kippst mir aus den Latschen«, beharrt Ines darauf, dass er es war.

»Nein, ich bin mir nicht sicher. Und weshalb sollte er vorgeben wohnungslos zu sein und sich bei dieser Eiseskälte den Arsch unter der Brücke abfrieren? Das ergibt keinen Sinn. Es war ein Irrtum! Punkt!«

Ines hebt die Hände, als würde sie sich ergeben, und grummelt: »Ist ja gut, wie du meinst!«

»Ick würde dem trotzdem mal uff'n Zahn fühlen. Irjend-watt stimmt da nicht«, sinniert Micha und ich verdrehe genervt die Augen.

»Wo bist'n Heiligabend und die Feiertage?«, fragt Michael.

»Bei meinen Großeltern.«

»Und der Hund?«

»Auch.«

»Und der Penner?«

»Wie bitte? Das weiß ich doch nicht! Ist mir, ehrlich gesagt, auch wurscht«, lüge ich, so gut es geht. Denn egal ist es mir nicht. Niemand sollte zu den Feiertagen allein sein, und schon gar nicht auf der Straße.

»Na hoffentlich taucht der hier nicht kurzfristig auf, um den Hund zu holen. Ich würde dem nicht mehr auf-machen und den Hund behalten. Du magst Püppi doch, oder?«, fragt Ines scheinheilig.

»Sicher, aber sie gehört nicht mir. Das ist eine Tat-sache. Aber ich werde versuchen, mit ihm darüber zu sprechen. Vielleicht findet sich ja eine Lösung, die uns allen zusagt.«

»Mit solche Leute kannst de nicht reden. Die leben von der Hand in den Mund. Absprachen zählen für die nicht, da kannst de dich nicht drauf verlassen. Auch wenn der zehnmal sagt, du kannst den Hund behalten, kann dit sein, dass er ihn trotzdem irjendwann zurückfordert, wenn dit ihm passt«, belehrt mich Michael.

So ist er nicht, denke ich beleidigt, lasse mir aber nichts anmerken. »Kann sein. Aber darüber mache ich mir jetzt keine Gedanken. Erst mal die Feiertage hinter mich bringen, dann sehen wir weiter.«

»Dein Wort in Gottes Ohr«, lässt Micha das Thema fallen und widmet sich wieder seinem Wurstbrötchen.

Die Ablenkung durch die beiden tut mir gut. Ich hätte sonst den schönen Samstag damit verbracht, mir Gedanken über Mr. Wohnungslos zu machen. Trotzdem hätte ich gerne eine Möglichkeit, ihn erreichen zu können. Leider hat er kein Handy, so sagte er jedenfalls.

Das kann ich mir zwar nur schwer vorstellen, aber dem kann man ja Abhilfe verschaffen. Ich hab da noch ein altes Handy in der Schublade. Manchmal hebt man Dinge auf, die man nie wieder ansieht. Jetzt bin ich jedoch froh, es noch nicht im Netz verscherbelt zu haben. Ich werde eine Prepaid-Karte kaufen und ihm das Ding in die Hand drücken.

***

Zu dritt stapfen wir bei strahlendem Sonnenschein die Schmidt-Ott-Straße entlang in Richtung Botanischer Garten. Leider können wir mit den Hunden da nicht rein, aber der Weg dahin ist trotzdem schön.

»Wir könnten doch in den Stadtpark fahren«, schlägt Ines vor.

»Ach nein, lieber nicht. Ich muss noch die Geschenke für meine Großeltern einpacken und außerdem ist es mir zu kalt«, wimmele ich das ab. Im Hinterkopf denke ich jedoch an Chris. Vielleicht kommt er doch noch vorbei. Irgendwie will ich die Hoffnung noch nicht aufgeben.

»Na, dann schlendern wir gemütlich zu Sina zurück und gehen allein. Püppi kommt aber mit, okay?«

»Okay«, stimme ich zu, und so treten wir in aller Ruhe den Rückweg an.

Nachdem ich meine Autoschlüssel aus der Wohnung geholt habe, fahre ich zum Billigdiscounter mit dem großen blauen ›A‹ in der Schloßstraße. Dort besorge ich eine Telefonkarte und Geschenkpapier. Okay, die bunten Geschenkbänder und die Geschenkanhänger nehme ich auch noch mit. Und natürlich den italienischen Rotwein, den Daniela mir mal empfohlen hatte. Den kann man wirklich trinken …!

Auf dem Rückweg fahre ich bewusst langsam unter der Autobahnbrücke am Bierpinsel durch, um zu sehen, ob Chris an seinem angestammten Platz steht und die Hand aufhält.

Hinter mir hupt ein Auto mehrmals und ich halte den gestreckten Mittleren vor den Spiegel. Diese Idioten in ihren tiefergelegten Rennsemmeln nerven mich.

Kein Penner mit nachtblauen Augen in Sicht. Würde mich mal interessieren, was er den ganzen Tag so treibt. Also beschleunige ich, zum Wohlwollen des aufgeregten Idioten hinter mir und lenke mein Auto Richtung Schmidt-Ott-Straße.

Zu Hause angekommen, nutze ich die Zeit ohne Püppi, um meine Geschenke einzupacken. Ein Seidenschal für Omi, eine neue Pfeife für Opi, zwei ›Partner-Love-Tee-tassen‹ für Ines und Micha inklusive Tee, eine Holzbro-sche für Daniela und diverse Leckerli für Püppi und Jerry. Das Handy für Chris halte ich lange in der Hand und überlege, ob ich es als Geschenk verpacken sollte. Auf keinen Fall möchte ich ihn damit beschämen, denn er hat bestimmt nichts für mich. Es ist auch egal, eigent-lich zählt nur die Geste, dass man aneinander dachte, nicht mehr.

Ich entschließe mich, das Handy nebst Karte, mit einem Guthaben im Wert von dreißig Euro, als Geschenk zu verpacken. Was er da hineininterpretiert, ist seine Sache.

Zufrieden blicke ich auf mein Werk. Alles fertig! Super. Doch eines bleibt: Die Ungewissheit, wo er die Feiertage verbringen wird. Eigentlich wollte ich über Weihnachten bei Oma und Opa bleiben und dort auf der Gästecouch schlafen, aber was, wenn er hier vor der Tür steht und ihm niemand öffnet? Der Gedanke ist unerträglich für mich. Andererseits hat er eine klare Position bezogen. Er ist der Meinung, er sei nichts für mich. Nun, diese Ent-scheidung hätte ich gerne selber getroffen.

Ich werde aus meinen Gedanken gerissen, als es an der Haustür klingelt.

Ines und Micha bringen mir Püppi hoch und drücken mir zum Abschied einen Kuss auf die Wange. »Wir sehen uns dann am Freitag nach den Feiertagen. Okay? Früh-stück bei uns, wie abgemacht«, erinnert mich Ines und ich nicke zustimmend. »Klar, ich freue mich schon.«

9. Kapitel

Zu meiner Enttäuschung meldete sich Chris nicht mehr. Irgendwie hatte ich die Hoffnung, er würde mir wenigstens frohe Feiertage wünschen. Nun ja, vielleicht sollte ich nicht zu viel verlangen. Eventuell ist das alles doch sehr einseitig. Meine Gefühle fahren derzeit Achterbahn, was aber nicht für ihn zutreffen muss.

Ich kann mir noch so viel Mühe geben zu einem logischen Schluss zu kommen, aber es gibt keinen. Sehr wahrscheinlich hat er im Moment andere Probleme, als eine durchgeknallte und naiv verliebte Ballerina, die zur Zeit mit ihrem eigenen beruflichen Schicksal hadert.

Püppi ist der Star. Selbst Opa ist hin und weg von ihrem Charme. »Also ehrlich Sina, Hunde waren nie ein Thema für mich, aber der hier lässt mein Herz höherschlagen.«

Ich grinse zustimmend. Mir ging es genauso!

»Sag mal Kindchen, ist was mit dir? Du scheinst manchmal so abwesend zu sein«, fragt Omi.

»Nein, alles gut. Die Weihnachtszeit ist immer eine sentimentale Phase für mich. Für euch doch auch, oder? Da kommen verstärkt Erinnerungen in mir hoch, die ich im Rest des Jahres recht gut unterdrücken kann.«

»Ich versteh schon, meine Kleine. Komm, wir zünden die Kerzen für deine Mama und deinen Papa an. Sie sind sicherlich jetzt bei uns, wie jedes Weihnachten.«

Wehmütig folge ich Oma zu dem Holzschränkchen mit den Kerzen und den Fotos meiner Eltern. Opa gesellt sich zu uns und nimmt mich in den Arm, dann flüstert er: »Frohe Weihnachten meine Lieben. Gott möge mit uns und unseren Kindern im Himmel sein.«

Oma zündet die Kerzen an und ich starre auf die kleine Thailänderin mit ihrem europäischen Mann, der sie um zwei Kopflängen überragt. Papa liebte Mama über alles.

Sie trafen sich damals in der Humboldt Uni und nach ihrem Studium lebten wir bis zu meinem fünften Lebensjahr in Thailand. Bei einem Heimflug nach Berlin geschah das Unglück. Ein Terrorist, der die Maschine kaperte, erschoss einige Geiseln. Darunter meine Eltern. Ich wuchs bei meinen Großeltern auf. Sie gaben mir alles ... Liebe, Stabilität und Zuversicht.

Wir stehen Arm in Arm vor den Bildern meiner Vergangenheit. Ich sehe darauf zwei ungleich große Menschen. Sie halten sich aneinander fest und der Mann trägt ein Baby auf dem Arm – mich.

Jeder von uns ist in seine eigenen Gedanken vertieft. Meine Gedanken schweifen heute in eine Richtung, die ich nicht beeinflussen kann. Wo ist er? Was macht er? Hat er es warm? Wird er genug zu essen bekommen? Warum hat er sich nicht mehr gemeldet? Fragen über Fragen, die zu nichts führen, außer, dass ich langsam schwermütig werde.

An Roman verschwende ich nur einen flüchtigen Gedanken. Seine Anrufe nahm ich nicht mehr entgegen und rief auch nicht zurück. Dieses Kapitel in meinem Leben ist endgültig abgeschlossen.

»So, nun lasst uns die Geschenke auspacken«, sagt Opa abschließend und wischt sich verschämt eine Träne aus dem Auge.

Mein Vater war ihr ganzer Stolz und in meiner Mama sahen sie eine kostbare orientalische Zierpflanze. Sie liebten sie ebenfalls, weil sie ihren Jungen glücklich machte.

Ich erinnere mich nur noch schemenhaft an die Zeit mit meinen Eltern. Meine Großeltern halten die Erinnerung für mich wach, durch das Erzählen von Geschehnissen in meiner Kindheit und das Zeigen der wenigen Fotos aus dieser Zeit. So hatte ich immer das Gefühl, meinen Eltern nahezusein – bis heute.

Püppi wird zuerst beschenkt. Kleine Leckerlis, ein Kauknochen und ein Quietschetier. Sie ist überglücklich und mein Herz geht über. Ich liebe diesen kleinen Hund, ob ich nun will oder nicht. Den Gedanken, dass er ihn mir eines Tages wieder nehmen wird, schiebe ich resolut zur Seite. Heute nicht ... keine Probleme!

Die Gans war toll. Ich liebe Klöße und Rotkohl. Oma ist die beste Köchin und mir ist schleierhaft, wie ich ohne Überfettung all die Jahre in diesem Haus verbringen konnte.

Opa testet seine neue Pfeife im Wohnzimmer und ich helfe Oma in der Küche das Dessert vorzubereiten.

»Was ist mit dem Jungen? Hast du etwas von ihm gehört?«, fragt Oma nebenbei.

Ich garniere gerade das Eis mit Preiselbeeren und erstarre augenblicklich, als ihre Frage in meinem Bewusstsein ankommt.

»Was ist? Bist du taub?«

»Nein, nein. Ich bin nur erstaunt, dass du an ihn denkst.«

»Ich denke die ganze Zeit an ihn. Es muss schrecklich sein da draußen.«

Ich kämpfe meine Tränen hinunter und nicke zustimmend.

»Ja was denn nun? Hat er sich gemeldet?«

»Nein.«

»Dann bleibt Püppi bei dir?«

»Vorerst ... Ja. Ich weiß nicht, ob er sie je wieder abholen wird. Er hat nichts gesagt«, erwidere ich mit stockender Stimme.

Oma kommt zu mir und nimmt mir den Löffel aus der Hand, mit dem ich wie verkrampft auf dem Tablett kratze. »Du denkst an ihn. Das kann ich fühlen.«

»Manchmal«, versuche ich, meine Antwort möglichst emotionslos zu halten.

»Ach Kleines, mach mir doch nichts vor. Sein Schicksal berührt dich. Ich kann es spüren. Sonst wärst du nicht die Tochter deiner Eltern. Sie waren genau wie du, äußerst empathisch.«

Ich schlucke laut. Bin ich so leicht zu durchschauen? »Okay, du hast recht. Ich musste ab und zu an ihn denken. Verdammt!«

»Hast du Mitleid mit ihm?«

»Ich weiß nicht. Manchmal bin ich wütend, weil er sein Leben einfach wegwirft.«

»Aber woher willst du das wissen? Vielleicht bemüht er sich ja und versucht, ins Leben zurückzufinden.«

»Ich weiß nicht. Er schien mir ziemlich resigniert«, antworte ich und muss an seine Worte denken: ›Ich bin nichts für dich‹.

»Magst du ihn?«

Bums! Als hätte sie mir den Küchenlappen ins Gesicht geschlagen, starre ich sie an. »Wie bitte?«

»Du hast mich genau verstanden. Magst du ihn?«

Ich ringe eine Weile um meine Beherrschung, dann antworte ich mit fester Stimme: »Ja, irgendwie schon.«

Oma nickt vielsagend und reicht mir die Schlagsahne. »Hier, dein Opa braucht das fettige Zeug.«

Somit ist das Thema erledigt und alles gesagt, was es zu sagen gibt. Oma ist eine Meisterin in ihrem Fach, anderer Menschen Gemütsstimmung zu erkennen.

Ich bin froh, dass sie sich auf das Thema nicht weiter einlässt und mir damit zu verstehen gibt, dass alles, was noch kommt, für sie in Ordnung wäre. Dafür liebe ich sie. Es sollte mehr Menschen geben wie meine Omi.

Am ersten Tag nach den Feiertagen treffe ich vollgefuttert und drei Kilo schwerer mit Püppi in meiner Wohnung ein. Obwohl ich nicht damit rechne, Post erhalten zu haben, da die Post über die Feiertage nicht ausgetragen wird, öffne ich trotzdem den Briefkasten. Zu meinem Erstaunen liegt ein roter Umschlag mit einer Karte darin. Ich nehme ihn an mich und gehe mit Püppi die Treppen in den ersten Stock hinauf.

Es befindet sich kein Absender auf dem Brief. Merkwürdig. Die Karte ist sicherlich von meinem Vermieter.

Oh je, im Trubel der Weihnachtsvorbereitungen hatte ich vergessen, ihm wenigstens einen Brief zu schreiben.

Ich stelle meine Tasche ab und lasse Püppis Körbchen fallen. Dann streife ich meine Schuhe ab und ziehe den Mantel aus. Püppi wartet artig, bis ich ihr die Pfoten abgewischt habe, und rennt anschließend übermütig ins Wohnzimmer.

Erwartungsvoll öffne ich den roten Umschlag. Darin finde ich eine Karte mit dem Text:

Alles Liebe und eine besinnliche Weihnachtszeit für dich, meine liebe Sina. Ich denke an dich und werde mir somit die Stunden versüßen, die bis zu einem Wiedersehen bleiben. Sina, ich gäbe alles darum, mit dir neu anfangen zu können, aber momentan fehlt mir die Kraft. Ich muss erst selber klarkommen, bevor ich daran denke, eine neue Beziehung einzugehen. Ich hoffe, du verstehst es. Es ist einfach zu viel vorgefallen in den letzten Monaten. Aber ich bin sehr glücklich, dass Püppi es gut bei dir hat. Du liebst sie ... ich kann es fühlen. Vielleicht werde ich irgendwann so weit sein. Sei nicht böse, aber ich habe mich schrecklich in dich verliebt. Doch es ist im Moment völlig ausweglos. Ich habe kaum den Mut dich zu fragen, ob du auf mich warten möchtest. Aber lass mir die kleine Hoffnung. Sie beflügelt mich.

Dein Chris

Tränen kullern über meine Wangen. Er empfindet wie ich. Er hat sich in mich verliebt. Aber er ist zu stolz, es zuzulassen. Ich würde ihn unterstützen, wobei auch immer. Aber er benötigt mehr Zeit für sich. Ich muss es akzeptieren.

Schleppend gehe ich durch die Wohnung, um durchzulüften. Dann lasse ich mich auf die Couch fallen und seufze erschöpft. Was für ein Irrsinn, der sich mein Leben nennt.

Lange kann ich nicht hier sitzen, da ich bei Ines und Micha zum Kaffee eingeladen bin. Also rappele ich mich wieder hoch und packe die Tasche aus.

Als ich das Geschenk meiner Großeltern in den Händen halte, schmunzele ich. Von Oma bekam ich einen gestrickten Schal mit passender Mütze und Handschuhen, von Opa einen Gutschein für die Deutsche Oper.

Ich habe noch gut zwei Stunden, bis ich aufbrechen muss, um pünktlich bei Ines zu sein.

Mein Blick fällt auf das Geschenk, das ich nicht überreichen konnte. Ein gebrauchtes Handy mit Karte. Ich grübele darüber nach, ob er eventuell daran Anstoß nehmen könnte, aber es wäre zu unser beider Vorteil. Wir könnten uns verständigen.

In meinen Gedankenwust hinein klingelt es an der Tür. Püppi läuft aufgeregt zur Wohnungstür und fiept lauthals.

Eine nervöse Unruhe breitet sich in meiner Magengegend aus und ich renne zur Tür und nehme den Hörer der Gegensprechanlage ans Ohr. »Ja? Wer ist da?«

»Hi, hier ist Chris.«

Wie unter Drogen drücke ich den Knopf des Türöffners. Püppi fiept in einem unnatürlich hohen Ton. Mein Innerstes rebelliert, aber ein Teil meines Körpers wirkt beruhigend und mit gleichmäßigen Schlägen auf mich ein ... mein Herz. Es kann sich nicht irren!

Als Chris vor mir steht und Püppi herzzerreißend an ihm hochspringt, schwinden meine Sinne. Endlich ist er da und ich lasse den Brief fallen, den ich immer noch verkrampft in meinen Händen hielt. Dann umarme ich ihn stürmisch und ein Schluchzen erschüttert meinen Körper. In diesem Moment weiß ich, dass ich alles für ihn tun würde. Es ist wie ein zerreißender Zwang und gleichzeitig wie die Erlösung aus einem nicht enden wollenden Albtraum. Ich weiß es jetzt ... ich liebe ihn! Tief in mir spüre ich dieses Gefühl, für das es keine rationale Erklärung zu geben scheint. Chris bemesse ich nicht mit den Maßstäben, die ich für gewöhnlich ansetze, wenn es um die Wahl eines Partners geht. Ich sehe, aus einem mir unverständlichen Grund, nur ihn, nicht was er darstellt oder in seinem Leben bereits erreichte. Es ist mir völlig unwichtig.

Chris hält mich fest an sich gedrückt und seufzt in mein Haar: »Es ist sinnlos. Ich kann es nicht verdrängen. Ich muss bei dir sein, sonst werde ich verrückt!«

Gemeinsam wird uns der Augenblick mit seiner Magie bewusst. Es ist unmöglich, es zu leugnen. Wir gehören zusammen, als wäre es nie anders gewesen.

»Warum ist das so?«, frage ich ihn, als wir endlich eng umschlungen auf meiner Wohnzimmercouch sitzen.

»Das weiß nur der Himmel ... aber eines weiß ich, ich wollte es dir nicht antun.«

»Aber du tust mir doch nichts an, im Gegenteil! Zum ersten Mal fühle ich mich angekommen ... es ist, als würde ich aus einer kalten einsamen Nacht erwachen und du bist da, um mich zu halten und zu wärmen.«

Chris schmunzelt verlegen und wir halten uns einfach fest. Ich werde ihn nie wieder loslassen, das weiß ich jetzt.

Nach einer Weile sehe ich verstohlen auf die Uhr. Wenn ich nicht zu spät kommen möchte, sollte ich mich jetzt fertigmachen. »Chris, es tut mir leid, aber ich bin bei Freunden zum Kaffee eingeladen. Ich muss bald los.«

»Kein Problem. Ich bin ja mal wieder unangemeldet aufgetaucht, da muss ich wohl damit rechnen, dass du nicht immer Zeit für mich hast«, schmunzelt er verlegen.

Das war das Stichwort: unangemeldet.

Ich löse mich aus seiner Umarmung und gehe zum Sideboard, auf dem sein Geschenk liegt. Mit einem flauen Gefühl im Magen überreiche ich es ihm und hoffe, es wird ihn nicht verletzen.

»Was ist das?«

»Ein Geschenk.«

»Das kann ich nicht annehmen«, sagt er bestimmt und gibt es mir zurück.

»Schau doch erst mal rein, bevor dein Stolz dich übermannt«, wage ich diese Behauptung und er zieht nachdenklich eine Augenbraue hoch.

»Okay, vielleicht sollte ich meinen verdammten Stolz mal runterschlucken. Du hast mich schnell durchschaut«, grummelt er und fügt dann angriffslustig: »Blondie«, hinzu.

Ich verdrehe genervt die Augen. Das scheint seine Art zu sein, solchen Situationen zu begegnen.

Er wickelt die Schachtel aus und macht große Augen, als er auf die kleine Kiste starrt, von der ihm ein Smartphone entgegenlacht. Kopfschüttelnd sieht er mich an und sagt: »Danke, gut gemeint Blondie, aber was soll ich damit? Erstens ist es eine Frage der Zeit, wann es mir da draußen geklaut wird und zweitens, wo soll ich das bitteschön aufladen?«

Gut, irgendeine Reaktion hatte ich erwartet. Sie hätte auch schlimmer ausfallen können. Aber, dass er wieder mit dieser ›Blondie-Tour‹ anfängt, zeigt mir unmissverständlich, dass er sich sehr gekränkt fühlt.

Ich lege meine Hand auf seine, in der er das Päckchen hält. »Gut, ich habe verstanden«, sage ich möglichst einfühlsam. »Ich habe mich dafür nicht in Schulden gestürzt. Es ist ein altes Handy von mir, das ich lediglich für den Notfall aufhob. Ich denke, das hier ist so ein Notfall. Ich habe eine Prepaid-Karte reingelegt und meine Handynummer eingespeichert. Wenn du magst, kannst du mich anrufen oder eine Textnachricht schicken. Heute, zum Beispiel, wäre das praktisch gewesen. Vielleicht kommst du noch mal in eine Notsituation, wie damals, als diese Glatzköpfe dich verprügelten. Du könntest damit Hilfe anfordern ...!«

Mein Herz rast. Ich weiß nicht, ob ich jetzt zu weit gegangen bin. Eigentlich steht es mir nicht zu, so mit ihm zu sprechen, oder doch? Er sagte, er würde mich lieben und ich bin total in ihn verschossen. Ich habe seinen Hund in Pflege und das verursacht einige Kosten. Ergo: Es steht mir zu!

Verlegen und ohne Worte fummelt er das Handy aus der Schachtel und möchte es anstellen. »Das Passwort?«

»Püppi.«

Er grinst verlegen und tippt ›Püppi‹ ein. Das Handy fährt hoch und es macht sich eine kindliche Freude auf seinem Gesicht breit. Dann sieht er mich durchdringend an und sagt mit einem Lächeln: »Danke.«

Ich umarme ihn zufrieden. Ich weiß, er freut sich und er hat seinen Stolz heruntergeschluckt.

»Okay, dann werde ich mal gehen, damit du nicht zu spät zu deiner Verabredung kommst. Ich melde mich bei dir, Blondie«, sagt er mit einem Augenzwinkern und ich ziehe ihn für diese Frechheit am Ohr zu mir herunter und nuschele an seinen Mund: »Frecher Streuner!«

Er lacht verschmitzt und gibt mir einen unendlich zarten Kuss, dann erhebt er sich und ich begleite ihn zur Tür. Er zieht seine derben Stiefel an und die Kapuze seines mit Lammfell gefütterten Kapuzenshirts über den Kopf.

Irgendwie cool, denke ich. Die dunkelgrüne Farbe passt zwar überhaupt nicht zu seinen nachtblauen Augen, aber der Kontrast hat etwas Widersprüchliches, genau wie der Mann, der es trägt. Er sieht nicht aus, wie jemand, der auf der Straße lebt. Aber vielleicht, mit meiner Hilfe, wird dieser Zustand nicht mehr allzu lange andauern – hoffentlich!

»Ist das nicht zu kalt?«, frage ich besorgt. Es sieht zwar umwerfend aus, aber ob es warmhält, kann ich nicht glauben.

»Das geht schon. Ich habe noch zwei T-Shirts und einen Pullover darunter. Außerdem fahre ich mit der U-Bahn direkt in den Wärmetreff am Sophie-Charlotte-Platz. Die haben bis achtzehn Uhr geöffnet. Da gibt es Kaffee und vielleicht noch ein Stück Kuchen.«

Mein Herz wird schwer. Am liebsten würde ich ihn mitnehmen, aber so weit bin ich noch nicht. Außerdem weiß ich jetzt schon, wie meine Freunde darauf reagieren. Sie würden denken, er nutzt mich nur aus und manchmal habe auch ich immer noch diesen Verdacht. Ich muss mir erst ganz sicher sein, bevor ich den nächsten Schritt gehe.

10. Kapitel

Der kleine Jerry hopst und bellt, dass es eine Freude ist, ihm zuzusehen. Er liebt Püppi mit einer Intensität, die uns allen ans Herz geht. Ines sieht dem Treiben zu wie eine Mutter, die fasziniert ihr Kind betrachtet. Micha lacht ausgelassen und meint: »Also nee, Jerry. Du musst sie zappeln lassen. Ein Mann darf nicht gleich sein Herz offenbaren, sonst macht sie Hackfleisch draus!«

Ines knufft ihn gespielt empört in die Seite und ich breche in schallendes Gelächter aus.

Micha nimmt mir meinen Mantel ab und grinst frech, als er sagt: »Dit stimmt! Dit kannst de globen. In mir is nischt als Hackfleisch, seitdem ick Ines kenne. Die kleene Lady hat mich in null Komma nischt durch ihren Fleischwolf jedreht und jetzt bin ick nur noch ein verliebter Vollidiot, der ohne dit kleene Fräulein nich mehr leben kann.«

»Oh, du armer kleiner Vollidiot«, sagt Ines mit einem bedauernden Grinsen im Gesicht und tätschelt gespielt mitfühlend seine Wange.

Wir setzen uns ins Wohnzimmer und Ines schenkt Kaffee ein.

»Hast du was von dem Penner gehört?«, ist ihre erste Frage, die mir natürlich sofort unter die Haut geht. Warum trifft es mich jedes mal zutiefst, wenn jemand in dieser Art und Weise von ihm spricht?

»Nein.«

»Na dann würde ich sagen, Püppi gehört dir. Du solltest sie chippen lassen und anmelden.«

»Anmelden?«

»Hundesteuer«, erklärt Micha.

»Na, mal sehen. Ich warte erst das Frühjahr ab.«

»Und dann?«, fragt Ines entgeistert. »Bis dahin bist du so verliebt in Püppi, dass es dir das Herz aus der Brust reißen würde, wenn er sie holt.«

»Mag sein. Aber ehrlich gesagt, habe ich die Hoffnung, bald wieder beruflich durchzustarten und ob ich dann genug Zeit für den Hund haben werde, ist ungewiss.«

»Ach Blödsinn!«, echauffiert sich Ines. »Bei Jerry und mir klappt das doch auch, warum sollte es bei dir nicht funktionieren?«

»Ich werde viel Zeit mit Proben und Training verbringen. Die Abendvorstellungen enden spät ... ich weiß nicht, wie ich das wuppen soll.«

Micha sieht betreten zu Boden und Ines räuspert sich umständlich. »Hast du schon Nachricht vom Theater des Westens?«

»Noch nicht, aber bis zum Jahresende wird da auch nicht mehr viel passieren.« Wie immer spiele ich nicht nur mir etwas vor. Ich weiß längst, weshalb ich keine Nachricht bekomme.

»Na ja, dann drücken wir mal die Daumen«, sagt Micha und wirft einen wehmütigen Blick zu Püppi rüber. Die ist gerade damit beschäftigt, Jerrys Kauknochen zu beknabbern, und Jerry sieht ihr dabei schwanzwedelnd zu.

Michael schüttelt den Kopf und grummelt: »Weiber!«

Da fliegt ihm ein Kissen ins Gesicht und Ines schimpft: »Aber ohne geht es auch nicht, oder?«

»Nee, nee. Schon gut. War nicht so gemeint«, entschuldigt sich Micha und in dem Moment summt mein Handy.

Ich zerre es aus meiner Handtasche und sehe nach, wer mir schreibt. Es ist Chris! Mein Herz hüpft vor Freude, als ich lese, was er geschrieben hat:

Bin im Wärmetreff angekommen und sitze jetzt mit Kaffee und Kuchen am Tisch. Ich denke an dich! Kuss Chris.

Ich schreibe sofort zurück:

Hi, ich freue mich. Wir trinken auch gerade Kaffee. Kuss zurück.

Es macht wieder ›pling‹ und eine neue Nachricht erscheint auf dem Display:
Du bist toll ... du hast mir etwas gegeben, wovon ich nicht glaubte, es einmal wiederzufinden. Ich meine damit nicht das Handy (zwinker frech).

Ich grinse blöd vor Freude und Ines bekommt einen besorgten Gesichtsausdruck. Dann schreibe ich:
Daaanke! Das ist lieb von dir. Ich knuddle dich ganz doll!

Als keine weitere Nachricht kommt, stecke ich das Handy zurück in meine Tasche und nehme einen ordentlichen Schluck Kaffee. Erst jetzt bemerke ich, dass Micha und Ines mich nachdenklich mustern.

»Was ist?«, frage ich mit einem ertappten Gefühl in der Magengegend. Aber woher sollten sie wissen, mit wem ich kommuniziere? Bleib cool Sina, alles gut, denke ich nervös.

Ines grinst breit und fragt direkt, wie es ihre Art ist: »Hast du einen neuen Lover?«

Ich schüttele den Kopf und lüge: »Nein, das war Daniela. Sie wollte sich mit mir verabreden.« Ich habe die Lüge kaum ausgesprochen, da fällt mir siedendheiß ein, dass ich mich gar nicht mehr bei ihr gemeldet habe. Sie wartet immer noch auf meine Zusage zur Silvesterfeier. Oh je, hoffentlich ist sie nicht sauer.

»Ach, die, die du noch von früher kennst?«, fragt mich Ines und Micha antwortet an meiner Stelle: »Ja, wir waren alle auf einer Schule. Dani is okay, aber ihr Bruder hat voll einen an der Waffel ... is 'n Punk oder so, und stockschwul.«

Ich schüttele empört den Kopf. Micha lässt mal wieder seinen Vorurteilen freien Lauf!

Ines wechselt plötzlich das Thema und mir wird unwohl. Ich habe es bisher hervorragend geschafft, meine

Bedenken bezüglich einer neuen Karriere, zu verbergen aber Ines spricht es, wie immer, ohne Umschweife an: »Denkst du, dass du eine Chance im Theater des Westens hast? Ich meine, du hattest einen schlimmen Unfall und für eine Ballerina bist du, na sagen wir mal, im knusprigen Alter.«

Ich starre sie entgeistert an und muss einen Brechreiz unterdrücken. Auf diese schonungslose Weise mit meiner derzeitigen Situation konfrontiert zu werden, ist fast nicht zu ertragen.

Michael räuspert sich verlegen und sieht mich mitfühlend an. Dann passiert etwas, was ich auch in Zukunft als magisch bezeichnen werde: Ines hält meinem verwirrten Blick stand und ich schnappe nach Luft. In einem Bruchteil von Sekunden rauscht die Tatsache durch meinen Kopf, der ich mich niemals stellen wollte. Meine Karriere ist eigentlich so gut wie beendet, ich gehöre zum alten Eisen. Nicht nur durch meinen Unfall, der mich immer noch beeinträchtigt, nein, durch mein Alter.

Ich schlucke einen dicken Kloß herunter und denke: Weshalb etwas thematisieren, was unter Tänzern gekonnt ignoriert wird?

Es ist nämlich so: Wer das gewisse Alter, meist zwischen fünfundzwanzig und fünfunddreißig Jahren, erreicht hat und nicht mehr auf der Bühne gebraucht wird, scheidet nicht etwa mit Auszeichnung aus dem Berufsleben aus, nein, man zieht sich stillschweigend zurück.

Alle wissen genau, dass man zu alt geworden ist, um den Anforderungen an diesen harten Beruf gerecht zu werden. Aber niemand würde es direkt aussprechen. Jeder begnügt sich damit, Vermutungen anzustellen und sich selbst damit zu belügen, die betreffende Person habe ein lukratives Engagement im Ausland erhalten.

Nicht selten sind Aussagen wie: »Sie tanzt jetzt an der Wiener Staatsoper mit Slavko Wradicek«, oder: »Mein damaliger Tanzpartner, Ivan Satonov, hat sie in Begleitung des ersten Solisten am Bolschoi Theater gesehen. Sie hat dort die Position der ersten Ballerina.«

Nicht eine Tänzerin und auch nicht die Tänzer lassen die Tatsache des Altwerdens in ihre Realität. Jeder lügt sich eine geheimnisumwitterte Geschichte zurecht, nur um nicht zugeben zu müssen, dass auch sie eines Tages die Bretter, die die Welt bedeuten, verlassen müssen.

Es gibt keine Ballerinen im Ruhestand. Sie sind alterslos, sie werden nicht alt ... und schon gar nicht im zarten Alter von dreißig Jahren, wo andere Frauen beruflich und privat erst richtig loslegen.

Eine dreißigjährige Ballerina ist jedoch am Ende ihrer Karriere angelangt. Vielleicht verbleiben noch fünf Jahre, doch dann ist Schluss. Die meisten sind jedoch vorher am Ende.

Marie-Louise Romanow, meine damalige Lehrerin, ist das Beispiel für einen geglückten Karriereausstieg. Sie bildet heute die Ballerinen von morgen aus. Aber die meisten fristen ein Dasein im Vergessenen. Manche gründen eine Familie und lassen ihre Kinder an den Geschichten über ihre einstigen Erfolge teilhaben. Viele verweilen jedoch im Jetzt ... nehmen das Ende ihrer beruflichen Laufbahn nicht an. Sie flüchten sich in eine Scheinwelt, die alle anderen ausschließt ... alte Diven, die als psychische Wracks dahinvegetieren und im ewigen Gestern ihre Erfolge feiern. Bedauernswerte Persönlichkeiten, die einst umjubelt wurden und heute nur noch ein mitleidiges Lächeln ernten.

Es ist unglaublich, dass die berufliche Laufbahn einer Ballerina gerade mal die Hälfte der Zeit dauert, die sie einst für ihre Ausbildung benötigte. In keinem anderen Beruf ist das Verhältnis zwischen Ausbildungszeit und beruflicher Tätigkeit in einem ähnlichen Ungleichgewicht.

Doch daran denkst du nicht, wenn du zum ersten Mal deine Ballettschuhe überstreifst, wenn dich zarte Klaviermusik zu Höchstleistungen inspiriert und du trotz schmerzender Füße nicht anders kannst, als zu tanzen. Es ist kein Beruf ... es ist Berufung.

Als mir bewusst wird, wie lange ich über das Schicksal alternder Ballerinen sinnierte, blicke ich erschrocken zu Ines, die mich mitfühlend fixiert.

Ich wende den Blick ab und lege meine Fingerspitzen an die Stirn und massiere sie gedankenverloren.
War es das? Werde ich nie wieder auf der Bühne stehen? Ein Schluchzen überkommt mich und ich sehe mich plötzlich mit einer Realität konfrontiert, die ich nie an mich heranließ.

Ich werde nie wieder tanzen!

***

Ein Lufthauch und murmelnde Stimmen dringen in mein Bewusstsein. Ich schlage die Augen auf. Ines sieht mich schuldbewusst an und Micha fächelt mir mit einer Zeitschrift frische Luft zu.
»Oh Gott, Sina, es tut mir leid. Ich dumme Kuh konnte mal wieder nicht meinen Mund halten.«
Verstört sehe ich sie an und die Erinnerung kehrt zurück: ›Denkst du, dass du eine Chance hast im Theater des Westens? Ich meine, du hattest einen schlimmen Unfall und für eine Ballerina bist du, na sagen wir mal, im knusprigen Alter.‹
Ich rappele mich hoch und starre sie an. Tränen dringen an die Oberfläche, doch wie immer unterdrücke ich sie tapfer. Erst als Püppi auf meinen Schoß springt und mich herzergreifend ableckt, brechen alle Dämme. Ich beginne, unkontrolliert und hemmungslos zu weinen. Ines nimmt mich verstört in den Arm und bekundet abermals, dass sie mich nicht verletzen wollte.
So geht das eine ganze Weile, bis ich mich schließlich beruhige. »Nein Ines, du darfst dir keinen Vorwurf machen. Im Gegenteil! Du hast mir, so glaube ich, eben die Augen geöffnet. Brutal, aber nachhaltig.«
»Ach Schätzchen, es tut mir leid ... ehrlich.«

Ich nicke, um ihr zu signalisieren, sie habe nichts falsch gemacht, dann setze ich mich entschlossen auf und wische die Tränen aus meinen Augen.

»Ich glaube, ich könnte jetzt ein zweites Stück von dem Kuchen vertragen. Scheiß was auf die Kalorien. Die werde ich nie wieder zählen.«

Micha lacht amüsiert und wirft trotzdem seine Bedenken ein:»Na, Kleene, ick globe, aus der Nummer kommst'de nie raus. Ooch wenn de nicht mehr tanzen willst, auf deine schnuckelige Figur wirst'de sicherlich weiter achten.«

Ines wirft ihm einen vernichtenden Blick zu und zum ersten Mal fühle ich ihre Unsicherheit. Tief in ihrem Inneren denkt sie, Micha würde mich immer noch lieben, was natürlich völliger Blödsinn ist.

Zum ersten Mal offenbare ich, was ich bisher für mich behielt. Ich spreche von meinen Ängsten, was meine Zukunft betrifft, von der Gewissheit, nie wieder zu tanzen, von der Art und Weise, wie wir Ballerinen damit umgehen, wenn es zu Ende ist. Ich berichte von dem konsequenten ignorieren der Tatsachen und den Trugbildern, die wir uns schaffen, um halbwegs damit umgehen zu können, wenn der letzte Vorhang gefallen ist. Und ich berichte von Marie-Louise Romanow, die die einzige Ballerina ist, die ich kenne, die den Absprung von der Bühne souverän gemeistert hat.

»Kannst du nicht mal Kontakt zu ihr aufnehmen? Ich meine, wenn sie als Ballettlehrerin arbeitet, warum solltest du das nicht auch können?«, fragt Ines nachdenklich.

Bums! Da ist sie, die Idee, auf die ich eigentlich selber hätte kommen können. Meine Gedanken überschlagen sich und ich starre sie entgeistert an.

Warum bin ich nicht selber auf diese Idee gekommen?

Die Antwort auf diese Frage kommt in Form einer Textnachricht auf meinem Handy. Seitdem ich ihn kenne, dreht sich alles nur noch um ihn. Ich vernachlässigte meine eigenen Belange bis aufs Äußerste. Nervös zerre ich das Handy aus meiner Tasche und lese seine Nachricht:

Muss jetzt raus hier, die schließen für heute. Suche mir ein warmes Plätzchen. Schlaf gut und träume was Schönes. Kussi Chris

Sofort fokussiert sich meine Wahrnehmung wieder auf den Mann, von dem Micha und Ines auf keinen Fall etwas wissen dürfen. Jedenfalls nicht, in welchem Verhältnis ich zu ihm stehe.

Ich tippe schnell eine Antwort:

Wenn du magst, komm zu mir. Bin in zwanzig Minuten zu Hause. ILD Sina

Gebannt warte ich auf eine Antwort und starre dabei hypnotisierend auf mein Smartphone. Nichts passiert. Warum überlegt er so lange?

Micha räuspert sich vielsagend und Ines kuschelt sich in seinen Arm. Beide starren mich an, als sei ich das siebte Weltwunder.

»Ein neuer Lover. Mach uns nichts vor«, frotzelt Micha und Ines nickt zustimmend: »Definitiv neu und definitiv Lover.«

Ich bringe ein grimmiges Grummeln hervor und starre weiterhin auf mein Handy, wie die Schlange aufs Kaninchen.

Nichts passiert.

Ich habe die Hoffnung schon fast aufgegeben und grübele bereits darüber nach, ob meine Einladung zu forsch war, da kommt die Antwort mit einem knappen:

OK ... bis gleich.

In Windeseile raffe ich meine Sachen zusammen und verkünde, ich müsse jetzt gehen. Es sei ja bereits spät. Es ist zwar erst achtzehn Uhr, aber die Kaffeezeit ist definitiv vorbei.

Micha grinst belustigt und fragt mit einem vielsagenden Unterton in der Stimme: »Soll Püppi über Nacht hierbleiben? Ich meine ja nur ... sie könnte mit Jerry spielen.«

Ich nicke eifrig und bin in Gedanken schon bei dem blauäugigen Sexsymbol, das mir in letzter Zeit das Hirn vernebelt. Die Gedanken an seine nachtblauen Augen mit den gelben Sternensprenkeln lassen meine Sinne explodieren.

»Wenn es euch nichts ausmacht?«, frage ich fahrig und bin mir bereits der Antwort bewusst.

»Kein Problem«, sagt Micha und Ines lacht amüsiert: »Na, dann mach mal, dass du nach Hause kommst, auch wenn da kein neuer Lover auf dich wartet.«

Ich sehe sie verschämt an und sage dankbar: »Ich melde mich. Es ist verrückt, aber es ist mir wichtig.«

Ines nickt verstehend und begleitet mich zur Tür.

»Ach, beinahe hätte ich es vergessen. Vorhin, kurz bevor du gekommen bist, haben wir den sogenannten Penner gesehen. Allerdings sah er nicht wie ein Penner aus, in seinem flaschengrünen Kapuzenshirt von Dolce & Gabbana. Na ja, und der Ferrari passte wohl auch nicht so recht zu einem Obdachlosen. Ich glaube nicht, dass er der Junge ist, der dir Püppi vererbt hat. Micha denkt das auch.«

In meinem Kopf explodiert gerade eine Zehnzentnerbombe. Abrupt bleibe ich stehen und Ines rennt rücklings in mich hinein.

Flaschengrünes Kapuzenshirt? Ferrari?

»Meinst du den Typen, den wir unter der Brücke gesehen haben? Den ich zuerst für Chris hielt?«

»Ja, genau den. Bevor du gekommen bist, waren wir noch mal mit Jerry Gassi und da haben wir ihn gesehen, als er, mit diesem sündhaft teuren Kapuzenshirt bekleidet, in seinen Ferrari sprang. Ich habe Micha davon erzählt, dass du ihn irrtümlich für den Obdachlosen gehalten hattest. Er hat sich darüber köstlich amüsiert.«

Mein Verstand setzt aus. Ich bin nur bröckchenweise in der Lage, das Gesagte in mein Bewusstsein vordringen zu lassen.

Chris hatte heute ein solches Kapuzenshirt an, als er bei mir war. Auch wenn mir die Marke völlig schnuppe ist und ich sie auch nicht erkannt hätte, da ich kein Markenfetischist bin, baut sich in mir ein ungutes Gefühl auf. Das Timing passt perfekt. Er hat meine Wohnung genau zu dem Zeitpunkt verlassen, als Ines und Micha ihn ein paar Straßen weiter gesehen haben.

Oh mein Gott! Mein Herz schlägt ungleichmäßig und ich greife mir unwillkürlich an die Brust. War alles eine Lüge? Warum? Oder ist das alles nur ein dummer Zufall? Ich weiß es nicht. Aber eines ist gewiss: Ich werde ihm auf den Zahn fühlen.

11. Kapitel

Natürlich war es nicht Chris, den Micha und Ines mit dem Ferrari sahen. Er war empört über meine Vermutung und jetzt komme ich mir tatsächlich etwas einfältig vor.

Hungrig schlingt er die Brote hinunter, die ich ihm, während er duschte, in der Küche belegte. Mit wie viel Liebe ich die Salatblätter und Tomatenscheiben darauf anordnete, fällt ihm gar nicht auf. Er scheint völlig ausgehungert zu sein.

»Schmeckt es dir?«, frage ich fürsorglich und gleite dabei mit meinem Blick über sein verflixt erotisches Tattoo, das sich von seinem Schlüsselbein bis zu seinem Bauch erstreckt. Es ist eine Mischung aus Tribal Flammen Tattoo und Maori Tattoo. So eine Vermischung der Designs habe ich noch nie zuvor gesehen.

Er grinst mich wissend an, denn es ist ihm nicht entgangen, mit welcher Hingabe ich seinen verdammt heißen Körper musterte.

»Der Hunger treibt's rein«, antwortet er herausfordernd und fügt auch noch: »Blondie«, hinzu.

Ich atme einmal tief durch, um ihm nicht eine passende Antwort entgegenzuschleudern. Ich bin so froh, dass er bei mir ist und möchte auf keinen Fall die schöne Stimmung verderben.

»Wo ist Püppi?«, fragt er beiläufig, als er sich ein neues Stück kalte Hähnchenbrust in den Mund steckt und anschließend seine Lippen ableckt.

In mir zieht sich bei diesem Anblick alles zusammen. Wie gerne würde ich jetzt über diese wunderschönen Lippen lecken.

»Sie ist bei Ines und Micha. Ihr Hund Jerry versteht sich gut mit Püppi, oder besser gesagt, sie lieben sich abgöttisch.«

»Ah ja, ich glaube, du hast so was schon mal erwähnt.«

»Du brauchst dich nicht zu sorgen. Wenn sie es da nicht gut hätte, würde ich sie nicht dort lassen.«

»Da bin ich mir sicher. Ich glaube, du liebst Püppi bereits genau so wie ich.«

Ich nicke zustimmend. Es entspricht der Wahrheit.

Er wischt seine Finger an der Serviette ab, die ich ihm mit auf das Tablett gelegt hatte und lässt sich anschließend in die Couch zurückfallen. Mit einem wohligen: »Ahh«, tätschelt er seinen Bauch.

Der Anblick seines straffen Körpers, der um die Mitte herum nur von einem Duschtuch verhüllt wird, macht mich unruhig und ich zwinge mich, ihm nur in die Augen zu sehen.

Draußen ist es dunkel geworden und das Wohnzimmer wird nur von den flackernden Kerzen auf dem Wohnzimmertisch erhellt. Eine romantische Stimmung macht sich in mir breit und ich frage, ob er Lust auf ein Glas Wein hat.

»Mmh ... gerne«, schnurrt er zufrieden und sagt dann mit einem Zwinkern: »Sarina Herzog, du verwöhnst mich. Wenn du damit nicht bald aufhörst, muss ich leider für immer bleiben.«

»Bitte, tu dir keinen Zwang an. Allerdings müsstest du für Kost und Logis einen kleinen Betrag zusteuern.«

Verblüfft mustert er mich und fragt kleinlaut: »Ehrlich? Ich meine, du würdest mich hier wohnen lassen?«

»Na ja, da dein Hund bereits hier wohnt und du auch immer öfter vorbeischaust ... warum nicht?«

»Also, jetzt bin ich sprachlos.«

Ich necke ihn und antworte herausfordernd: »Auch mal etwas, das nicht all zu oft vorkommt.«

Ob er mein Angebot ernst nimmt, weiß ich nicht. Aber er macht einen extrem entspannten Eindruck, als ich die Weinflasche entkorke und den roten Inhalt der Flasche in die Gläser laufen lasse.

»Heißt das, ich darf heute hier schlafen?«, nimmt er das Thema erneut auf und ich nicke mit einem zaghaften Lächeln. Dann proste ich ihm zu und er bemerkt bewusst frech: »Ey ... Blondie! Ich bin fast nackt und du bist komplett zugeschnürt. Kannst du das bitte ändern?«

Ich breche in albernes Gelächter aus. Er hat recht. Sein fast nackter Körper schimmert im Kerzenschein und ich sitze in Trainingshose, Sweatshirt und dicken Socken auf meinem XXL-Sessel.

»Okay, auf deine Verantwortung.«

»Gerne«, grinst er anzüglich und sieht mir mit wachsender Begeisterung zu, wie ich mich, Stück für Stück, aus meinen Sachen schäle.

»Den BH auch«, fordert er gespielt gebieterisch und fügt anschließend hinzu: »Den Slip kannst du vorerst noch anbehalten.«

Ich protestiere: »Das wird mir auf Dauer zu kalt.«

»Na dann kuscheln wir uns in eine Decke. Gemeinsam unter eine ... ich sorge schon dafür, dass dir warm wird«, antwortet er mit einem anzüglichen Lächeln im Gesicht, das dermaßen frivol wirkt, dass man es auf keinen Fall missverstehen kann.

Unter der Decke wird es schnell warm, doch die Wärme verwandelt sich zusehends in glühende Hitze. Chris streichelt mich zärtlich und ich genieße seine Liebkosungen.

»Berühre mich«, fordert er leise und ich lege meine Hand an seine Brust und fahre durch sein männlich wirkendes Brusthaar.

»Tiefer«, fordert er schwer atmend, dann presst er seine Lippen auf meine und küsst mich leidenschaftlich. Seine Zunge gleitet in meinen Mund und erobert ihn mit einer Macht, der ich nicht widerstehen kann.

Meine Hand gleitet unterdessen von seiner Brust hinab zum Bauch, der sich köstlich hart anspannt. Ich spüre die Erwartung, die von ihm Besitz ergreift. Dann lasse ich meine Hand zu dem Handtuch gleiten, welches immer noch seine Mitte verhüllt. Mit einem Ruck zerre ich es herunter und ihm entgleitet ein Stöhnen.

Langsam taste ich mich entlang der immer schmaler werdenden Haarspur und stoße gegen etwas Hartes.

Sein Kuss wird augenblicklich intensiver ... fordernder!

Vorsichtig streiche ich mit den Fingerspitzen über seine harte Männlichkeit. Ich greife bewusst nicht sofort zu. Ich will, dass er noch einmal bettelt.

Und genau das macht er ... er bittet drängend: »Nimm ihn in die Hand. Du weißt, was er mag.«

Oh ja, das weiß ich.

Chris drängt mich auf die Couch hinunter und liebkost meine Brüste mit einer Intensität, die mich fast quält. Ich winde mich unter seinem Griff und er spürt mein Verlangen, wie es sich Schritt für Schritt steigert.

»Oh Gott, Sina. Das halte ich nicht lange aus. Dafür berühre ich dich zu selten.«

»Das müssen wir unbedingt ändern«, stöhne ich an seinen Hals und er schiebt sich besitzergreifend über mich.

Ich spüre seine pralle Erektion an meinem weichen Eingang. Sein Blick ist in meine Augen vertieft. Selbst jetzt, bei Kerzenschein, sehe ich die goldfarbenen Sprenkel in seiner Iris. Sie schimmern verführerisch ... wie Sterne am Nachthimmel.

Mit einem festen Griff in seinen Po ziehe ich ihn zu mir und wir verschmelzen auf eine seltsame intime Art. Es ist, als würden unsere Herzen sich umeinander verschlingen und gleichzeitig bricht ein Feuerwerk in unserem Innersten aus. Noch nie habe ich die Verbindung zwischen Mann und Frau so intensiv empfunden. Ich wusste bis heute nicht, dass es möglich ist, Körper und Seele auf diese Weise zu vereinen ... zu einem wundervollen Ganzen, das man nur erlebt, wenn man bedingungslos liebt.

***

Am frühen Vormittag erwache ich in seinen Armen, die sich besitzergreifend um meinen Körper schlingen. Es ist bereits spät.

Ich wecke ihn zärtlich und flüstere: »Hey, Schlafmütze ... es ist gleich Mittag.«

Er öffnet verschlafen die Augen und blinzelt mich an. »Wie spät ist es denn?«

»Gleich zwölf Uhr. Ich muss jetzt Püppi bei Ines abholen.«

Mit einem Satz, bei dem er mich fast umwirft, sitzt er kerzengerade im Bett. »Was?«, schreit er aufgeregt. »Fast zwölf Uhr? Scheiße!«

Verstört sehe ich zu, wie er seine Sachen vom Boden aufhebt und sich in Windeseile anzieht.

»Ich wusste nicht, dass du wichtige Termine hast«, entwischt es mir aus Versehen. Sein Benehmen ist wirklich sonderbar.

»Habe ich nicht, aber ... ach, was soll's. Warum soll ich es nicht erzählen? Ich versprach den freiwilligen Helfern im Wärmetreff auszuhelfen ... Brötchen schmieren, Essen ausgeben und so weiter. Dafür bekomme ich zum Jahreswechsel eine Schlafgelegenheit, Verpflegung und ich komme in den Genuss einer halbwegs angemessenen Silvesterfeier.«

»Oh, das ist toll. Dann bist du nicht allein zu Silvester.«

»Ich dachte, jetzt, wo wir ... na ja ...«, lässt er den Satz bedeutungsschwer unbeendet.

Ich verstehe natürlich sofort, was er meint aber wenn ich Daniela absage, bin ich die längste Zeit ihre Freundin gewesen. Und mitnehmen kann ich ihn nicht. Dafür ist es noch zu früh.

»Oh je, Chris. Sei nicht böse, aber ich habe bereits eine Einladung, die ich unmöglich absagen kann.«

Er nickt verständnisvoll und zieht energisch den Reißer seiner Sweatjacke zu. »Kein Problem. War ja auch nicht anders zu erwarten. Natürlich hast du eine Einladung, wie dumm von mir zu glauben, wir könnten es uns hier gemütlich machen.«

Ich gehe auf ihn zu und nehme ihn behutsam in den Arm. »Nächstes Jahr feiern wir gemeinsam. Versprochen.«

»Ja, wir beide.«

»Und Püppi«, ergänze ich liebevoll.

Er lächelt glücklich. »Ja, und Püppi.«

Damit er nicht mit nüchternem Magen das Haus verlässt, zwinge ich ihn, noch einen Kaffee zu trinken und ein Marmeladenbrot zu essen. Dann verabschiedet er sich und mein Herz schnürt sich zusammen. Wie gerne hätte ich ihn in dieser Nacht bei mir, doch noch ist es zu früh und unsere Beziehung zu frisch, um ihn meinen Freunden vorzustellen.

Nachdem wir uns kaum voneinander lösen konnten, beginne ich im Affentempo, den Tagesablauf in Gang zu bringen. Als Erstes rufe ich bei Ines an, die sicherlich schon auf mich wartet.

»Tut mir leid Ines, ich hole Püppi gleich ab. Ich hab verschlafen.«

»Ey, mach dich mal locker. Ist doch halb so wild. Warum lässt du sie nicht einfach hier? Wir sind zu Hause und wollen heute Nacht in der Wanne anstoßen«, vertraut sie mir mit einem verschmitzten Unterton an. »Dann brauchst du Püppi nicht auf diese Party zu schleppen. Hier kann sie mit Jerry und uns ganz gemütlich reinfeiern.«

»Ohhhh ... das würdest du machen?«

»Na klar. Geh los und amüsier dich. Dein Hundekind kannst du morgen abholen, wenn du deinen Rausch ausgeschlafen hast.«

Ich bin überglücklich. Ines ist nicht mit Gold zu bezahlen und die Tatsache, dass sie Püppi genau so gerne mag wie ich, ist ein Glückstreffer.

Ich bedanke mich bei ihr und wünsche ihr und Micha einen guten Rutsch. »Schwimmt nicht so weit raus«, scherze ich amüsiert bei dem Gedanken an die beiden um Mitternacht in der Wanne.

»Ich glaube kaum, dass Micha schwimmen möchte«, betont sie vielsagend und ich grinse in mich hinein. Ines und Micha passen zusammen wie die Faust aufs Auge. Ich freue mich für sie.

Nach meinem Telefonat mit Ines rufe ich reuevoll bei Dani an und entschuldige mich für meine späte Zusage.

»Ach Sina, ist doch nicht so schlimm. Ich dachte mir schon, dass du kommst, sonst hättest du bereits abgesagt.«

»Ich freue mich schon. Soll ich noch etwas mitbringen?«

»Nein, auf keinen Fall. Wir haben so viel eingekauft, dass bestimmt wieder haufenweise übrig bleibt.«

»Okay, dann sehen wir uns nachher.«

»Ich freu mich«, antwortet sie und setzt dann noch mal an: »Ach übrigens, Dritan hat extra wegen dir einige seiner unverheirateten Uni-Mitstreiter von damals eingeladen. Er hat sich doch tatsächlich vorgenommen, dich wieder unter die Haube zu bringen.«

Ich lache ausgelassen bei dem Gedanken, dass Dritan sich um meine Zukunft sorgt. »Echt nett von ihm, aber ich bin erstens noch nicht mal rechtskräftig geschieden und zweitens ist mir der Geschmack an einer festen Beziehung erst mal vergangen.«

»Kann ich verstehen. Roman war bestimmt nicht einfach.«

»Das ist noch milde ausgedrückt«, bestätige ich ihre Vermutung und schüttele mich innerlich bei dem Gedanken, ihn je geliebt zu haben.

***

Der Nachmittag vergeht viel zu schnell und ich kam nicht mal dazu, noch ein wenig vorzuschlafen. Ich weiß, das klingt wie bei einer alten Frau, aber es ist nun mal für mich nicht die Norm, so lange aufzubleiben.

Damals war das anders. Die Proben begannen oft bereits um zehn Uhr vormittags und der letzte Vorhang fiel nicht selten erst um Mitternacht. Doch damals war ich in dieser Maschinerie gefangen und stellte sie nie infrage. Nur die Musik und der Tanz zählten, sonst nichts.

Auch wenn ich es mir nur ungern eingestehe, aber unsere Ehe konnte nicht gut gehen. Ich stellte das Tanzen und mein Ensemble immer an erste Stelle. Sogar Nikolaj, mein langjähriger Tanzpartner, kam vom Stellenwert her noch weit vor Roman. Er hatte eigentlich nie eine Chance.

Ich blinzele die Geister meiner Vergangenheit davon und konzentriere mich wieder verstärkt auf mein Äußeres. Natürlich habe ich alle Möglichkeiten der Welt, mit meiner Figur. Doch ich entscheide mich ganz klassisch für das kleine Schwarze, Seidenstrümpfe und schwarze Pumps mit Strasssteinen. Bei Daniela werde ich nicht viel laufen müssen, da kann ich es wagen, mal hohe Schuhe zu tragen.

Meine Haare drehe ich mit Lockenwicklern ein und stecke sie anschließend an den Seiten mit Perlensteckern hoch. Hinten fallen sie in Wellen lang herunter, ähnlich wie Sissi, die Kaiserin von Österreich, sie einst trug. Ich mag das gerne, denn in der Vergangenheit waren sie immer zu einem strengen Knoten zurückgesteckt. Niemals konnte ich meine Haarpracht zeigen, doch heute werde ich es tun. Ein wundervolles Gefühl!

12. Kapitel

Dani begrüßt mich lebhaft und ich überreiche ihr meine Gastgeschenke: Es ist eine Flasche Champagner und ein Set zum Bleigießen für Neujahr.

Dani bedankt sich höflich, auch wenn das Geschenk nur dürftig ausgefallen ist. Dann stellt sie mich den anderen Gästen vor. Es sind vor allem ledige Exemplare, die anscheinend schon gespannt auf mein Eintreffen gewartet haben. Unglaublich! Ich muss mich mal mit Dritan unterhalten. Ich bin doch keine Ware, die man zu Silvester anbieten kann!

Einige der Jungs machen einen recht passablen Eindruck, aber die meisten Männer, die in diesem Alter noch ledig sind, haben nicht selten eine Leiche im Keller oder einen Mutterkomplex.

Bevor ich mich da tiefer reindenken kann, piept mein Handy. Ich entschuldige mich höflich und gehe in eine ungestörte Ecke des Wohnzimmers. Dann lese ich die Nachricht:

Hallo meine Süße. Muss jetzt gleich voll loslegen, der Saal füllt sich langsam. Die brauchen hier wirklich jede helfende Hand. Ich wünsche dir einen guten Rutsch und bin in Gedanken bei dir. Alles liebe, dein Chris.

Ich kann es nicht anders sagen, aber ich bin stolz auf ihn. Er hilft völlig selbstlos bei der Ausrichtung der Silvesterfeier für Obdachlose, obwohl er es sich auch hätte einfach machen können und sich, wie alle anderen, bedienen lassen könnte.

Ich schreibe zurück:

Dir auch, mein Schatz. Sehen wir uns nachher? Ich könnte mich hier gegen ein Uhr frei machen.

Die Antwort kommt prompt:

Leider nein. Ich werde noch beim Geschirrspülen helfen und außerdem hatten die mir für diese Nacht ein Bett angeboten. Das sollte ich nicht ausschlagen. Ich komme zu dir, sobald wir ausgeschlafen haben ... einverstanden?

Resigniert antworte ich:
Okay, wie du willst. Ich vermisse dich. Kussi!

Als kein ›Kussi‹ zurückkommt, lasse ich das Handy wieder in meiner Tasche verschwinden und hoffe insgeheim, den Abend möglichst schnell hinter mich zu bringen. Am liebsten wäre ich jetzt bei Chris, aber das ist in diesem Jahr leider noch nicht möglich.

Langsam füllt sich die Wohnung. Zum Glück ist sie einigermaßen groß und die Menschenmassen verteilen sich im Wohnzimmer, in der Küche und in Dritans Arbeitszimmer.

Ich plaudere hier und da mit einigen der Männer, die Dritan, nach Danis Aussage, nur für mich eingeladen hat.

Nach ein Paar Gläsern Wein ist die ganze Geschichte auch nicht mehr so steif und es entstehen einige interessante Gespräche.

Gegen zehn Uhr treffen die letzten Gäste ein und ich kann dem Gerede der anderen Jungs in meiner Runde entnehmen, dass jetzt einer der besten Freunde Dritans kommt. Er soll ein zurückgezogen lebender Typ sein, um dessen Person Dritan immer ein großes Geheimnis macht.

Plötzlich steht Dani neben mir und zieht mich am Ellenbogen zur Seite. »Da möchte dich jemand unbedingt kennenlernen. Ich wusste nicht, dass sie eine Verehrerin von dir ist. Aber als ich beiläufig von meiner Schulfreundin erzählte, leuchteten ihre Augen und sie bat mich, euch miteinander bekannt zu machen.«

»Gerne«, gebe ich zurück. Es ist schön, wenn sich jemand an meine damaligen Erfolge als erste Solistin erinnert. Sofort straffen sich meine Schultern und ich fühle mich, als würde sich der Vorhang zum ersten Akt öffnen.

Gemeinsam gehen wir vom Esszimmer in die kleine Diele, die zwischen Esszimmer und Wohnbereich liegt. Zu meinem Erstaunen erwartet mich eine junge Frau im Rollstuhl, die mich lächelnd empfängt. »Sarina Herzog-Trogau ... was für eine Ehre«, begrüßt sie mich erwartungsvoll und ich nehme die Bewegung des Mannes neben ihr vorerst nur schemenhaft wahr. Zu groß ist meine Anspannung, und das Erstaunen darüber, dass sie im Rollstuhl sitzt.

Weshalb habe ich bisher nie diese Möglichkeit in Betracht gezogen? Dass es Menschen gibt, die nicht, so wie ich, vollkommen selbstverständlich agieren können ... beweglich sind. Ich habe das bisher immer als selbstverständlich wahrgenommen und schäme mich fast, als ich der äußerst sympathischen Frau im Rollstuhl gegenüberstehe.

Ich strecke ihr erfreut meine Hand entgegen und stelle mich mit: »Nur Herzog ... Trogau ist Geschichte«, vor. »Aber sag doch einfach Sina, dass machen hier alle.«

Wir schütteln uns erfreut die Hände und sie stellt sich ebenfalls vor: »Mariella. Mariella Sanders, aber sag einfach Mariella zu mir.«

Bei dem Namen Mariella sucht mich ein heftiges Déjà-vu heim. Die Frau von Chris hat denselben Namen. Allerdings scheint diese hier alles andere als eine fremdgehende Intrigantin zu sein.

Immer noch schütteln wir erfreut unsere Hände, dann nehme ich den, zur Salzsäule erstarrten Mann neben ihr wahr: schwarzer Anzug, weißes makelloses Hemd, Seidenschlips und sündhaft teure Schuhe in Hochglanzoptik. Als mein Blick mit flatternden Liedern zu seinem Gesicht empor gleitet, weiß ich bereits, dass anschließend nichts mehr so sein wird, wie es einmal war.

Nachtblaue Augen mit goldenen Sprenkeln sehen mich entsetzt an und ich brauche viel zu lange, um meine Fassung zurückzuerlangen.

»Chris, ist es nicht wunderbar, dass wir hier die weltberühmte Sarina Herzog treffen?«, trällert Mariella begeistert mit ihrer glasklaren Stimme und dann sagt sie: »Ich würde mich nicht wundern, wenn du alles für mich eingefädelt hättest, um mich zu überraschen. Ich weiß doch, wie sehr dir daran gelegen ist, mich glücklich zu sehen.«

Mir wird schlecht.

»Nein, ich hatte keine Ahnung«, presst er mit größtmöglicher Beherrschung hervor und ich habe arge Bedenken, mich noch lange auf den Beinen halten zu können.

Sein Gesicht ist kreidebleich und er starrt mich fassungslos an. Sicherlich rechnete er nicht damit, dass wir gemeinsame Freunde haben, bei denen wir uns zufällig treffen könnten.

Ich schließe für den Bruchteil einer Sekunde die Augen und versuche mich zu sammeln. Nur keinen Skandal – auf keinen Fall etwas anmerken lassen. Das würde mir Daniela nie verzeihen und die Blöße werde ich mir auch nicht geben.

Ein leichtes Zittern rast durch meinen Körper, als ich vor dem stehe, das ironischerweise nicht meine Zukunft sein wird, sondern mein endgültiger Untergang.

Das werde ich niemals überleben. Das ist mein endgültiger Genickbruch. In diesem Moment wünsche ich mir, Roman hätte damals den Baum mit voller Wucht auf meiner Seite getroffen. Dann hätte ich nicht nur einen verletzten Fuß von dem Unfall davongetragen. Ich wäre bereits damals gestorben, nicht erst jetzt.

Wie in Trance nehme ich wahr, wie er mir die Hand reicht und gespielt freundlich sagt: »Angenehm. Christoph Sanders. Schön, Sie kennenzulernen.«

Ich quetsche ein »Sehr erfreut«, heraus und entschuldige mich mit der Ausrede, ein Freund würde auf mich warten und wir hätten auch noch später Zeit eine Unterhaltung zu führen.

Wie betäubt setze ich mich in Bewegung, und versuche mich daran zu erinnern, wo sich Danielas Toilette befindet. Ich muss unbedingt allein sein, wenn alle Dämme brechen. Ich spüre bereits, wie sich meine Tränen schmerzhaft an die Oberfläche drängen.

In der Toilette sacke ich auf den Klodeckel herab und stütze meinen Kopf in die Hände. Was jetzt folgt, wünsche ich nicht mal meinem ärgsten Feind. Ein sintflutartiger Heulkrampf bahnt sich seinen Weg in die Freiheit und ich werde von heißen und kalten Schauern gleichermaßen geschüttelt.

Es geht zu Ende mit mir …! Ich weiß es!

Mein Herz rast unnatürlich und stolpert laut krachend in meiner Brust von einem Schlag zum Nächsten. Zwischendurch setzt ein Schlag aus, bevor ein weiterer folgt. Meine Schminke ist verlaufen und brennt in den Augen. Ich kann das Beben in meinem Brustkorb nicht unter Kontrolle bringen. Ich schluchze laut und schniefe undamenhaft in ein Taschentuch. Hoffentlich hört mich niemand.

Ich weiß nicht, wie lange ich hier zugebracht habe, als ein energisches Klopfen zu mir durchdringt und ich die besorgte Stimme von Dritan vernehme. Ich komme langsam zu mir.

»Alles gut da drin? Sina, was machst du da so lange?«

Ich nehme all meine Kraft zusammen und antworte mit fester Stimme: »Ja, alles gut.«

»Sicher?«

»Ja, mir war nur etwas schlecht, aber jetzt geht es wieder. Ich bin gleich draußen.«

Ich vernehme ein erleichtertes Grummeln und dann sein Angebot: »Ich schicke dir mal Dani vorbei. Ich glaube, von Frau zu Frau wird das wieder.«

Nichts wird wieder, da bin ich mir sicher. Diese Enttäuschung werde ich nie überwinden. Sie hat eine Schneise der Verwüstung in mein Herz geschlagen und der Schmerz wird mich nie wieder loslassen.

Hat er mich gewählt, weil ich seiner Frau ähnlich bin? Kann er mit ihr nicht mehr körperlich zusammensein, seit sie im Rollstuhl sitzt? Ist es das, was er von mir wollte? Sex? Mir wird erneut übel bei dem Gedanken, dass er mich liebkoste und dabei eventuell an sie dachte.

Ich sollte sie hassen, aber kurioserweise fällt es mir schwer. Sie hat eine warme und und liebevolle Ausstrahlung, nicht so, wie er sie damals beschrieb: eigennützig und skrupellos, eine Ehebrecherin.

Es war eine Lüge!

Aber weshalb gab er sich am Bierpinsel als obdachloser Bettler aus? Was sollte das Ganze?

Ich zermartere mir das Hirn, aber mir fällt beim besten Willen keine plausible Erklärung ein, weshalb er dort als Bettler saß. Wie ist das alles nur möglich gewesen? Wie konnte ich mich nur so dermaßen täuschen lassen?

Gewiss, manchmal bin ich wirklich etwas naiv, aber alles schien so real … so echt.

Von außen klopft Dani an die Tür. »Mach mal auf.«

Ich schließe die Tür von innen auf und lasse sie herein. Als sie mich sieht, erschreckt sie sich.

»Mein Gott, was ist denn mit dir los? Bist du krank?«, fragt sie mitfühlend.

»Nein, nur oberdämlich und innerlich total blond!«

Dani lacht amüsiert, kann mit meiner Antwort jedoch nichts anfangen. Als ich das bemerke, sage ich tonlos: »Ein Insider … alles gut.«

»Bist du wirklich okay?«

Ich nicke und antworte energisch, als wolle ich mich selber davon überzeugen: »Noch etwas neues Make-up, Lippenstift und Parfüm. Dann bin ich wie neu.«

»Na hoffentlich«, sagt sie mit einem bedauernden Blick.

»Wird schon. Hab schon anderes überstanden.«

»Ist das ansteckend? Nicht, dass allen meinen Gästen plötzlich schlecht wird. Hattest du schon etwas vom Buffet?«

Ich lache amüsiert. »Nein, nichts vom Buffet. Mach dir also keine Sorgen. Ich sagte doch: Alles gut!«

Dani lässt sich zum Glück überzeugen und ich bringe noch den letzten Schliff in mein Make-up, dann verlasse ich das Klo und stürze mich in die Party.

Die Jungs freuen sich über meine Rückkehr und schnell sind wir dabei, Ratespiele zu spielen, bei denen der Verlierer einen Schnaps trinken muss.

Ich trinke reichlich Schnaps an diesem Abend.

Und ich versuche, den gut gebauten Schwarzhaarigen mit dem Dreitagebart und den nachtblauen Augen zu ignorieren. Doch es gelingt mir nicht immer und ich muss neidvoll mit ansehen, mit wie viel Hingabe und Zuneigung er seine behinderte Frau behandelt.

Auch wenn ich ihn dafür hasse, kann ich ihn tief in mir verstehen. Er scheint sie zu lieben, ist aber dennoch nicht bereit, auf ein Sexualleben zu verzichten. Wie denn auch, in seinem Alter?

Ich könnte ihm eine Szene machen und ihr meine Fotos von ihm zeigen. Aber was hätte ich davon, außer seiner grenzenlosen Verachtung? Und was hätte sie davon? Sie tut mir schrecklich leid und dennoch beneide ich sie um diesen Mann – diesen Mann, der auf so wundersame Weise mein Herz eroberte und es heute im Bruchteil einer Sekunde für immer zerbrach.

Meine Oma sagte mal, als ich mit schwerem Liebeskummer nicht mehr aus dem Bett wollte, ... schuld war der Torwart unserer Schulmannschaft: »Auch wenn alles zerbricht, Scherben spiegeln das Licht.«

Das soll so viel heißen, dass es immer weiter geht und ein Ende gleichzeitig ein Anfang ist.

Das hier ist kein neuer Anfang für mich ... das ist mein endgültiges Ende.

Irgendwie schaffe ich es, gute Miene zum bösen Spiel zu machen. Mein Alkoholkonsum hat unterdessen beängstigende Formen angenommen und ich bin zum Jahreswechsel nicht mehr in der Lage aufrecht zu stehen. Dani scheint das auf mein angebliches Unwohlsein zurückzuführen und stellt sich mütterlich neben den Stuhl, auf dem ich sitze.

Chris sieht verstört zu mir herüber und sucht verzweifelt Blickkontakt, doch ich lasse ihn abblitzen und tue so, als würde mich die Situation nicht berühren. Innerlich bin ich jedoch bereits gestorben ... mein Herz wurde auf grausamste Weise zerquetscht. Alles, was mich noch halbwegs aufrecht hält, ist mein Pflichtbewusstsein Dani und Dritan gegenüber.

Zu einem fortgeschrittenen Zeitpunkt am Abend gelingt es ihm, mich allein in der Küche zu erwischen. »Sina bitte ... ich kann es dir erklären. Es ist nicht so, wie du denkst.«

»Ach, was denke ich denn?« Mein Alkoholkonsum macht mich mutig. »Dass du ein elendiger Lügner bist? Damit hast du wahrscheinlich recht. Ich habe mich von einem Pseudo-Obdachlosen einlullen lassen ... wie erbärmlich. Ich habe mich ja völlig lächerlich gemacht. Ich hoffe, du hattest wenigstens deinen Spaß! Bitte sprich mich nie wieder an und wehe, du lässt Dani und Dritan gegenüber irgendwie durchblicken, dass wir uns kennen!«

Chris sieht mich nach Worten suchend an und greift nach meiner Hand. Ich ziehe sie sofort weg.

»Sina, bitte tu das nicht ... lass uns nachher reden. Ja?«

»Nein! Es gibt nichts mehr, was ich mit dir zu bereden hätte. Kümmere dich lieber um Mariella. Wie konntest du mir das nur antun?« Mit diesen Worten lasse ich ihn stehen und schreite hoch erhobenen Hauptes aus der Küche. Dass mir dabei das Herz bricht, lasse ich mir nicht anmerken. Diese Demütigung verberge ich, so schmerzlich sie auch ist.

Von dieser Verletzung werde ich mich nie erholen. Chris war, obwohl er als Obdachloser gesellschaftlich ein absolutes No-Go zu sein schien, die Liebe meines Lebens. Der Mensch, bei dem mir zum ersten Mal der soziale Status völlig egal war. Es war magisch, nicht irdisch, was ich für ihn empfand ... und immer noch empfinde.

Es ist grausam.

Gegen ein Uhr gehen die ersten Gäste. Mariella sucht mich auf, um sich von mir zu verabschieden. Sie drückt ihr Bedauern aus, dass wir keine Zeit fanden, uns zu unterhalten.

Ich vertröste sie und sage: »So wie es aussieht, haben wir gemeinsame Freunde. Wir werden uns bestimmt bald wiedersehen.«

»Das hoffe ich ... wirklich«, antwortet sie mit einem strahlenden Lächeln und ich kann plötzlich verstehen, weshalb er sie liebt. Sie hat eine natürliche Liebenswürdigkeit und ein sonniges Gemüt – ein Sonnenscheinchen, wie es im Buche steht.

Er wird sie niemals verlassen!

Ich verabschiede mich von ihr und in dem Moment, wo sie sich mit ihrem Rollstuhl dreht, um zu Chris zu fahren, der bereits am Ausgang auf sie wartet, brummt es in meiner Tasche.

Ich zerre das Handy heraus und gehe die vielen Textnachrichten durch, die bereits seit Mitternacht eingingen. Dann sehe ich die letzte Nachricht. Sie ist von Chris:

WIR MÜSSEN REDEN!

Verwirrt blicke ich Richtung Ausgang und er sieht mich flehend an.

Ich schüttele unmerklich den Kopf und drehe mich weg.

Das war's! Aus und vorbei! Es gibt nichts zu bereden!

13. Kapitel

Am nächsten Morgen erwache ich mit einem dicken Schädel. Ich muss mich erst einmal orientieren. Wo bin ich?

Ich befinde mich im Gästezimmer von Dani und Dritan, das extra für mich hergerichtet wurde. Ich fasse mir an die Stirn und versuche, den gestrigen Abend Revue passieren zu lassen.

Ich hatte bei einem Ratespiel Unmengen von Schnaps getrunken ... daran erinnere ich mich. Die Mischung aus Wein, Sekt und diversen Spirituosen verursachte anschließend einen Blackout. Oberpeinlich! Anders ist das nicht zu benennen. Meine erste Feier bei Dani und Dritan, nachdem ich zurück in Berlin bin, und ich stürze dermaßen ab, obwohl das normalerweise nicht meine Art ist. Was hat mich nur bewogen, literweise Alkohol in mich zu schütten?

Ich weiß es nicht.

Langsam und mit Vorsicht richte ich mich im Bett auf ... nichts dreht sich, Gott sei Dank!

Ich raffe mich aus dem Bett, in dem ich wundervoll geschlafen habe und begebe mich auf den Weg in Richtung Bad. Erst mal Pippi machen und den schalen Geschmack von Alkohol in meinem Mund loswerden, denke ich.

Im Badezimmerspiegel sieht mir eine fremde Frau entgegen, die mindestens zwanzig Jahre älter ist als ich. Oh Gott, bin ich das wirklich?

Eines steht fest. Ich werde nie wieder saufen, bis mein Verstand aussetzt!

Aus der Küche nehme ich Geräusche wahr und steuere, nachdem ich mich mit etwas kaltem Wasser belebt habe, darauf zu.

»Ey, Sina ... von den Toten erwacht?«, höre ich Dritans unverschämte Frage und nicke vorsichtig ... mein Kopf zerspringt sonst.

Der kann mir mal den Buckel runterrutschen, denke ich wütend!

Ich setze mich zu Dani an den Tisch und ignoriere Dritan, so gut, wie es geht. Am frühen Morgen bereits auf seine Fehltritte hingewiesen zu werden, wirkt nicht besonders aufbauend.

Schweigend nippe ich an meinem Kaffee und überlege krampfhaft, welche Ausrede ich für mein Abstürzen gestern benutzen könnte.

Mir fällt nichts ein. Meine Gehirnzellen arbeiten noch nicht zu hundert Prozent. Kein Wunder, nach dieser Alkoholorgie.

»Hast du gut geschlafen?«, fragt Dani neugierig, denn ich war die Erste, die auf ihrem elektrisch aufblasbaren Luftbett nächtigte.

»Super. Wie auf einem Wasserbett«, gebe ich wahrheitsgetreu zurück.

Dani freut sich und stupst Dritan an. »Siehst du? Die Anschaffung war also nicht umsonst! Hättest dir dein Grummeln sparen können.«

Dritan nickt beiläufig und sieht mir zu, wie ich ein Toast mit Marmelade bestreiche.

»Ich schätze mal, du brauchst noch gut drei Stunden, bis du wieder völlig nüchtern bist. Also, den Jungs hast du es ganz schön gezeigt. Keiner von denen konnte mit dir mithalten.«

»Ach«, gebe ich irritiert von mir. Ich wusste nicht, dass ich im Vergleich zu gestandenen Männern so viel Alkohol vertrage.

Dani wechselt gekonnt das Thema: »Mariella war sehr traurig, dass ihr euch nicht mehr unterhalten konntet. Sie ist so eine tapfere kleine Persönlichkeit. Ich weiß nicht, wie ich das alles wuppen würde.«

»Ja, stimmt.« Dritan pflichtet ihr bei. »Die Kleine ist echt tapfer.«

In meinem Hirn entstehen verworrene Filmfetzen des gestrigen Abends. Mariella erscheint in meiner Erinnerung als liebenswürdiges Sonnenscheinchen, das meine Laufbahn als erste Solistin bewunderte. Ich kann mich erinnern, dass ich sie mochte. Warum löst der Gedanke an sie trotzdem ein unangenehmes Gefühl in mir aus?

»Mariella«, lasse ich den Namen über meine Lippen wandern, ohne zu bemerken, dass ich ihn laut aussprach.

»Ja, Mariella. Du erinnerst dich? Sie sitzt im Rollstuhl«, hilft mir Dani auf die Sprünge.

Peng! Es knallt in meinem Kopf.

Ich erinnere mich. Und ich erinnere mich an noch etwas, das mich viel mehr bewegte – nicht positiv, aber dennoch nachhaltig: Chris, der neben ihr in perfektem Outfit stand und es sich zur Aufgabe machte, diese Frau im Rollstuhl zu verwöhnen.

Augenblicklich entgleiten meine Gesichtszüge und ich fasse mir stöhnend an den Kopf.

»Alles gut, Sina?«

Ich massiere meine Schläfen und ignoriere Danis Frage.

Gar nichts ist gut! Er ist immer noch mit Mariella zusammen. Sie sitzt im Rollstuhl. Er hat mich schändlich belogen und betrogen. Ich fasse es nicht, mit welcher Bravour er die Wahrheit verdrehte und alles zu seinem Vorteil nutzte.

Mit viel Mühe halte ich die aufsteigenden Tränen zurück, die sich unweigerlich ihren Weg nach außen bahnen.

Niemals darf ich die Schande vor anderen zugeben, die sich gerade eben als ätzender Schmerz durch mein Inneres frisst.

Es ist grausam, auf diese Weise betrogen worden zu sein. Und es ist entwürdigend festzustellen, dass man lediglich zur Befriedigung der Triebe eines Menschen herhalten musste, der keine weiteren Gefühle für einen hegt, als blinde sexuelle Lust.

Die Erinnerung schießt zurück in meinen Verstand und mir bleibt für einen Augenblick die Luft weg.

Was hat er mir angetan?

Am Tisch entstehen Gespräche über den Abend. Ob er ein Erfolg war, was man beim nächsten Mal verbessern könnte und ob es überhaupt ein weiteres Mal geben wird.

»Hat es dir gefallen?«, fragt Dritan und beißt in sein Wurstbrot.

Ich sehe ihn verwirrt an, es ist, als würde ich aus einer Hypnose gerissen ... zurück in die Realität. In einem Bruchteil von Sekunden.

»Es war schön«, presse ich möglicht glaubhaft hervor. Denn eigentlich war es auch schön, bis auf den Vorfall mit Chris.

Dritan nickt zufrieden und vertieft sich wieder in sein Frühstück.

»Markus hat mich nach deiner Nummer gefragt. Darf ich sie ihm geben?«

Hä? Wer ist Markus? Ich sehe Daniela mit fragenden Augen an.

»Markus«, wiederholt sie mit Nachdruck, als sei ich eine begriffsstutzige Dreijährige. »Der Typ, der bei eurem Saufgelage mit Ratespiel am längsten durchgehalten hat. Blonde Haare, graue Augen, recht passable Figur, Pharmareferent. Du erinnerst dich?«

Ich kratze mich nachdenklich am Kopf und muss dann passen. Ich habe keinen blassen Schimmer, wen sie meint.

Resigniert winkt sie ab und grummelt: »Oh Mann, Sina. Das ist ja ein ganz schöner Filmriss.«

Ich nicke kleinlaut und peinlich berührt. Mir wäre am liebsten, wenn der Filmriss auch Chris und Mariella beinhalten würde. Aber genau das ist nicht der Fall. Nur zu lebhaft drängt die Erinnerung des gestrigen Abends in mein Gedächtnis und sorgt dafür, dass ich schwer atmend wie ein Walross, in der Küche meiner Freunde nach Luft ringe.

Dritan sieht mich sorgenvoll an und Dani schenkt mir Kaffee nach. »Hier, das hilft. Wenn er stark genug ist, bist du bald wieder auf den Beinen«, bemerkt sie zu ihrem Senkrechtstarter, der leider nur entfernt nach Kaffee schmeckt – eher nach einer zähen, bitteren, gallertartigen Masse. Ich wette, mein Löffel würde darin aufrecht stehen bleiben.

Nach dem Frühstück helfe ich Daniela, das »Durcheinander« wieder in eine Küche zu verwandeln. Ich räume das Wohnzimmer auf und bin im Allgemeinen froh über die Abwechslung. Irgendwie ängstige ich mich davor nach Hause zu fahren. In der Einsamkeit meiner vier Wände werde ich die Erinnerung an den gestrigen Tag nicht mehr ignorieren können und wenn ich Püppi bei Micha und Ines abgeholt habe, wird nichts mehr sein, wie es einmal war.

Er wird sie mir wegnehmen! Ich weiß es!

Der Gedanke lässt mich verzweifeln. Püppi ist in nur kürzester Zeit zu meinem Lebensinhalt geworden. Wenn er sie abholt – und genau das wird er tun – ist das Loch, in welches ich fallen werde, bodenlos. Dann habe ich nichts mehr. Niemanden wird es scheren, was aus mir, einer alternden Tänzerin, wird. Püppi gibt mir Halt, sie liebt mich. Ihr Herrchen nicht.

Ich fühle mich wie ein gefallener Schwan, meine Flügel wurden durch den Unfall damals zerschmettert. Meine Ehe war eine Farce und die Liebe, die ich für kurze Zeit zurück in mein Herz lassen durfte, fand ein grausames Ende. All die Hoffnung auf eine erfüllte Zukunft ist am gestrigen Abend zerstört worden.

Gegen Nachmittag trete ich den Heimweg an und steuere mein Auto als Erstes zu Micha und Ines, um Püppi abzuholen.

Erwartungsgemäß begrüßt sie mich mit einem Tanz, der mein Herz höherschlagen lässt.

»Ei feiiiiiin ... feine Püppiiiiiiiii!«, begrüße ich sie. Vor Freude beginnt sie schrill zu fiepen, als ich sie liebevoll streichele.

»Mein Gott, die ist ja total in dich verschossen«, lacht Micha und nimmt mich in den Arm, um mich zu drücken, nachdem Püppi sich halbwegs beruhigt hat.

»Frohes neues Jahr!«

»Frohes neues Jahr ... Glück, Zufriedenheit und vor allem Gesundheit«, antwortet Micha wie aus einem Mund mit Ines, die mich ebenfalls von hinten umschlingt.

Jerry hopst wie aufgezogen an uns hoch und Püppi tanzt, als würde es ums Überleben gehen.

Als die allgemeine Begrüßung endet, bittet mich Ines herein und ich werde sofort über den Erfolg der Party ausgehorcht.

Ich berichte in allen Einzelheiten, nur das Erlebnis mit Chris lasse ich bewusst aus. Niemals darf jemand von dieser Affäre erfahren. Ich würde mich in Grund und Boden schämen! Erst die Tatsache, dass dieser sogenannte Obdachlose mein Herz eroberte und dann die gemeine Wahrheit, die dahintersteckt. Beides ist nichts, für das man sich brüsten könnte.

»Und ihr? Wie habt ihr Silvester verbracht?«, frage ich grinsend, denn ich kann mich erinnern, dass sie das neue Jahr mit Champagner in der Badewanne begrüßen wollten.

Ines räuspert sich verlegen und Micha antwortet in seiner ihm innewohnenden poltrigen Art: »Ick hab dit Mädel in der Wanne verführt. Kann ick dir nur empfehlen. Is'n einmalijet Erlebnis.«

Ich breche in schallendes Gelächter aus. Auch wenn mein Leben zur Zeit einem Trümmerfeld ähnelt, ist es schön, zu erleben, wie die zwei sich offenbar fürs Leben gefunden haben. Und Micha nimmt wie immer kein Blatt vor den Mund. So kennt man ihn!

Nach meinem Besuch bei Ines und Micha, die in kürzester Zeit zu einer untrennbaren Einheit wurden, verlasse ich die beiden mit Püppi an der Leine und trete den Heimweg an. Wohlweislich, dass die Probleme jetzt erst ihren Höhepunkt erreichen.

Er wird sie abholen und in mir wird nichts als gähnende Leere zurückbleiben.

***

In den kommenden Tagen ignoriere ich bewusst seine Textnachrichten und lösche sie sofort, ohne sie gelesen zu haben. Manche sind so lang wie eine Kurzgeschichte – ich habe jedoch keine davon gelesen. Wenn es mir gelingt, all das zu ignorieren, vielleicht hört es irgendwann von selbst auf.

Das tut es natürlich nicht!

Egal, ich wäre nicht Sarina Herzog, wenn nicht die erblichbedingte Sturheit meines Vaters in mir wohnen würde.

Heute fällt mir jedoch das Ignorieren seiner Nachrichten etwas leichter, denn ich hatte ein unglaubliches Erlebnis. Ich nahm all meinen Mut zusammen und besuchte Marie-Louise Romanow in der Ballettakademie. Erstaunlicherweise empfing sie mich mit den Worten: »*Mon Coeur*, ich hatte dich bereits früher erwartet. Ich hörte von deinem Unfall.«
Das Gespräch verlief herzlich, wie ich es aus früheren Tagen kannte. Bereits damals, als ich von Madame in der Akademie viel lernen durfte, war ich ihr Augapfel und sie mein Idol.

Im Verlauf des Gesprächs machte sie unmissverständlich klar, dass sie ausschließlich mir ihre Klasse anvertrauen würde. So hatte ich – ich kann es immer noch nicht glauben – eine Anstellung als Ballettlehrerin in der Akademie. Ich werde die Nachfolge von Madame Romanow antreten.

Ich kann mein Glück kaum fassen!

Mein Gehalt wird nur ein Bruchteil dessen betragen, was ich als erste Solistin verdiente. Aber es wird kontinuierlich sein. Und, wenn ich es will, bis zu meinem Ausscheiden aus dem Beruf als regelmäßiger Eingang auf meinem Konto verbucht werden. Finanziell bin ich somit abgesichert. Ein beruhigendes Gefühl.

Ich darf zukünftige Generationen von Tänzerinnen und Tänzern ausbilden. Doch auch wenn nur wenigen von ihnen eine Karriere am Himmel der tanzenden Schwäne vergönnt sein wird, werde ich ihnen zur Seite stehen – egal, welche Herausforderungen auf sie zukommen werden.

Heute ist mein Glückstag! Ich werde keine Umschulung oder Ähnliches brauchen. Ich werde dem Ballett auf anderer Ebene treu bleiben. Ein berauschendes Gefühl!

Zurück in meinen vier Wänden rufe ich sofort bei Oma und Opa an, um mein Glück mit ihnen zu teilen. Wie erwartet weint Omi vor Freude und ich weiß instinktiv, dass mein Opa auch verstohlen ein Taschentuch an seine Augen drückt.

Wir plaudern über dies und das und natürlich über die Party bei Dani und Dritan. Dann, wie aus heiterem Himmel, fragt Omi: »Hast du was von dem Jungen gehört?«

Mir stockt für einen Moment der Atem. Der ›Junge‹ ist verheiratet und hat mich aufs Schändlichste betrogen, denke ich wütend, lüge aber erstaunlich gefasst: »Nein Omi. Oder hast du etwas anderes erwartet? Solche Menschen haben kein Verantwortungsbewusstsein, sie leben in den Tag hinein und lecken sich jeden Morgen erneut ihre Wunden, anstatt den Hintern zu heben und sich um das zu kümmern, was wirklich wichtig für sie wäre.«

»Das klingt mir jetzt eine Spur zu verbittert. Sollte da etwas sein, was du uns erzählen möchtest?«, vermutet Omi völlig richtig. Ich konnte ihr noch nie etwas vormachen. Egal, was ich anstellte, sie kam immer dahinter.

»Omi, es ist, wie ich es sagte. Absolutes Stillschweigen.«

Natürlich sind während unseres Gesprächs zwei weitere Nachrichten von dem Pseudopenner eingegangen. Das verschweige ich ihr jedoch.

Nach dem Telefonat mit meinen Großeltern strecke ich mich auf der Couch aus und lege den Kopf in den Nacken.

Was für eine Scheiße! Lange werde ich ihm Püppi nicht mehr vorenthalten können.

Als die belastenden Tatsachen zu erdrückend werden, gehe ich in mein Spiegelzimmer, um eine exzessive Trainingseinheit einzulegen. Nur auf diese Weise bekomme ich den Kopf frei und kann mir Ablenkung verschaffen.

Die Klavier-CD von Yiruma, meinem derzeitigen Lieblingskomponisten, stelle ich als Endlosschleife ein, nachdem ich den Player aktiviert habe. Dann beginne ich mit der Tortur meines Körpers und meiner Seele: Füße verbinden, Schuhe überstreifen und die grazilen Satinbänder um die Knöchel binden. Es folgen Dehnübungen und ein ausgiebiges Stretching.

Ich ergreife die Stange vor dem Spiegel, hebe meinen rechten Arm und spanne den Körper. Ich stelle mich in die erste Position und beginne mit einem tiefen Plié, dann gehe ich schwungvoll in die Streckung, drücke die Beine durch und hebe mich auf die Spitze.

Ich falle in einen tranceartigen Zustand.

Wie in Ekstase fordere ich meinen Gliedmaßen Leistungen ab, die sie aufgrund ihrer Verletzungen unmöglich erbringen können. Mein Bein schwillt an und der Fuß beginnt zu schmerzen, doch ich trainiere unermüdlich weiter ... weiter ... weiter!

Es ist mir egal, ich muss mich abreagieren, sonst werde ich verrückt! Wie unter Zwang gehe ich sämtliche Positionen durch und steigere das Tempo. Rechte Spitze, linke Spitze. Ich weiß nicht, wie lange ich diesen Wechsel bereits vollziehe. Schweiß bricht mir aus allen Poren und rinnt in feinen Linien entlang meines Rückens ... egal, ich trainiere weiter ... weiter ... weiter.

Ich muss vergessen!

Wie unter Drogen drangsaliere ich meine Muskeln, Sehnen, Bänder und letztendlich meine geschundene Seele, ohne auf die Warnzeichen zu achten, die mein Körper seit geraumer Zeit sendet.

Doch schließlich findet der Exzess ein jähes Ende. Ich knicke mit dem Fuß vor Erschöpfung um und schreie vor Schmerz laut auf.

Entkräftet und mit schmerzverzerrtem Gesicht falle ich zu Boden. Es ist, als würde ich aus einem Albtraum erwachen und binnen Sekunden drängen Sturzbäche von Tränen aus meinen Augen.

Der Zusammenbruch ist erschütternd. Er ängstigt mich.

Wie ein zusammengerolltes Kätzchen bleibe ich auf dem Boden liegen und hoffe, dass der Schmerz in meinem Fuß nachlässt.

Vergeblich!

Das Pochen verschlimmert sich und eine böse Schwellung macht sich seitlich, unterhalb des Knöchels, breit.

Verzweifelt versuche ich, den Ballettschuh vom Fuß zu bekommen, aber ich gebe nach kurzer Zeit auf. Nicht mal dazu reicht die Kraft.

Der Schwan ist endgültig abgestürzt. Ich weiß es in dem Augenblick, als Püppi fiepend die Tränen aus meinem Gesicht leckt.

Hunde haben einen siebten Sinn. Sie wissen instinktiv, wann der Vorhang gefallen ist.

Ich bleibe, in Selbstmitleid gefangen, auf dem Boden liegen und suhle mich in meinem Schmerz und der seelischen Verletzung.

Mein Leben, so wie es einst war, existiert nicht mehr.

Die Verzweiflung packt mich mit kalter Hand und zerrt an mir, als würde sie mich endgültig zu Fall bringen wollen. Doch das kleine Zeichen der Zuneigung bringt Stärke zurück in meine innere Zerrissenheit. Püppi leckt mir immer noch die Tränen aus dem Gesicht. Weiß sie, wie viel Kraft mir das gibt?

»Schon gut Kleine, ich werde nicht sterben. Das wäre wohl zu einfach.«

Als würde Püppi mich verstehen, stupst sie mich mit der Nase an. Sie animiert mich, aufzustehen.

Langsam rappele ich mich auf und falle beim ersten Versuch sofort zurück auf den Boden. Das Bein tut höllisch weh und der Knöchel pocht heftig. Erneut schießen Tränen des Schmerzes in meine Augen.

Um den Druck auf den Knöchel zu verringern, binde ich den Ballettschuh auf und befreie meinen Fuß aus dem Schuh. Die Kraftanstrengung zerrt an mir. Der Knöchel hat mittlerweile die stattliche Größe eines Hühnereis.

Mir wird übel.

Was, wenn der Fuß gebrochen ist?

Ich brauche Hilfe. Ich muss zum Telefon gelangen. Egal wie, denke ich. Also versuche ich, halb robbend, halb ziehend, meinen Körper aus dem Spiegelzimmer ins Wohnzimmer zu zerren.

Vergebens. Mir fehlt nach der exzessiven Vergewaltigung meines Körpers jegliche Kraft.

Tränen der Wut und der Verzweiflung rinnen über meine Wangen und ich bleibe erschöpft liegen.

Selbst schuld Sina, werfe ich mir vor. Was willst du eigentlich, frage ich mich vorwurfsvoll. Du hast einen guten Job, sei doch zufrieden! Was bedeutet schon die Liebe? Davon wird man nicht satt!

Püppi sieht mich mit Unverständnis an, und plötzlich springt sie aufgeregt aus dem Zimmer und beginnt im Flur zu fiepen. Dann hämmert jemand energisch gegen meine Eingangstür und eine wütende Stimme ruft: »Ich weiß, dass du zu Hause bist! Mach sofort auf oder ich trete die Tür ein!«

14. Kapitel

Auch wenn er der Letzte ist, von dem ich mir jetzt helfen lassen möchte, ist es doch vernünftig, den Ärger auf ihn für den Moment herunterzuschlucken.

»Einen Augenblick!«, rufe ich in Richtung Eingangstür und robbe mich mühevoll durch mein Wohnzimmer in den Flur. Ich könnte aufheulen vor Schmerz, aber ich beiße tapfer die Zähne zusammen.

Geschafft!

»Warte«, keuche ich erschöpft und stemme mich mit letzter Kraft zur Türklinke hinauf und ziehe sie herunter. Dann falle ich zurück auf den Boden.

Die Tür springt auf und Püppi rast dem ungebetenen Besucher entgegen.

Als Chris, mit Püppi auf dem Arm, meinen Flur betritt, dauert es einen Moment, bis er mich auf dem Boden liegend ausmacht.

»Oh Gott! Sina!«, ruft er erschrocken und setzt Püppi neben mir ab.

Mit einem beherzten Griff unter meine Arme und die Kniekehlen nimmt er mich hoch und trägt mich wortlos ins Schlafzimmer. Püppi folgt uns aufgeregt.

Er legt mich aufs Bett. Ich stöhne schmerzverzerrt, als er meinen Knöchel streift.

»Was ist denn geschehen?«, fragt er besorgt.

»Du!«, antworte ich aufgelöst und versuche mich aufzusetzen.

»Ich?«, fragt er verwundert.

»Ach … vergiss es!«

Er schüttelt den Kopf und sieht mich verständnislos an.

»Was ist?«, frage ich wütend. »Wenn du Püppi holen willst, bitte! Mir war bereits klar, dass du sie mir nicht lassen wirst.«

»Was redest du denn da?«, fragt er empört. »Und was ist mit dir los?«

Ich blicke verschämt zur Seite. Ich könnte heulen vor Wut und weil ich ihn so sehr liebe. Aber er darf auf keinen Fall meine Verzweiflung bemerken. Diese Blöße werde ich mir nicht geben ... niemals!

Sein Blick fällt auf meinen verletzten Fuß und er mustert mit Entsetzen, was sich ihm gerade offenbart.

Die Zehen einer Ballerina – vor allem nach einer exzessiven Tanzeinlage – sind kein schöner Anblick. Von dem geschwollenen Knöchel ganz zu schweigen.

»Du meine Güte, du blutest am Zeh und dein großer Zehennagel sieht gar nicht gut aus, als würde er sich ablösen. Was hast du denn nur angestellt?«, fragt er bestürzt. Dann macht er sich daran, mir behutsam den zweiten Ballettschuh auszuziehen und die Verbände vorsichtig zu lösen.

Der andere Fuß bietet keinen besseren Anblick. Mit geschwollenen Zehen und wässrigen Blasen an den Gelenken ist mein Exzess nicht mehr zu verheimlichen.

Er schüttelt entsetzt den Kopf und sieht mich fragend an.

»Das ist nichts Schlimmes«, sage ich schroff. Das ist die Realität, die niemand sehen will. Auf der Bühne sieht ja alles hübsch aus, oder? Schwebende Tänzerinnen, für die die Schwerkraft nicht zu gelten scheint. Aber keiner interessiert sich dafür, wie wir uns für diese Illusion verstümmeln, sinniere ich verbittert. Dann entziehe ich ihm meine Füße. Ich will nicht, dass er sie länger anstarrt. Mariellas sehen bestimmt hübscher aus. Weich und zart, da sie sie nie benutzt. Ich weiß, der Vergleich ist gemein, aber ich kann im Moment nicht anders. Wenn er weiter auf meine hässlichen Füße starrt, beginne ich hysterisch zu schreien.

Chris schluckt laut und sieht mich mitfühlend an. Seine nachtblauen Augen sind sanft in meine getaucht und ich vergesse für einen Moment was ich seit Silvester weiß.

»Ich brauche dein scheiß Mitleid nicht!«, blaffe ich verzweifelt und blitzschnell greift er meine Füße und zieht sie auf seinen Schoß.

»Aua!«, schreie ich, als er den verstauchten Knöchel berührt.

»Tut mir leid.«

Mit sanfter Akribie beginnt er meine Füße zu massieren ... Zeh für Zeh, bis hoch zum Spann und dem Fußgewölbe.

Für einen Moment schließe ich die Augen. Das tut gut.

»Hast du eine entzündungshemmende Salbe oder etwas Ähnliches im Haus?«

Ich nicke. »Unten, im Badezimmerschrank.«

»Bleib da liegen, ich bin gleich wieder da.« Und schon springt er vom Bett und eilt ins Bad.

Schöne Scheiße, denke ich verzweifelt. Was mache ich denn nur? Er kann auf keinen Fall hierbleiben und ich will erst recht nicht darüber reden ... niemals! Es ist doch offensichtlich, was er mir antat.

»So, dann lass uns mal den Knöchel verbinden. Sieht ja echt übel aus. Kannst du mir mal erklären, was du dir dabei gedacht hast, dich dermaßen zu quälen?«

Ich schüttele verlegen den Kopf und denke dabei, es würde ihn gar nichts angehen und verstehen würde er es schon überhaupt nicht.

Chris verbindet vorsichtig meinen Knöchel und sagt dabei, als sei es das Selbstverständlichste von der Welt: »Und gleich morgen früh fahre ich dich zum Arzt. Das sollte auf jeden Fall geröntgt werden. Vielleicht ist der Knöchel gebrochen.«

»Dann wäre er nicht so dick«, gebe ich besserwisserisch zurück.

»Wie du meinst.«

Als er fertig ist, bedanke ich mich höflich.

»Warum so förmlich?«

»Warum nicht?«

»Gut Sina, jetzt reicht es ...!«

Ich falle ihm ins Wort und blaffe: »Mir schon lange. Für wie blöd hältst du mich eigentlich?«

Er sieht mich mit zusammengekniffenen Augen an, als wolle er abschätzen, wie ernst die Lage ist.

Eine Weile sehen wir uns taxierend an, dann kann ich der Situation nicht mehr standhalten und wechsele bewusst das Thema: »Würdest du bitte noch mit Püppi Gassi gehen, bevor du gehst? Ich werde heute nicht mehr laufen können.«

»Gerne. Und dann reden wir. Ich gehe nicht, bevor wir das geklärt haben. Und ich bin dir auf jeden Fall noch eine Erklärung schuldig.«

Ich verschränke die Arme vor der Brust und drehe stur meinen Kopf zur Seite. Das sollte als Antwort reichen.

Ohne mich zu fragen, tupft er mit einem weichen Tuch das Blut von meinen Zehnägeln. Die Wundcreme, die er im Badezimmerschrank fand, verteilt er vorsichtig auf dem Nagelbett der geschundenen Zehen.

Wie ein unmündiges Kind lasse ich mir das gefallen und ärgere mich innerlich über meine Inkonsequenz. Aber ich glaube, ich könnte ihn davon nicht abbringen. Ich denke, sein schlechtes Gewissen plagt ihn und er versucht, auf diese Weise Zeit zu schinden ... Zeit, um zu überlegen, wie er alles geraderücken kann.

Ich habe es mit der Tortur meines Körpers mal wieder übertrieben! Auch wenn ich mir bewusst Schmerzen zufüge oder mich körperlich verausgabe, bleibt der seelische Schmerz bestehen ... das weiß ich jetzt. Er lässt sich durch die Vergewaltigung meiner Gliedmaßen nicht überdecken.

Etwas später am Abend, nachdem Chris mit Püppi draußen war, zieht er sich Schuhe und Jacke aus und kommt zu mir ins Schlafzimmer. Ich liege erschöpft unter meiner Decke und habe Mühe, mich vor der küssenden Püppi in Sicherheit zu bringen.

»Püppi!«, ermahnt Chris sie und zieht sie vom Bett. »Lass unser Blondinchen mal in Ruhe. Sie muss jetzt schlafen.« Dann setzt er sich zu mir auf die Bettkante und sieht mich liebevoll an.

»Und du musst jetzt gehen«, antworte ich wütend. Ich hasse es, wenn er mich Blondie nennt. Und ich hasse es, wenn er mich mit diesem sehnsüchtigen Blick anstarrt.

»Kommt nicht infrage. Ich lasse dich heute Nacht nicht allein. Und morgen fahren wir zum Arzt.«

Ich glaube, ich höre nicht richtig. Habe ich vielleicht einen Hörfehler, oder er einen Sprachfehler?

»Ganz ehrlich Chris, das Letzte, was ich will, ist deine Nähe.«

»Warum?«, fragt er entgeistert und seine Augen trüben sich schmerzlich ein.

»Sag mal, ich glaube, du spinnst! Wenn du ›Blondie‹ zu mir sagst, ist das schon schlimm genug, aber bitte behandele mich nicht, als sei ich strohblond!«

Chris versteift sich merklich neben mir und steht langsam vom Bett auf.

»Ich dachte, wir reden über alles und finden eine Lösung. Ich meine, es ist zwar nicht so, wie du dachtest, aber ich bin trotzdem ein netter Kerl, auch wenn ich nicht obdachlos bin und ...« Er sucht verzweifelt nach Worten und mir platzt fast der Kragen vor Wut. Ich schreie ihn an: »Raus hier! Verdammt noch mal! Raus! Was glaubst du eigentlich, wer du bist? Du wirst nicht mehr mit meinen Gefühlen spielen und mich zum Narren halten! Hast du mich noch nicht genug gedemütigt?«

»Aber, aber ... Sina.«

Ich kann es nicht fassen, er spielt immer noch das Unschuldslamm.

»Nichts ABER! Wenn du willst, nimm den Hund mit, das ist mir jetzt auch egal! Eigentlich ist es mir sogar lieber«, lüge ich aufgebracht. »Ich brauche keine vierbeinige Erinnerung an einen verdammten Lügner und Betrüger!«

Verzweifelt drehe ich mich zur Seite und ziehe mir die Decke über den Kopf. Hoffentlich geht er bald. Meine Nerven liegen blank und ich kann der Situation nicht mehr lange standhalten.

Nachdem ich circa zehn Minuten unter meiner Decke verharrte, lausche ich angestrengt in die Dunkelheit. Ist er noch da? Ist er weg? Durch den Türspalt sehe ich Licht im Flur und ein Schatten huscht vor meiner Tür vorbei. Ein leises Klopfen, dann ein kleinlautes: »Ich gehe jetzt. Lebe wohl Sina.«

»Verschwinde!«

Leise Schritte, das Rascheln einer Jacke, das Klirren eines Hundegeschirrs, der Reißer seiner derben Stiefel, dann zieht er die Tür leise hinter sich ins Schloss.

Das war's. Aus und vorbei.

Er hat den Hund mitgenommen.

**

Nach einer endlosen Nacht, in der ich mich und mein Dasein zur Genüge beweinte, erwache ich durch das Klingeln meines Handys. Verwirrt blicke ich auf die Uhr auf meinem Nachttisch.

Ach du Schreck! Bereits zwölf Uhr mittags.

Ich steige vorsichtig aus dem Bett und hüpfe auf einem Bein zum Wohnzimmertisch, auf dem mein Handy liegt.

Es ist Ines.

Ich nehme das Gespräch entgegen und frage unausgeschlafen: »Was gibt es denn?«

»Das könnte ich ebenso gut dich fragen.«

»Wie meinst du das?«

Am anderen Ende der Leitung ist ein aufgebrachtes Schnaufen zu hören.

»Nun sag schon«, grummele ich.

»Also gut. Vor ungefähr einer Stunde ging ich mit Jerry Gassi und du ahnst nicht, wen ich getroffen habe.«

»Wen denn? Mach es nicht so spannend.«

»Püppi.«

Ach du Scheiße! »Püppi?«, wiederhole ich völlig unnötig, denn wir beide wissen, was jetzt kommt.

»Ja verdammt! Püppi! Am anderen Ende der Leine war der Typ, den du mir damals unter der Brücke gezeigt hast und den ich später mit diesem Superschlitten nicht weit von deiner Wohnung sah. Wenn ich mich recht erinnere, hattest du ihn für den Penner gehalten, von dem du den Hund bekommen hast und jetzt läuft er mir seelenruhig mit Püppi in die Arme. Es gibt keinen Zweifel. Jerry hat sie auch erkannt.«

»Hast du etwas zu ihm gesagt?«, frage ich vorsichtig, denn ich weiß, Ines sagt unverblümt, was sie denkt.

»Na klar. Püppi und Jerry begrüßten sich freudig und ich hatte Zeit, den Kerl mal genauer unter die Lupe zu nehmen. Heiße Nummer, ehrlich Sina. Der Typ ist ein wahr gewordener Traum.«

»Und? Habt ihr euch unterhalten?«, frage ich nervös und ignoriere ihre Anspielung bezüglich seines guten Aussehens.

»Wenn man das so sagen kann? Ich fragte, ob der Hund ihm gehöre und er antwortete mit einem Nicken. Dann sagte ich, dass ich es nicht glauben würde, denn zufällig, wüsste ich, dass meine Freundin den Hund von einem Penner vererbt bekam.«

»Oh Gott, bist du verrückt?«

»Mag sein, aber ich konnte meinen Mund mal wieder nicht halten. Ich bin eben manchmal etwas vorlaut. Und weißt du, was er geantwortet hat?«

»Was?« Ich platze gleich vor Neugier.

»Er sagte: ›Ja ... Penner. Das trifft es wohl am besten‹. Dann nahm er Püppi auf den Arm und ging mit gesenktem Kopf weiter. Jerry jaulte sich die Seele aus dem Leib, doch er verschwand so schnell um die Häuserecke, dass ich die Sache kaum realisieren konnte.«

Ich schlucke den Kloß in meiner Kehle herunter, als ich mir diese Szene vorstelle. Vielleicht lag ihm ja doch mehr an mir, als es auf mich den Anschein machte. Aber seine

Frau würde er nie für mich verlassen und genau das ist der springende Punkt. Ich wäre immer nur der Zeitvertreib, mit dem er das machen könnte, wozu seine Frau nicht mehr in der Lage ist – oder was er ihr nicht zumuten möchte.

»Hey Schätzchen, bist du noch dran?«, höre ich Ines' ungeduldige Stimme am anderen Ende der Leitung. »Magst du darüber reden? Ich mag auf jeden Fall ... unbedingt!«, fügt sie hinzu und wartet auf meine Antwort.

Ich seufze resigniert. Wenn Ines erst mal eine Fährte aufgenommen hat, lässt sie nicht locker.

»Okay, komm zu mir. Ich koche uns einen Kaffee.«

»Wird gemacht.«

Minuten später steht Ines mit dem kleinen Jerry vor meiner Tür und amüsiert sich köstlich, wie ich durch meine Wohnung hüpfe.

»Ja, ja! Lach nur«, grummele ich gereizt. »Wer den Schaden hat, braucht für den Spott nicht zu sorgen.«

»Sorry Sina, aber das sieht einfach zu komisch aus. Ich dachte immer, eine Ballerina würde auch graziös hüpfen, aber das sieht eher aus wie sterben auf Raten.«

Ich mache eine abfällige Handbewegung in ihre Richtung und hopse in die Küche.

»Lass mich mal an die Kaffeemaschine. Du setzt dich besser hin und schonst deinen Fuß. Was hast du überhaupt damit gemacht?«

Während ich von meinem Trainingsexzess berichte befüllt Ines die Maschine mit Wasser und Kaffeepulver, stellt Tassen auf den Tisch und versorgt Jerry mit einem Hundekeks aus Püppis Keksdose.

Sie hört sich alles seelenruhig an und fragt dann: »Und? Ab wann kommt der Penner, der anscheinend keiner ist, ins Spiel?«

Bei dem Wort ›Penner‹ zucke ich innerlich zusammen. Die Erinnerung an diesen scheinbar gefallenen Engel berührt noch immer mein Herz.

»Er kam an dem Tag ins Spiel, als ich ihn unter der Brücke mit dem zitternden Hund im Arm sah«, gebe ich heiser von mir und reibe verzweifelt meine Stirne. »Ich weiß nicht, aber aus irgendeinem Grund hat mich sein Schicksal tief berührt.«

»Und was hat er da gemacht? Oder besser gesagt: Warum saß er da? Offensichtlich hat er es nicht nötig zu betteln. Wenn ich an die Karre denke, in die er damals einstieg, werde ich jetzt noch neidisch.«

»Ich weiß es nicht. Es ist mir bis heute ein Rätsel. Irgendwann tischte er mir diese Lüge auf ... von seiner untreuen Frau, die ihn mit seinem Prokuristen betrog und ihn letztendlich in den Ruin stürzte.«

»Und du hast ihm alles geglaubt?«

Ich zucke verschämt mit den Achseln und nicke verlegen.

»Also echt, Sina. Du bist nie auf die Idee gekommen, das zu überprüfen?«

»Nein«, gebe ich kleinlaut zurück.

»Auch nicht, als wir ihn gemeinsam mit der Frau sahen? Du weißt schon, als wir Weihnachtgeschenke einkauften.«

»Nein, es kam mir weit hergeholt vor, als er, einige Zeit später, mit seinen abgetragenen Sachen vor mir stand. Vielleicht wollte ich die Realität auch nicht sehen. Vielleicht wollte ich die Möglichkeit, dass er mich belog, nicht in Betracht ziehen.«

»Nein, du wolltest lieber weiter in deiner Fantasieblase leben. Der ärmliche Unbekannte, mit den faszinierenden Augen, hat dir ganz schön das Gehirn vernebelt. Aber jetzt weißt du es, ja? Jetzt hast du hoffentlich mitbekommen, dass er ein Lügner ist.« Knallhart, wie immer, bringt sie mich auf den Boden der Tatsachen zurück.

»Ja«, gebe ich schwer atmend von mir und klammere mich an meine Kaffeetasse.

Ines bemerkt meine seelische Verfassung. Sie zieht ihren Stuhl zu mir und legt ihren Arm um meine Schultern.

»Lass es raus, dann geht es dir besser. Tränen bewirken eine innere Reinigung der Seele ... es hilft, sich nicht davor zu verschließen«, flüstert sie mitfühlend.

»Das wird nie wieder besser«, gebe ich resigniert von mir. »Das mit Roman war ein Reinfall, aber das werde ich überleben. Ich glaube, ich habe ihn nie wirklich geliebt. Ich sah nur seine Stellung als Bürgermeister und meine Karriere, aber das mit Chris ist anders – tiefer.«

Ines nickt und nimmt einen Schluck Kaffee. Jerry legt seinen Kopf auf mein Knie und sieht mich mit großen Augen an, als würde er meine Verzweiflung spüren.

»Bist du mit ihm ... intim gewesen?«, fragt sie vorsichtig, um meine Gefühle nicht zu verletzen.

Ich nicke peinlich berührt. Ines muss mich für völlig verrückt halten. Mit einem Obdachlosen zu schlafen, der, wer weiß was für Krankheiten haben könnte, empfindet sie als grob fahrlässig. Aber ich habe ihn nie als abstoßend empfunden. Er war immer sauber und machte einen gepflegten Eindruck, trotz der abgetragenen Kleidung.

»Okay, das ist natürlich eine abgefahrene Geschichte«, sagt sie erstaunt. »Wie konntest du mit einem Penner schlafen? Bist du wahnsinnig? Dachtest du mal daran, was du dir hättest einfangen können?«

»Er ist kein Penner«, antworte ich brüskiert.

»Das wusstest du zu dem Zeitpunkt noch nicht«, gibt sie oberschlau zurück.

Dagegen ist nichts einzuwenden. Es stimmt. Ich war unvorsichtig.

»Es ist einfach passiert. Ich konnte mich gegen seine Anziehungskraft nicht wehren. Ich verstand mich selber nicht. Es war Liebe auf den ersten Blick. Noch nie zog es mich so stark zu einem Menschen hin.«

»Schöne Scheiße. Und wie geht die Geschichte weiter?« Ines starrt mich ratlos an und ich blicke genauso hilflos zurück.

Ich atme einmal tief durch und fahre fort. Angefangen mit unserem ersten Zusammentreffen unter der Brücke bis zum finalen Ende an Silvester. Zwischendurch schnäuze ich lauthals in mein Taschentuch und Jerry fiept anteilnehmend, wenn ich ein lautes Schluchzen hören lasse.

Ines hört mir konzentriert zu und streicht immer wieder beruhigend über meinen Rücken. Dann ende ich mit den Worten: »Ich bin wütend und enttäuscht, aber es ist meine Schuld. Ich habe mich blenden lassen.«

Ines sieht mich kopfschüttelnd an. »Du hast dich nicht blenden lassen, dein Herz ist zu weich. Ich könnte diesem Scheißkerl in seine verdammten Eier treten! So ein Drecksack! Er hat eine behinderte Frau und vögelt dich an ihrer Stelle. Das ist ja wohl das Allerletzte!«

Entsetzt sehe ich zu ihr und nehme ihn, wie immer, in Schutz: »Nein, das verstehst du falsch. Ich glaube, dass er etwas für mich empfand, oder besser gesagt, noch empfindet. Aber er wird seine Frau nie verlassen. Dafür ist er zu anständig.«

»Auf deine Kosten! Nenne es doch endlich mal beim Namen: Der Typ hat dich gefickt, weil er seine Frau nicht mehr ficken kann. Vielleicht hat er sogar an sie gedacht, während er in dir steckte und sich in dir ergoss!«

Schockiert starre ich sie an. »Sei nicht so hart, Ines!«

»Verdammt! Du nimmst ihn auch noch in Schutz, Sina! Das hat er nicht verdient.«

Ich breche heulend zusammen. Ines hat es auf ihre schroffe Art und Weise zusammengefasst und mir meine rosarote Brille endgültig von der Nase gerissen.

15. Kapitel

Auch wenn Ines es geschafft hat mich aus der Reserve zu locken, so bin ich ihr keinesfalls dankbar dafür, dass sie mir die Augen öffnete. Mein Gefühl, ausgenutzt worden zu sein, verstärkt sich nur noch mehr.

Das Gute ist, dass ich jetzt den Punkt der Traurigkeit hinter mir gelassen habe und mich auf dem Weg in Richtung ›unsagbare Wut‹ befinde. Das ist wohl der natürliche Werdegang einer emotionalen Verstimmung. Trauer - Wut - Ernüchterung.

Ines heizt das Grollen in mir an, indem sie weitere Schüsse gegen Chris abfeuert. Es tut gut endlich eine Verbündete zu haben, der man sich anvertrauen kann. Ich weiß nicht, wie lange ich mein Erlebnis mit Chris noch hätte für mich behalten können.

»Weißt du, Ines, bei all dem Chaos in meinem Leben möchte ich dir jetzt auch etwas Positives erzählen«, wechsele ich das Thema. Wir haben uns genug über Chris und seinen angeblich schlechten Charakter ausgelassen.

Das Thema Chris ist, so hoffe ich, für heute beendet. Auch wenn es noch lange nicht für mich abgeschlossen ist.

»Oh, das klingt nach mehr. Schieß los, ich bin ganz Ohr.«

»Also«, beginne ich meine Rede und mache, um die Spannung zu erhöhen, eine Pause.

»Also was?«

Ich grinse amüsiert über ihre Ungeduld und werfe anschließend die Arme in die Luft und juchze: »Ich habe einen Job! Ab Anfang März!«

»Super!«, freut sich Ines und will natürlich mehr wissen.

Ich erzähle ihr von meinem Gespräch mit Madame Romanow und berichte, dass sie sich wunderte, nicht eher von mir gehört zu haben. »Sie trug sich selber bereits mit dem Gedanken, mich zu kontaktieren, aber ich bin ihr zuvorgekommen.«

»Wow.« Ines ist, was selten passiert, sprachlos.

»Sekt?«

»Ja gerne und nach dem Anstoßen bitte einen Schnaps. Dein Leben entwickelt ein Tempo, da komme ich bald nicht mehr mit«, frotzelt sie.

»Er steht im Kühlschrank. Die Gläser findest du da oben in der Vitrine.«

»Ach ja, dein Fuß. Wollen wir nicht lieber erst zum Arzt fahren?«

»Heute ist Mittwoch. Jetzt sind die alle schon zu Hause.«

»Wir könnten die Notaufnahme im Krankenhaus bemühen.«

»Mit einem verstauchten Knöchel? Ich bitte dich, der Fuß ist doch nicht abgetrennt.«

»Stimmt auch wieder. Wenn es morgen nicht besser ist, fahre ich dich aber zum Arzt, einverstanden?«

»Okay«, gebe ich mich geschlagen. Ich bin daran gewöhnt, nach einem exzessiven Training Verletzungen an den Füßen davonzutragen. Für Ines scheint es jedoch alles andere als normal zu sein.

Ines öffnet die Flasche mit einem lauten Knall. Jerry verleitet es, ohrenbetäubend zu bellen. Dann gießt sie den Sekt ein, gibt Jerry noch einen Keks aus Püppis Keksdose und lässt anschließend ihr Glas gegen meines klingen.

»Viel Glück im neuen Job, kleine Tanzmaus.«

»Danke.«

»Was verdienst du?«

»Nicht so viel wie als erste Solistin, aber es wird reichen. Das Wichtigste ist allerdings, der Job ist sicher und ich behalte die Verbindung zum Ballett!«

»Da hast du recht. Darauf gleich noch mal Prost.«

Wir prosten uns erneut zu und in null Komma nichts ist die erste Flasche leer – die Erste, wohlgemerkt.

Es folgt eine zweite Flasche, dazwischen ein Glas Schnaps, den sie unbedingt benötigt, um die Geschichte mit Chris besser verdauen zu können. Anschließend trinken wir ein weiteres Glas Sekt.

So geht das eine Weile hin und her. Wir sitzen grölend und lallend an meinem Küchentisch und amüsieren uns darüber, dass Jerry melodisch jaulend in unser Spektakel einstimmt. Ich könnte mich biegen vor Lachen.

Als Ines' Handy klingelt, zieht sie es zu sich und starrt darauf, dann legt sie bedeutungsschwer den Finger an den Mund und flüstert: »Micha ... hi hi! Er darf nicht merken, dass ich betrunken bin.«

»Okay«, lalle ich verschwörerisch und ziehe das Handy zu mir und starre ebenfalls darauf. Auf dem Display ist ein lächelnder Micha zu sehen. Ich winke ihm zu, als könne er mich sehen.

»Lass mal Sina machen«, bringe ich mit schwerer Zunge hervor und wische über das Display und Ines fasst sich schicksalsergeben an den Kopf.

»Hallo Micha, mein Stern aller schlaflosen Nächte.«

»Sina? Bist du dit?«

»Jaaaaaaa ... Sina.«

»Sag mal, is da allet okay mit euch? Wo iss'n Ines?«

»Sitzt mir gegenüber und winkt. Willst du mal gucken?« Ich halte Ines das Handy entgegen, als ob er dadurch etwas sehen könnte.

Er brüllt: »Kannst du sie mir bitte geben?«

Ich halte das Handy wieder an mein Ohr. »No Sir, dit Fräulein ist zur Zeit etwas indisponiert«, lalle ich so deutlich wie möglich.

»Ick glob dit einfach nicht. Ihr seid am frühen Nachmittag bereits voll auf Autopilot?!«

»Hä?«

»Besoffen! Ihr habt zu tief ins Glas gelinst. Völlig breit!«

»Nö, nur zwei Flaschen Sekt getrunken ...« Und Ines johlt fröhlich: »Und mindestens sechs Schnäpse.«

»Okay, ick hab jenuch jehört. Ick hol die Lady jetzt ab und dir versohle ick deinen kleenen Ballettarsch.« Und schon ist das Gespräch beendet.

»Ups, ich glaube, Micha kommt her.« Plötzlich bin ich etwas nüchterner.

»Gut, der kann mich stützen. Das, mit dem selber laufen, wird nichts mehr ... hi hi.«

Wir brechen in schallendes Gelächter aus und Jerry jault dazu in den höchsten Tönen.

Das lustige Treiben findet ein jähes Ende, als ein verärgerter Herr Klingweiler in meiner Küche steht und sich von uns die gesamte Geschichte meines Lebens anhören muss.

»Der hat Sinalein voll verarscht ... dieser Rüpel!«, schimpft Ines betrunken und ich erkläre lautstark: »Jawohl«, und haue mit der flachen Hand, meine Aussage unterstützend, auf den Tisch.

Micha amüsiert sich über unseren Zustand. Ab und zu schüttelt er den Kopf, dann brummt er verständnislos und manchmal lacht er. Auf jeden Fall findet er insoweit Verständnis für uns, dass er ebenfalls zu dem Schluss kommt, dass ein Schnaps nicht schaden könnte.

»Hier Micha, mein Schnuckelchen«, lalle ich fröhlich und kippe ihm einen Schnaps ein. Natürlich geht die Hälfte daneben und Micha nimmt mir die Flasche aus der Hand.

»Also ehrlich Sina. Mit 'nem Penner ... ick hoffe, der hatte keene Krankheiten.«

»Oh Mann, Micha«, lallt Ines »der war doch kein echter Penner.«

»Aber dit hat die Kleene zu dem Zeitpunkt nicht jewusst.«

»Gieß mal noch einen ein. So langsam fängt das Zeug an zu schmecken«, johlt Ines. »Und du, mein Schatz, hast du keine Arbeit?« Bei der Frage bemüht sie sich um eine aufrechte Haltung Micha gegenüber.

»Die Jungs machen den Rest. Als ick denen sagte, ick müsse meine beschickerte Kleene abholen, haben die nur jegrinst.«

»Ach Micha, ich liebe dich.« Sie fällt ihm schwerfällig um den Hals.

»Dit will ick dir ooch raten. 'N Besseren jibt dit nich.«

»Da gebe ich dir Recht«, stimme ich Micha zu. Ines hat echt unverschämtes Glück. Micha ist zwar der Inbegriff eines typischen Berliners: ›Herz mit Schnauze‹, aber liebenswürdig ohne Ende.

»Danke Sina, dat de mir den Rücken stärkst.«

»Gern geschehen«, lalle ich großzügig und lege dann meinen Kopf auf der Tischplatte ab.

Ich bin voll im Arsch!

Irgendwann nehme ich wahr, wie Micha mich ins Bett trägt und Ines leise flüstert: »Pass auf den Knöchel auf.«

Dann habe ich einen Filmriss, der bis zum kommenden Morgen dauert.

***

Nach und nach kommt wieder Leben in meinen Körper. Den Geschmack in meinem Mund möchte ich lieber nicht beschreiben und der Druck in meinem Schädel gleicht dem einer Melone unter einem Dampfhammer. Es pocht in stetig wiederkehrenden Schlägen.

Von draußen nehme ich Geräusche wahr.

»Hallo«, rufe ich, so laut ich kann. Es gelingt mir jedoch nur ein zaghaftes Flüstern. Der Schädel brummt gewaltig.

Plötzlich steckt Micha den Kopf durch den Türspalt.

»Aha, die schlafende Schönheit ist erwacht«, frotzelt er.

»Siehst echt scheiße aus.«

»Nicht wach, noch zur Hälfte im Koma. Und danke für das Kompliment.«

»Geschieht dir recht und gern geschehen.«

»Mmh.«

»Ines hat für euch Frühstück jemacht. Ick muss jetzt los. Die Baustelle ruft. Mach's jut Kleene. Ines sieht och nicht besser aus.«

»Sehr beruhigend.«

»Dachte ick mir, dat dich dit aufbaut.«

Und schwups, ist Michas Kopf aus dem Türspalt verschwunden.

So langsam dringt ein Teil des gestrigen Nachmittags zurück in mein Bewusstsein. Insgesamt drei Flaschen Sekt und die ganze Flasche Schnaps. Micha hat zum Schluss auch noch zugelangt.

»Mach hinne! Der Kaffee ist fertig!«, brüllt Ines aus der Küche. Es scheint ihr bereits besser zu gehen.

Während des Frühstücks reibe ich gedankenverloren meinen Knöchel.

»Wollen wir zum Arzt?«

»Nein, nicht nötig.«

»Zeig mal.«

Ich halte ihr meinen Fuß entgegen und sie begutachtet die Schwellung. »Sieht weniger geschwollen aus. Hat aber eine hübsche Farbe bekommen.«

»Ha ha.«

Jetzt sieht sie sich ihn genauer an. »Sieht der andere auch so lädiert aus? Deine Zehnägel sind ja der reinste Horror.«

»Danke, sehr aufmunternd, werte Freundin«, blaffe ich empört.

»Entschuldige bitte, aber ich sehe das zum ersten Mal. Hab zwar schon Fotos im Netz gesehen, aber das hier ist echt krass.«

»Ist nicht schön, aber auch nicht selten.«

»Schlimm, wie ihr euch für euren Tanz verstümmelt. Ist es das wirklich wert?«

Ich lache freudlos. Plötzlich bin ich mir nicht mehr sicher.

Ines ist ausnahmsweise sensibel genug, nicht weiter nachzuhaken.

Wir plaudern und essen, wobei ich eine seltsame Abneigung gegen meine heiß geliebte Schokocreme feststelle.

»Ist normal«, sagt Ines »das ist der Kater.«

»Miau«, ist das Einzige, was mir dazu einfällt. Ines grinst schief.

Nach dem Essen drehen wir mit Jerry ein Runde. Es ist ein nebliger und nasskalter Donnerstagmorgen, doch ich brauche unbedingt frische Luft, und so humpele ich angestrengt neben Ines her.

»Müsstest du nicht längst in der Praxis sein?«

»Nein, das macht Andrea allein. Wir haben heute Morgen telefoniert. Zwei Patienten haben ihre Physiotherapie wegen Grippe abgesagt. Glück im Unglück, gewisserweise.«

»Okay, ich wollte nur nicht, dass du wegen mir deine Patienten vernachlässigst.«

»Ach Schätzchen. Das war gestern wirklich nötig. Den Scheiß hättest du niemals allein hinbekommen. Mach dich wegen meiner Arbeit nicht verrückt. Was macht der Fuß?«

»Geht.«

»Fein. Ich sehe ihn mir trotzdem nachher noch mal an.«

»Okay.«

**

Am Wochenende fahre ich zu Oma und Opa. Mein Fuß ist fast abgeschwollen, also verliere ich darüber kein Wort bei den beiden. Sie sollen sich nicht unnötig aufregen.

»Wo ist Püppi?«, begrüßt mich Omi, als ich ohne den Hund hereinkomme.

»Er hat ihn abgeholt.« Die Antwort war kurz und knapp, ich hoffe, sie versteht das.

»Verstehe.«

»Danke.« Oma merkt, wenn ich nicht reden möchte.

Leider ist Omis Sensibilität nur ihr vorbehalten. Opa lässt sich nur allzu gerne über den verantwortungslosen Penner aus, dem ich nun auch noch den armen Hund zurückgeben musste.

»Er gehört ihm, daran lässt sich nichts ändern«, gebe ich knapp zurück und hoffe insgeheim, das Thema ist damit vom Tisch.

»Das sehe ich anders mein liebes Fräulein. Du hättest Verantwortung zeigen sollen und dem Kerl die Tür vor der Nase zuschlagen müssen.«

Natürlich weiß Opa nicht, dass der sogenannte Penner keiner ist und Püppi bei ihm sicherlich ein schönes Leben hat, daher erfinde ich eine weitere Lüge: »Er scheint Arbeit zu haben. Er hat so etwas angedeutet. Seine Eltern haben sich mit ihm versöhnt. Ich glaube, er schafft es, von der Straße wegzukommen.«

Omi freut sich für Chris und lächelt mich zuversichtlich an. Opas Blick wohnt jedoch eine gewisse Skepsis inne.

»Na, die Hauptsache ist doch, dass alles ein gutes Ende fand«, sind Omis Worte dazu und ich nicke schweigend.

In der Küche, als ich mit ihr allein bin, sieht sie mich prüfend an. »Der Junge hat dich verletzt. Ich kann es spüren.«

Ich schlucke einen dicken Kloß hinunter und weiche ihrem bohrenden Blick aus. Warum nur durchschaut sie mich jedes Mal?

»Dein Vater konnte mich nie belügen. Er war wie ein offenes Buch für mich, in dem ich lesen konnte. Bei dir ist es nicht anders.«

»Und nun? Was willst du von mir hören?«

»Die Wahrheit.«

16. Kapitel

Natürlich entgleisten mir alle Gesichtszüge. Was habe ich eigentlich erwartet? Dass sie, ohne nachzuhaken, das Thema wechselt und stattdessen Opas letzte Grippe thematisiert? Mit Sicherheit nicht.

Ich zögere. Wo soll ich denn anfangen? Soll ich überhaupt die Wahrheit erzählen? Ich bin mir nicht sicher, wie sie darauf reagieren wird. Wahrscheinlich nicht erfreut.

Ihr Blick ist immer noch wartend auf mich gerichtet. Ich zögere immer noch.

»Gut, wie ich sehe, willst du nicht reden. Dann erzähle ich dir jetzt etwas. Mag sein, dass es dich schockiert, aber ich hatte vor der Heirat mit deinem Opa auch ein Leben.« Sie wartet einen Moment, bis die Information in meinem Hirn angekommen ist.

»Und?«, frage ich verwirrt. »Was hat das mit Chris zu tun?«

»Nichts, aber ich denke, du solltest es wissen. Nicht nur du hast Nackenschläge einzustecken. Auch andere Frauen hatten es nicht immer einfach.«

Ich sehe sie erstaunt an. Wenn eine Frau in ihrem Alter etwas über ein voreheliches Verhältnis zu berichten hat, davon gehe ich jedenfalls aus, dann sollte man den Mund halten und zuhören. So etwas passiert nicht alle Tage.

Sie nimmt mich am Ellenbogen und führt mich zum Küchentisch. »Setz dich.«

Ich lasse mich auf die Eckbank fallen und sehe sie fragend an.

»Guck mich nicht an, als würde ich gleich vom Ende der Welt berichten. Dein Opa weiß es und ich denke, du bist jetzt alt genug, es auch zu erfahren. Vor allem, da du dich gerade ins Unglück stürzen willst.«

»So ist es nicht ...«

»Ach komm, ich sehe es dir doch an der Nasenspitze an, dass der Junge dir etwas bedeutet.«

»Jetzt nicht mehr.«

»Wenn du weiter lügst, kann ich bald das Küchentuch an deine Nase hängen ... Pinocchio.«

Ich lache freudlos. Sie weiß ja nicht, was in der Silvesternacht vorgefallen ist.

»Also, meine Liebe, du hast den Liebeskummer nicht für dich allein gepachtet. Alle Frauen können ein Lied davon singen ... selbst ich.«

»Ich dachte, du liebst Opa.«

»Aber natürlich, Dummerchen. Aber damals gab es einen Jungen. Ich dachte, er würde mich lieben. Er machte mir monatelang den Hof und schenkte mir sogar einen Ring. Ich ging davon aus, es sei ein Verlobungsring. Eines Tages gab ich seinem Drängen nach. Wir würden ja bald heiraten, war meine Überzeugung.« Oma räuspert sich verlegen.

»Alles gut Omi, das ist heutzutage nichts Besonderes mehr. Jedes Mädchen hat Sex vor der Ehe.«

»Aber damals war es etwas Unmoralisches. Na ja, lange Rede kurzer Sinn. Er ließ mich sitzen. Ich erfuhr, dass er einer Anderen versprochen war. Ich schämte mich und weinte mir ein Jahr lang die Augen aus dem Kopf. Ich hoffte, er würde zu mir zurückkommen und mir seine Liebe gestehen. Nichts geschah. Ich kann von Glück sagen, dass aus dieser Liaison kein Nachwuchs hervorging.«

Ich sehe sie erwartungsvoll an. Was wollte sie mir damit sagen?

»Ich sehe schon, du weißt nicht, was du damit anfangen sollst. Ganz einfach ... Unglücke geschehen ... dir, deinen Freundinnen und damals mir. Was ich damit sagen möchte, ist, es geht weiter. Das Leben ist nicht zu Ende. In meinem Fall hatte ich Glück, deinen Großvater zu treffen. Ihn schockierte es nicht, dass ich keine Jungfrau mehr war.«

Ich versuche, einen emotionslosen Gesichtsausdruck hinzubekommen. Leider ohne Erfolg. Ich ringe mit dem Bedürfnis, nicht schallend zu lachen. Vergebens. Es prustet aus mir heraus.

Oma sieht mich beleidigt an. »Mein liebes Fräulein, dir erzähle ich nichts mehr.«

Sofort verstumme ich. Oh je, ich habe sie gekränkt. Ich nehme sie in den Arm und drücke ihr einen Kuss auf die Wange. »Ach Omi, das war früher sicherlich etwas ganz Schreckliches, aber heute ist es normal, dass man Sex vor der Ehe hat. Entschuldige bitte, ich war unhöflich.«

»Nicht schlimm. Das muss ja für dich wie eine Episode aus der Steinzeit klingen.« Sie senkt verlegen den Kopf.

»Nein, tut es nicht. Ich danke dir, dass du es mir anvertraut hast. Damals war das bestimmt eine schreckliche Situation für dich.«

»Schrecklich ist, gelinde gesagt, dezent ausgedrückt.«

»Bei mir ist das leider nicht ganz so einfach …«

»Das ist es nie.«

Ich atme einmal tief durch und sehe sie fragend an.

»Schieß los. Wir haben nicht den ganzen Tag Zeit. Wenn dein Großvater dahinterkommt, dass wir Probleme wälzen, sperrt er gleich seine Radartüten auf. Das willst du doch nicht, oder?«

»Bloß nicht, das fehlte noch.«

»Das dachte ich mir.«

Ich beginne, meine Geschichte zu erzählen. Angefangen bei unserer ersten Begegnung, über die Omi noch voll im Bilde ist, bis zu unserer ersten gemeinsamen Nacht.

Omi nimmt schweigend Anteil. Nur ihr Gesichtsausdruck verrät ihre Emotionen. Als ich schließlich an dem Punkt ankomme, wo ich Chris zu Silvester gegenüber stand, fasst sie sich ans Herz und reißt die Augen auf. »Oh Gott, das ist kaum zu ertragen.«

Ich nicke zustimmend und senke verschämt den Kopf. Dabei flüstere ich: »Was soll ich bloß machen?«

»Ihn sofort fallen lassen. So ein Schuft!«

»Das habe ich, aber er schreibt mir Textnachrichten, versucht, mich anzurufen und ... ach, er lässt mich nicht in Ruhe.«

Sie sieht mich mitfühlend an und streicht über meinen Arm. »Ach Kleines, du musst jetzt stark sein.«

»Er ist ein Arschloch!«

»Ein Riesenarschloch, wenn du mich fragst.«

Ich grinse belustigt. Omi ist echt cool.

»Mariella tat mir leid, darum hielt ich meinen Mund und machte gute Miene zum bösen Spiel. Sie sitzt im Rollstuhl. Unfassbar, dass er sie mit mir betrog.«

»Du hast Stärke bewiesen. Ich bin stolz auf dich.«

»Danke. Ich fühlte mich den ganzen Abend beschissen. Silvester war für mich gelaufen.«

»Das kann ich nachempfinden.« Sie drückt mich an sich.

Wir schweigen eine Weile.

Unterdessen lecke ich meine Wunden und genieße das Gefühl, mich endlich jemandem anvertraut zu haben. Das Schreckliche verliert ein wenig seine Kraft, wenn man es teilt. Doch die Emotionen lassen sich nicht unterdrücken, sie drängen unbarmherzig an die Oberfläche.

Ich liebe ihn trotzdem ... ich dummes Huhn liebe ihn immer noch.

»Omi, was mache ich denn jetzt?« Meine Stimme bricht in dem Augenblick, als ich an ihn denke.

»Nichts, mein Kind. Deine erste Reaktion war richtig. Nicht ans Telefon gehen, die Textnachrichten löschen und du wirst sehen, er wird es bald aufgeben, dich zu kontaktieren. Eine Frechheit, dass er dich weiterhin schikaniert. Er sollte sich schämen.«

»Püppi fehlt mir auch.« Eine eiserne Hand legt sich um mein Herz und drückt erbarmungslos zu.

»Du musst das alles vergessen, mein Schatz. Du hast ein zu großes Herz. Sonst wäre das alles nie passiert. Mach dir keine Vorwürfe ... das Leben geht weiter.«

Ja, das stimmt. Auch wenn man meint, in einer Sackgasse gelandet zu sein.

Ich seufze schwermütig und gebe mich noch für einen Moment meiner depressiven Stimmung hin. Omi streicht mir über den Rücken. Es tut gut. Ich genieße es für den Augenblick und reiße mich dann zusammen.

»Da ist noch etwas.«

»Und was?«

»Das möchte ich auch Opa erzählen.«

»Gut, wenn du magst, gehen wir wieder ins Wohnzimmer.«

»Ja, und danke, dass ich mich bei dir auskotzen durfte.«

»Ich wäre enttäuscht, hättest du es nicht getan.«

Ich liebe meine Großeltern.

Zurück im Wohnzimmer erzähle ich von meinem Treffen mit Madame Romanow und den ersten Unterrichtsstunden in der Akademie. Ich berichte über die Freude, die ich dabei empfand und über meine Zuversicht, genau die richtige Entscheidung getroffen zu haben. Beide sind begeistert und ich vergesse den attraktiven Mann mit den nachtblauen Augen für kurze Zeit.

***

Meiner Oma gegenüber tat ich so, als würde ich mich besser fühlen. Doch der Zusammenbruch, den ich jetzt, nachdem ich zu Hause ankam, erleide, ist fast nicht zu ertragen. Mein Körper zittert, meine Seele weint, mein Verstand scheint abhandengekommen zu sein und mein Selbstmitleid nimmt neue Dimensionen an.

Was ist nur mit mir los? Warum kann ich ihn nicht hassen? Weil ich tief in mir Verständnis für sein Handeln habe? Seine Frau ist behindert, vielleicht kann sie ihm nicht mehr das geben, was er braucht. Daher sucht er es woanders.

Nur leider war ich die Unglückliche, auf die seine Wahl fiel. Aber das Schlimmste ist und bleibt, dass ich mich unsterblich in ihn verliebt habe.

Doch das trifft nicht auf ihn zu, so bitter es auch sein mag.

Ich grübele noch stundenlang, als ich zusammengekauert auf meiner Couch liege. Das ist doch sinnlos. Es führt zu nichts.

Ob ich Dani mal unauffällig nebenbei nach ihm frage? Ob das auffällt? Bestimmt nicht. Woher soll sie wissen, was zwischen uns gelaufen ist?

Der Gedanke verfestigt sich in mir. Dani kann mir bestimmt erzählen, wer er wirklich ist, denn ein Obdachloser ist er auf keinen Fall. Doch warum saß er mit Püppi unter der Brücke? Es schien so real zu sein.

Mir gehen unendlich viele Begründungen durch den Kopf, weshalb er dort gesessen haben könnte. Angefangen bei einer lächerlichen Wette unter Freunden, bis hin zu wahnwitzigen Vermutungen über ein geheimes Doppelleben.

Egal, ich komme zu keinem Ergebnis. Meine Spekulationen werfen nur neue Fragen auf. Das führt zu nichts. Also tue ich das, was ich immer mache, wenn ich den Kopf freikriegen will. Ich lege eine Trainingseinheit ein, doch heute unterschätzte ich den Schaden, den mein Fuß beim letzten Mal nahm. Ich sinke frustriert auf den Boden meines Spiegelzimmers und breche in wütende Frustration aus.

Das äußert sich wie immer mit schreienden Wutausbrüchen, unflätigen Wörtern und dem Zerstören irgendwelcher Sachen, die mir wichtig sind.

Diesmal sind es meine rosa Ballettschuhe, die ich zuletzt erstanden hatte. Sie sahen nie eine Bühne, denn einen Tag später geschah das Unglück. Mein Fuß wäre fast zerstört worden.

Es ist Romans Schuld ... ich werde es ihm nie verzeihen.

Ich rappele mich auf und verlasse frustriert das Zimmer. In den Händen halte ich meine Schuhe, oder das, was davon übrig ist. Ich weiß nicht wo ich die Kraft hernahm, ihnen die Bänder abzureißen, doch der Anfall ist noch längst nicht vorbei. Ich gehe schnurstracks in die Küche und ziehe die Schublade auf, in der sich meine Haushaltsschere befindet.

Wie im Wahn zerschneide ich das zarte Satingewebe und schreie mir dabei die Seele aus dem Leib. Der gesamte angestaute Frust der letzten Monate kommt heraus. Jeder bekommt sein Fett weg. Angefangen bei meinem widerlichen Noch-Ehemann über seine verkorkste Familie, bis hin zu dem angeblichen Penner, der mir mein Herz stahl.

Ich schneide und schreie … schneide und schreie … bis nur noch kleine rosa Fetzen auf dem Küchentisch liegen. Dann fällt mir vor Schreck die Schere aus der Hand. Was habe ich getan?

Als würde ich aus einer Trance erwachen, blinzele ich ungläubig und schüttele mich verwundert. Vor mir liegen die kleinen Stoffstücke aus rosa Seide als Mahnmal meines Wutausbruchs.

Tränen steigen in meine Augen. Das hätte nicht sein müssen. Aber merkwürdigerweise fühle ich mich erleichtert.

Auch wenn meine schönsten Schuhe dran glauben mussten, tröste ich mich mit dem Gedanken, noch ein anderes Paar zu besitzen … und dieses begleitete mich auf der Bühne bei meinen Erfolgen. Ich bin froh, nicht dieses Paar zerstört zu haben. Es ist ein stummer Zeuge meiner Vergangenheit, ein Relikt aus besseren Zeiten. Einer Zeit, in der ich ein gefeierter Star am Himmel der Schwäne sein durfte. Die erste Solistin …

Ich entsorge bestürzt die Beweise meiner Tobsucht. Es ist lange her, dass ich einen ähnlichen Anfall hatte. Das Maß war einfach voll. Auch wenn ich mir meine Rückkehr nach Berlin schönredete, so ist sie doch auch ein Eingeständnis meines Versagens.

Meine Ehe scheiterte nicht nur, weil Roman ein Macho war, nein, auch weil ich mein Leben dem Theater und dem Tanz verschrieb. Ich hätte niemals heiraten dürfen. Roman musste scheitern ... er hatte nie eine Chance gegen Nikolaj Petrow, meinen Tanzpartner, und die anderen Mitglieder des Ensembles.

Er gehörte nicht dazu und würde es auch niemals ... wie denn auch?

Die Erkenntnis wiegt schwer, aber in ihr birgt sich die leise Hoffnung, dass nun endlich ein Kapitel im Buch meines Lebens geschlossen werden kann. Ich hasse Roman nicht mehr, ich habe ihm vergeben.

Nur Chris kann ich nicht vergeben, seine Täuschung war zu infam, um sie je vergessen zu können.

17. Kapitel

Nach jedem Unwetter folgt Sonnenschein, pflegt mein Großvater zu sagen, und so ist es auch. Die warmen Frühlingstage legen sich wie ein sanftes Tuch auf meine geschundene Seele. Durch das offene Fenster höre ich das Zwitschern der Vögel und die Sonne scheint kraftvoll durch die Fenster. Ich genieße ihre wärmenden Strahlen.

Chris versuchte noch unzählige Male, mich zu erreichen. Doch ich ignorierte die Textnachrichten und Telefonanrufe. Selbst als er vor meiner Tür stand und um Einlass bettelte, blieb ich hart. Ich lege keinen Wert auf seine Lügen und das falsche Spiel mit mir.

Wer war er denn schon, denke ich erbost. Ein unaufrichtiger Mistkerl, der auf schändlichste Weise seine Frau betrog. Das an sich ist widerwärtig genug, um ihn für immer aus meinen Gedanken zu verbannen. Aber die Tatsache, dass Mariella im Rollstuhl sitzt, macht alles noch unerträglicher.

Leider ist dieser Vorfall meine persönliche Katastrophe!

Ich ziehe derzeit all meine Kraft aus der Arbeit an der Akademie. Der Job macht mir Spaß. Die Kinder sind reizend und erinnern mich an meine Begeisterung für das Ballett, als ich in ihrem Alter meine Leidenschaft für das Tanzen entdeckte.

Madame Romanow begleitete mich in den ersten Stunden mit der neuen Klasse, aber jetzt komme ich ohne sie zurecht.

Wer hätte gedacht, dass in mir ein verborgenes Talent zur Tanzlehrerin schlummert? Ich genieße meine Tätigkeit und frage mich manchmal, warum ich nicht bereits eher die vertrauten Räumlichkeiten der

Akademie aufsuchte, um mit Madame über meine Zukunft zu sprechen.

Ein Leben danach, nach dem Tanz, ist für die meisten für uns undenkbar. Darum machen wir uns keine Gedanken darüber, was mit uns geschieht, wenn der letzte Vorhang gefallen ist. Bei mir war das nicht anders. Ich fiel in ein tiefes Loch, doch nun habe ich die Krise überwunden.

Das alles ist Schnee von gestern. Heute bin ich ein neuer Mensch. Praktisch wiedergeboren. Wie Phönix, der sich in der Morgendämmerung aus seiner Asche erhebt.

Ich fühle mich gestärkt durch den Zuspruch meiner Mentorin, Madame Romanow, durch die Liebe meiner Großeltern, durch die Unterstützung meiner Freunde und durch die Erfüllung, die ich in der Arbeit finde.

Ich denke oft an Chris, wie es ihm wohl geht? Ich frage mich, ob er eine andere Partnerin für seine sexuellen Bedürfnisse gefunden hat. Und ich denke an die kurze Zeit des Glücks, die ich mit ihm erleben durfte.

Heute kommt es mir wie ein unwirklicher Traum vor. Und genau das soll es sein. Daher habe ich Dani und Dritan nie auf ihn angesprochen. Anfangs wollte ich es, aber nun bin ich froh, es nicht getan zu haben. Es hätte nichts geändert, außer, noch mehr Verwirrung zu stiften.

Ich vermeide Treffen, zu denen er auch eingeladen ist und finde immer einen Vorwand, weshalb ich absagen muss. Bisher bin ich gut damit gefahren. Irgendwann wird so viel Gras über die Sache gewachsen sein, dass ich mich stark genug fühle, ihm erneut gegenüberzutreten. Bis dahin ist es so am besten.

Ich konzentriere mich voll auf meine Arbeit, auf die Kinder in meiner Klasse und das Leben in der Akademie. Ines und Micha treffe ich oft. Zu meinem Erstaunen sind auch Oma und Frau Klingweiler etwas zusammengerückt, seitdem Micha und Ines sich fanden. An manchen Tagen treffen wir uns im Haus unserer

Großeltern … wie früher. Nur, dass wir jetzt erwachsen sind.

Ines versucht, mir seit damals einen Hund aus dem Tierheim aufzuschwatzen. »Komm, sieh dir wenigstens mal einen an.«. Aber ich kann Püppi nicht vergessen. Sie ist nicht zu toppen. Ein anderer Hund hätte keine Chance bei mir.

Ich begnüge mich damit, von Zeit zu Zeit auf den kleinen Jerry aufzupassen. Auch er vermisst Püppi. Wenn er bei mir ist, schnüffelt er die gesamte Wohnung nach ihr ab und legt sich dann frustriert in ihr Körbchen, um auf sie zu warten.

Ich konnte es nicht entsorgen … ich brachte es nicht übers Herz. Auch all die anderen Dinge, die ihr gehören, liegen noch an ihrem Platz.

Vielleicht bin ich irgendwann stark genug, auch dieses Kapitel in dem Buch meines Lebens zu schließen.

Am Wochenende bin ich mit Dani verabredet. Wir wollen im Gemeindepark Lankwitz spazieren gehen und das Wildtiergehege besuchen. Früher haben wir dort oft Rehe gefüttert. Heute zieht uns die Erinnerung hin. Dani traf dort Dritan zum ersten Mal, der sich nach einer durchzechten Nacht frische Luft um die Nase wehen ließ. Sie waren sofort Feuer und Flamme füreinander.

Ich schnappe mir Jerry und fahre mit ihm zu unserer Verabredung. Ines war sauer, dass ich sie nicht mitnahm, aber bei den wenigen Treffen mit Dani möchte ich mich voll und ganz auf sie konzentrieren.

Ich finde einen Parkplatz in der Havensteinstraße und parke dort mein Auto. Mit Jerry an der Leine überquere ich die Malteser Straße und laufe bis zu dem Spielplatz am Parkeingang.

Dani wartet bereits und winkt mir zu. Wir begrüßen uns überschwänglich. »Du siehst toll aus«, bemerkt sie anerkennend und ich lobe ihre neue Frisur. »Schick. Etwas kurz, aber keck.«

Eingehakt marschieren wir los und Jerry schnüffelt aufgeregt den Boden ab. »Das ist für ihn wie Zeitung lesen«, erkläre ich Dani.

Vor der Vogelvoliere machen wir halt und betrachten die Vögel.

»Ziemlich runtergekommen«, bemerkt sie und ich pflichte ihr bei. »Der Park hat schon bessere Tage gesehen.«

Sie schweigt. Irgendetwas scheint sie zu bedrücken.

»Gibt es was Neues?«, frage ich so neutral wie möglich.

»Nicht direkt, jedenfalls nicht bei uns.«

»Bei wem denn dann?«

»Ach, nicht so wichtig. Du kennst ihn nicht.«

»Ihn?«, frage ich mit einem anzüglichen Lächeln. »Hast du einen Lover?«, ziehe ich sie auf.

Dani sieht mich empört an. Natürlich hat sie keinen Geliebten. Dritan ist ihr wahr gewordener Traum. Wie konnte ich nur an so etwas denken? »Sorry.«

»Schon okay.«

»Nichts ist okay. Irgendetwas belastet dich doch. Los, raus mit der Sprache.«

»Ach, lass uns über etwas anderes reden.« Sie atmet einmal tief durch und dreht sich zum Gehen um. »Kommst du? Ich möchte noch zum Wildtiergehege.«

Ich folge ihr stumm. Jerry hopst neben mir her und versucht, einen Schmetterling zu fangen. »Lass das, Jerry«, herrsche ich ihn an. Danis Benehmen gefällt mir nicht.

Wir setzen uns auf die Parkbank am Gehege und starren in das Grün der dichten Bepflanzung. Es sind jedoch keine Rehe zu sehen.

»Und, was ist denn nun? Willst du es mir endlich erzählen?«

»Na gut, aber halte uns bitte nicht für verrückt.«

»Bestimmt nicht.« Ich kann mich nicht erinnern, dass Dani oder Dritan je etwas Verrücktes in ihrem Leben getan haben.

»Kannst du dich an die Frau im Rollstuhl erinnern?«

Mir wird unweigerlich heiß. Na klar kann ich mich an Mariella erinnern und erst recht an ihren Begleiter.

»Nein«, lüge ich gekonnt.

»Wie, nein? Sie war bei unserer Silvesterfeier. Ein Fan von dir, schon vergessen?« Dani sieht mich an, als hätte ich Alzheimer.

»Ach die«, gebe ich gespielt beiläufig zurück. »Was ist denn mit ihr?«

»Mit ihr ist gar nichts, aber mit Chris.«

Als ich seinen Namen aus ihrem Mund höre, zieht sich mein Magen unnatürlich zusammen. Scheiße! Ich dachte, ich sei darüber hinweg. Eine nervöse Unruhe packt mich, doch äußerlich bleibe ich die Ruhe selbst.

Ich setze eine unbeteiligte Miene auf und frage, scheinbar ganz nebenbei: »Ist das der Typ, der sie begleitete? Was ist denn mit ihm?«

»Er ist Dritans bester Freund und Arbeitskollege.«

»Ja, und?«

»Er hatte einen Unfall.«

Mein Herz plumpst mir in die Hose ... Oh Gott!

Ich nehme all meine Kraft zusammen, um nicht sofort laut zu schreien. »Das tut mir leid.«

»Danke.«

»Wie geht es Dritan?«

»Er ist sehr verstört.«

»Verständlich.«

»Ja, vor allem, wenn man Chris kennt.«

»Wie meinst du das?«

»Chris ist ein sehr bodenständiger Mensch. Es haut ihn nichts so schnell um. Nicht mal, als das mit Mariella geschah, verlor er die Fassung. Aber in letzter Zeit zog er sich mehr und mehr zurück.«

»Männer sind halt gerne mal für sich. Das ist doch nichts Ungewöhnliches.« Es kostet mich alle Kraft der

Welt, die Unterhaltung so emotionslos wie möglich zu führen. Sie darf auf keinen Fall merken, wie schwer mich die Nachricht getroffen hat.

»Stimmt schon, aber Dritan macht sich Vorwürfe, seinen Zustand nicht bemerkt zu haben.«

Ich lache gespielt wissend. »Männer! Merken die überhaupt etwas?«

Dani sieht mich verständnislos an. »Dritan und Chris sind Arbeitkollegen und Partner. Sie ermitteln seit Jahren gemeinsam und müssen sich aufeinander verlassen können. Ihre Sicherheit hängt von der Verfassung des anderen ab. Sie haben im Laufe der Zeit ein feinfühliges Gespür dafür entwickelt, wie es dem anderen geht. Eine seltsame Symbiose, die selbst mir manchmal fremd erscheint.«

»Das wusste ich nicht.« Mein Erstaunen ist nicht gespielt. Ich bin tatsächlich verblüfft. Jedenfalls weiß ich jetzt, dass Chris gemeinsam mit Dritan im Sonderdezernat der Polizei ermittelt. Viel erzählt Dani nicht darüber, was Dritan so treibt. Meist ist es der Geheimhaltung unterlegen.

»Was war das denn für ein Unfall?«

»Ach weißt du, der Unfall an sich ist nicht das, was mich bestürzt hat, sondern warum er geschah ... und dass er damit auch Dritans Sicherheit gefährdete.«

»Das verstehe ich nicht.« Langsam werde ich sauer. Am liebsten würde ich sie schütteln und sie zwingen, alle Einzelheiten sofort preiszugeben, aber sie lässt sich alles aus der Nase ziehen.

»Ich dürfte dir das gar nicht erzählen, aber ich muss mir auch mal Luft machen.«

»Das verstehe ich. Du weißt, alles, was du mir anvertraust, bleibt auch bei mir. Ehrenwort.« Ich mache eine verpflichtende Handbewegung, indem ich die Finger kreuze.

»Ja, das weiß ich natürlich. Dritan meinte, Chris habe sich absichtlich in Gefahr gebracht und dadurch sogar seine Sicherheit aufs Spiel gesetzt. In letzter Zeit soll er das Risiko geradezu gesucht haben. Als würde ihm nichts an seinem Leben liegen. Er fordert solche Situationen immerzu heraus.«

Ich schlucke viel zu laut einen imaginären Kloß herunter.

»Was hat er denn getan?«

»Er vernachlässigte bei einem Einsatz seine Tarnung als Drogenkurier und verfolgte die Zielperson, einen Dealer. Einen echt fiesen Typen. Dabei wurde er angeschossen. Dritan folgte ihm, um ihn zu decken. Dadurch flog auch seine Tarnung auf. Dritan überlegt, ob er sein Verhalten dem psychologischen Dienst melden sollte.«

Ich breche fast zusammen. Er wurde verletzt. Diesem wunderschönen Geschöpf wurde Leid zugefügt. Ich habe alle Mühe, meine Panik zu unterdrücken. Mein Herz rast vor Verzweiflung, doch ich darf mir nichts anmerken lassen.

»Wie schwer?«

»Was?«

»Wie schwer ist er verletzt?« Ich brülle die Worte fast aus mir heraus und Dani sieht mich befremdet an.

»Meine Güte, das scheint dich aber ganz schön aufzuregen.«

»Tut es auch. Vergiss nicht, dass meine Eltern auch durch ein Gewaltverbrechen zu Tode kamen«, rede ich mich raus, um meine Reaktion zu relativieren.

»Entschuldige bitte. Daran habe ich nicht gedacht. Aber mach dir keine Sorgen. Er wird bald aus dem Krankenhaus entlassen. Es ist nur schlimm, wie waghalsig und rücksichtslos er sich in letzter Zeit in solche Situationen stürzt. Wenn er weiter so macht, wird man ihn von der Fahndung abziehen.«

Mir fällt ein Stein vom Herzen. Seine Verletzungen waren nicht tödlich und er wird wieder gesund.

»Wie geht es Mariella?«

»Sie kommt zurecht. Sie ist sehr selbstständig.«

»Den Eindruck machte sie nicht auf mich. Er bemutterte sie von vorne bis hinten an dem Abend bei euch.«

»Ach, ich dachte, du erinnerst dich nur vage an sie?«

»Mach ich auch«, antworte ich gereizt. »Es ist mir nur im Gedächtnis geblieben, weil er sich so liebevoll um sie kümmerte.«

»Das macht er immer, seit sie den Unfall hatte. Ich glaube, er fühlt sich dafür verantwortlich.«

Ein langes Schweigen setzt ein. Die vielen Informationen muss ich erst mal verarbeiten. Dann fällt mir ein, dass sie mit der Bitte begann, sie nicht für verrückt zu halten.

»Warum sollte ich euch für verrückt halten?«

»Ach das ... na ja, Dritan spielt mit dem Gedanken, und ich übrigens auch, ihn für einige Zeit bei uns aufzunehmen. Bis er wieder in der Spur läuft, in gewisser Weise. Irgendetwas hat ihn aus dem Gleichgewicht gebracht, doch er spricht nicht darüber. Findest du es verrückt, einen erwachsenen Mann wie ein Kind bemuttern zu wollen?«

Ich starre in das Gehege, in dem sich immer noch kein einziges Reh zeigt. Ich kenne den Impuls. Er löste ihn auch bei mir aus. Ich würde ihn auch umsorgen wollen, als sei er ein unmündiges Kind.

»Was sagt denn Mariella dazu?«

Dani zuckt mit den Schultern. »Was soll sie schon dazu sagen?«

»Also, ich glaube, mir würde das an ihrer Stelle nicht gefallen.«

»Warum?«

Ich starre Dani verständnislos an. »Na überleg doch mal. Würdest du Dritan, so mir nichts dir nichts, Freunden überlassen, die der Meinung sind, ihm besser zur Seite stehen zu können als du?«

»Aber das ist doch etwas ganz anderes.«

»Warum ist das bei euch etwas anderes?«

»Wir sind verheiratet.«

»Ach, und die beiden etwa nicht?«

Dani starrt mich entgeistert an und fängt an zu lachen. »Nein, die beiden nicht. Das würde mich wundern.«

Schön, denke ich wütend. Dann lebt er halt in wilder Ehe mit ihr zusammen. Das macht die Situation nicht besser.

So langsam komme ich auch an die Grenze meiner Belastbarkeit. Mehr will ich nicht wissen. Er ist verletzt und befindet sich auf dem Weg der Besserung. Das klingt doch gut.

»Lass uns mal das Thema wechseln.«

»Gerne.«

»Ich überlege, näher an die Akademie zu ziehen. Der Weg zur Arbeit ist ziemlich weit.«

»Bist du verrückt?«

»Nee, ich dachte, du und Dritan seid verrückt. Einen erwachsenen Kerl aufzunehmen wie einen herrenlosen Köter ... also ehrlich, das ist echt völlig Banane.«

Dani lacht und winkt ab. Ich glaube, sie stimmt mir zu.

»Denk mal daran, dass du deine Freunde hier im Süden von Berlin hast. Was willst du denn im Nordosten? Nimm lieber die lange Fahrt in Kauf, aber bleib hier bei deinen Wurzeln.« Sie sieht mich eindringlich an.

»Also, jetzt klingst du wie meine Oma.«

»Mag sein, aber überlege doch mal. Wir könnten uns nicht mehr spontan treffen und dein Kontakt zu Ines und Micha wird auch weniger werden. Das ist ganz normal. Deine Großeltern werden auch traurig sein.«

Ich denke darüber nach. Es war sowieso nur eine fixe Idee von mir. »Stimmt. Vergiss es.«

»Zum Glück.«

Wir setzen unseren Weg durch den Park fort und schwatzen über unsere Schulzeit, die doofen Jungs in unserer Klasse und all die wichtigen Themen unserer Generation.

Dani ist eine der Vertreterinnen, die nie älter zu werden scheint. Vor zehn Jahren habe ich sie noch als altmodisch bezeichnet, heute entspricht sie voll dem Trend unserer Zeit. Wenn sie weiter so macht, gilt sie in zwanzig Jahren als alterslos und alle werden sich fragen, wie sie das macht.

Am Ende unseres Spaziergangs verabreden wir uns für das nächste Wochenende. »Nur Mädels. Wir quatschen, trinken Sekt und hecheln unsere Kerle durch«, informiert mich Dani.

»Klingt gut. Bin dabei.«

Einen Mädelsabend habe ich mal wieder bitter nötig. Einfach die Seele baumeln lassen und ein paar lustige Stunden in angenehmer Gesellschaft verbringen.

18. Kapitel

Am Abend gebe ich Jerry bei Ines und Micha ab.

»Und, war er artig?«

»Na klar, wie immer.«

»Kommst du noch rein? Wir wollen gleich Abendbrot essen.«

»Ach, lass mal, ich will jetzt nach Hause. Micha ist bestimmt auch froh, wenn er seine Ruhe hat.«

Aus dem hinteren Teil der Wohnung höre ich einen lautstarken Protest: »Dit steht nicht zur Diskussion. Du kommst rin und isst wat mit uns. Du fällst ja bald vom Fleisch.«

Ines grinst und nickt verschämt. »Er hat recht, du hast abgenommen.«

»Ich war schon immer schlank«, antworte ich beleidigt.

»Ja, schlank, aber nicht dürr. Erzähle mir nicht, dass du regelmäßig isst.«

»Doch, mache ich«, entgegne ich trotzig, obwohl wir beide wissen, dass es nicht stimmt. Ich ziehe eine befreiende Tanzeinlage im Spiegelzimmer einer guten Mahlzeit immer noch vor.

»Also, jetzt hör auf zu diskutieren und komm rein.« Sie zieht mich am Ärmel meiner Jacke in die Wohnung und ich wehre mich zum Schein, weiß aber, dass ich bereits verloren habe.

Micha stopft mich mit fettem Käse und Dinkelbrot voll. »Dit Brot is jesund.«

»Ich esse aber abends keine Kohlenhydrate«, wehre ich mich.

»Denn machst de heute mal 'ne Ausnahme. Uf deine Rippen kann man ja Klavier spielen. So findest de nie einen Freund. Oder willst de für den Rest deines Lebens nur tanzen, Kinder von fremde Leute die Knochen verbiegen und mit Jerry spazieren gehen?«

Ines wirft ihm einen bösen Blick zu. »Sachte Micha, es reicht. Sina hat eine schwierige Ehe hinter sich und hat erst seit Kurzem den Absprung vom Theater geschafft. Sei nicht so hart.«

»Aber dit Kind sieht aus, wie dit leidende Christi. Hast de keene Ogen im Kopp?«

Also, so langsam reicht es. Merken die nicht, dass ich auch am Tisch sitze? »Hallo! Ich bin auch da. Ihr könnt mich direkt ansprechen. Ist das möglich?«

Gleichzeitig drehen sich zwei Köpfe in meine Richtung und Ines räuspert sich entschuldigend. Die Diskussion endet sofort.

»Übrigens, Herr Klingweiler-Neunmalklug, ich habe nicht die Absicht, mir demnächst einen neuen Lover anzuschaffen. Also mach dir keine Gedanken über mein Äußeres. Wer mich so nicht mag, mag mich mit fünf Kilo mehr auch nicht besser leiden.«

»Is ja jut, Kleene. Hab's verstanden. Dit stimmt natürlich.«

Erst zu Hause wird mir bewusst, dass die beiden sich um mich sorgen. Ich ziehe meine Sachen aus und gehe ins Bad, um mich auf die Waage zu stellen. Mir ist auch schon aufgefallen, dass einige Hosen in der Taille weiter sind als zuvor, aber ich habe es bis jetzt nicht beachtet.

Die Waage zeigt zweiundvierzig Kilo an. Bei einer Größe von einem Meter siebzig ist das definitiv zu wenig, selbst für eine Tänzerin. Ich trete vor den Spiegel und betrachte mein Gesicht. Bin ich das wirklich? Hatte ich immer diese eingefallenen Wangen und hervorstehen Wangenknochen? Nein, unmöglich. Ich sehe vollkommen ausgemergelt aus. Micha hat recht.

Das Klingeln des Telefons reißt mich aus meiner Grübelei. Auf dem Display zeigt sich der Kackhaufen, den ich für Romans Kontakt hinterlegte. Er würde sich vor Wut in den Hintern beißen, wenn er es wüsste. Ich grinse bei dem Gedanken, Roman wäre ein riesiger Haufen Hundescheiße. Eigentlich ist er es ja auch. Trotzdem nehme ich das Gespräch gefasst entgegen: »Hallo Roman.« Es könnte ja etwas Wichtiges bezüglich unserer Scheidung sein.

»Hallo meine Zuckerschnecke. Wie geht es dir?«

»Hör auf, Süßholz zu raspeln, und komm zum Thema. Was willst du?«

»Gut, wie du meinst. Ich habe ein Schreiben von deinem Anwalt erhalten.«

»Das ist normal, wenn man sich scheiden lassen will«, gebe ich sarkastisch zurück.

»Du willst das – ich nicht.«

»Das spielt keine Rolle. Wenn du keinen Skandal möchtest, dann halt die Füße still und willige ein. Oder willst du tatsächlich in der Öffentlichkeit dreckige Wäsche waschen? Was wird dann aus der nächsten Wahl? Meinst du, der Posten als Bürgermeister wird an einen Widerling wie dich vergeben? Einen, der seine Frau unterdrückt und schlägt?«

»Miststück!«

»Du hast mich dazu gemacht.«

Ein längeres Schweigen setzt ein. Roman putzt sich, am anderen Ende der Leitung, die Nase. Ich verdrehe genervt meine Augen und warte ab, bis er fertig ist.

»Ich weiß, ich habe viel falsch gemacht. Sina, ich liebe dich. Ich will dich nicht verlieren.«

»Du hast mich an dem Tag verloren, als du zum ersten Mal die Hand gegen mich erhoben hast. Den Schlag deiner Faust in mein Gesicht werde ich nie vergessen. Tagelang musste ich den blauen Fleck überschminken und mir dumme Ausreden einfallen lassen, wenn unsere neugierigen Nachbarn mich darauf ansprachen.«

»Ich wusste nicht weiter. Du warst immer nur bei Nikolaj, nie bei mir.«

»Wir haben geprobt. Er war mein Arbeitskollege.«

»Du warst mit dem Theater verheiratet, nicht mit mir.«

Ja, vielleicht ist es so gewesen. Roman hatte von Anfang an keine Chance. Das Tanzen war immer das Wichtigste in meinem Leben.

Ich hätte ihn nie heiraten dürfen!

»Sina? Bist du noch da?«

Ich nicke müde. »Ja, ich bin noch dran.«

»Kommst du zu mir zurück?« Seine Stimme klingt gebrochen und in mir regt sich ein wenig Mitleid.

»Nein Roman. Wir hatten unsere Chance.«

»Bitte Sina. Gib uns noch nicht auf. Wir lieben uns doch. Ich werde dir nie wieder wehtun.«

Ich schüttele traurig den Kopf. Es ist vorbei, aber er will es nicht wahrhaben. »Nein Roman. Meine Liebe zu dir hat sich in Angst verwandelt ... Angst davor, wann mich der nächste Schlag trifft.«

Es wird wieder still am anderen Ende der Leitung und ich höre ein verschämtes Schniefen. Er weint. Mein Herz zuckt bei dem Gedanken. Ich liebte ihn damals so sehr. Er war stark, ein Mann mit Prinzipien. Alle mochten ihn. Er war erfolgreich und legte mir außerhalb der Bühne die Welt zu Füßen. Anfangs genoss ich seine Fürsorge. Später wurde mir bewusst, dass er damit meine Abhängigkeit von ihm schürte. Meine Unselbstständigkeit wuchs, bis ich mich dagegen zur Wehr setzte. Nikolaj öffnete mir die Augen, als er meinen Seelenzustand bemerkte. Dann schlug Roman das erste Mal zu.

»Roman bitte. Wir haben doch alles besprochen.« Ich versuche, ihn zu beruhigen, doch er brüllt mich plötzlich an: »Sollte ich je erfahren, dass dich ein anderer Mann anfasst, bringe ich dich um.«

Schockiert drücke ich das Gespräch weg. Diese Wutausbrüche kenne ich bereits. Anschließend gelobt er Besserung und beteuert, er hätte es nicht so gemeint. Ich glaube beinahe, er meint es wirklich nicht so. Er hat nur nie gelernt, sich auf emotionaler Ebene auseinanderzusetzen.

Als er ein Kind war, ließ man ihm alles durchgehen und förderte somit sein Selbstvertrauen. Niederlagen gab es für ihn nicht. Er erreichte immer, was er wollte. Das Ergebnis ist ein knallharter Politiker, der nicht in der Lage ist, seine emotionalen Stimmungsschwankungen unter Kontrolle zu bringen. Ich bin erstaunt, dass er noch keine Parteikollegen verprügelt hat.

Nachdem er erneut versucht, mich zu erreichen, stelle ich mein Telefon stumm und gehe zu Bett. Ich bin hundemüde. Der Tag war sehr ereignisreich und das Telefonat mit Roman war die Spitze auf dem Berg des Unerträglichen.

In der Nacht plagt mich ein wirrer Traum von Polizisten bei einem Spezialeinsatz, die mich als verdächtige Person festnehmen und sich anschließend über meine knochige Gestalt lustig machen. Dann erscheint ein Bettler und brüllt mich an, ich solle mehr essen, sonst würde er den Hund erschießen. Ich weigere mich, weil ich keinen Bissen von dem ekelhaften Brei herunterbekomme, den er mir hinstellt. Als Strafe knallt er den kleinen Hund, der wie Püppi aussieht, ab. PENG! ... Einfach so, ohne Mitleid.

Ich schrecke hoch, weil jemand laut schreit. Ich brauche ein paar Sekunden, um zu begreifen, dass ich in meinem Bett sitze und aus voller Kehle geschrien habe.

Alles war nur ein Traum ... Gott sei Dank! Schweißgebadet wische ich mit dem Handrücken über meine Stirn. Mein Puls rast und mich befällt die Angst, Püppi könnte etwas zugestoßen sein.

Ich habe mich in letzter Zeit oft gefragt, wie es ihr geht ... und wie es *ihm* geht. Die Gedanken an ihn und warum alles so kommen musste, halten mich wach. Ich könnte mir vor Wut die Haare ausreißen. Ich sollte ihn hassen, doch es fällt mir von Tag zu Tag schwerer. Und nun ist er auch noch verletzt und liegt im Krankenhaus. Ich würde ihn so gerne besuchen. Seine Wange streicheln und ihm versichern, dass alles gut wird ... ihm Trost spenden und ihn an mich drücken ... sein dichtes schwarzes Haar aus seinem Gesicht streichen und seine Lippen zärtlich küssen ...

Scheiße! Schluss jetzt, Sina! Was machst du? Bist du masochistisch veranlagt?

Ich schüttele innerlich den Kopf darüber, dass ich einfach keinen Schlussstrich ziehen kann. Und ich ärgere mich, dass mich die Gedanken an ihn immer noch um den Schlaf bringen.

***

Am Morgen quäle ich mich unausgeschlafen aus dem Bett. Es hilft nichts, die Pflicht ruft. Ich schleppe mich ins Bad und gebe mir äußerste Mühe, mein desolates Äußeres zu einem ansehnlichen Erscheinungsbild herzurichten. Nichts ist schrecklicher als eine abgewrackte Dreißigjährige mit dunklen Ringen unter den Augen. Welcher Tanzschüler will so etwas als leuchtendes Vorbild sehen?

Um Zeit zu sparen, verzichte ich auf das Frühstück zu Hause und halte auf dem Weg zur Arbeit in der Schloßstraße. Dort kaufe ich in der Selbstbedienungsbäckerei ein belegtes Brötchen und einen Coffee to go.

Ines würde mit dem Kopf schütteln ... zu Recht. Normalerweise frühstücke ich, bevor ich das Haus verlasse, aber heute war ich ziemlich lange damit beschäftigt, die Ruine, also mich, zu restaurieren.

In der ersten Stunde am heutigen Tag bin ich mit der Einführung der Tänzerinnen und Tänzer in den *Modern Dance* beschäftigt. Das ist etwas ganz anderes, als klassisches Ballett. Einige meiner Schüler werden sich später dafür entscheiden, andere werden den Tanz auf der Spitze vorziehen.

Die Klasse, die ich an diesem Morgen als Vertretung für eine kranke Kollegin unterrichte, ist bereits weit fortgeschritten. Sie werden in zwei Jahren ihren Abschluss absolvieren. Dann werden sie in die Welt hinausziehen. Einige werden Engagements in einem Musical erhalten, andere werden ihr Glück in einem Ballettensemble finden. Wieder andere werden sich von Casting zu Casting schleppen, ohne je eine Chance zu erhalten.

Vielleicht – aber nur vielleicht – wird aus dieser Klasse ein hervorragendes Talent am Himmel der Sterne erblühen ... für eine viel zu kurze Zeit ... und der Absturz, den dieser Stern am Ende seiner Karriere ereilt, wird grausam sein.

Erinnerungen an meine Zeit als Schülerin an der Akademie kommen hoch. Es war eine wunderbare Zeit. Eine Zeit wie in einem wattierten Traum, bestehend aus Kunst, Musik und Tanz. Behütet und angeleitet ... alles wurde mir abgenommen. Ich musste nur tanzen, sonst nichts. Die Welt da draußen interessierte mich nicht. Die Sorgen und Nöte gleichaltriger Mädchen außerhalb der Akademie tangierten mich nicht. Ich nahm sie als Unwissende wahr, denn sie entzogen sich dem Rausch der Gefühle, die in einem aufstiegen, wenn man sich zum Klang der Musik in eine andere Welt begab. Bis heute habe ich noch nicht recht verstanden, wie ein Leben ohne Ballett überhaupt möglich sein kann.

Ich fasse den Entschluss, meine Klasse auch auf das Leben danach, nach dem Ballett, vorzubereiten. Keiner meiner Schützlinge soll den Absturz in das tiefe Tal erleiden, das ich durchschreiten musste ... und bereits viele vor mir.

***

Insgesamt verging die Woche schnell. Am Mittwoch versuchte ich, die Strecke zur Arbeit mit der Bahn zurückzulegen. Ergebnis: eine halbe Stunde längere Fahrzeit als mit dem Auto. Das hat mich sehr erstaunt. In Zukunft werde ich also wieder mit dem Auto fahren, da brauche ich nur eine dreiviertel Stunde.

Am Donnerstag in der Mittagspause rief mich eine hysterische Ines an. Ihr Micha habe sich mit seiner alten Flamme aus Hamburg getroffen, die gerade zu Besuch in der Stadt sei. Sie konnte es weder mit gutem Zureden, noch mit einer eifersüchtigen Szene verhindern. Sie heulte sich die Augen aus dem Kopf.

Am Freitag war alles wieder gut. Der auf fremden Pfaden wandelnde *Playboy* ist in den ruhigen Hafen der Zweisamkeit zurückgekehrt. Natürlich ohne den obligatorischen Blumenstrauß, denn der hätte Ines misstrauisch gemacht. Ihre Worte waren: »Einen Strauß Blumen hätte ich ihm um die Ohren gehauen und den Schlüssel von seiner Wohnung hätte ich ihm anschließend vor die Füße geschmissen.«
Zum Glück kam es nicht dazu und die Welt um Ines, Micha und Jerry ist wieder rosig wie ein Busch duftender Wildrosen im Sommer.

Meine kleine Welt gerät jedoch von Zeit zu Zeit ins Wanken. Immer dann, wenn mich in Gedanken zwei große, nachtblaue Augen mit kleinen goldfarbenen Sprenkeln ansehen. Dann erfasst mich eine Schwermut, die ich wie immer mit exzessiven Trainingseinheiten bekämpfe.
So langsam verkommen mein Training und das Tanzen zu einer masochistischen Zwangsstörung.

Heute, am Samstag, bereite ich mich auf meinen Mädelsabend bei Dani vor und frage Ines noch mal, ob sie nicht doch mitkommen möchte. Dani würde sie so gerne kennenlernen.
»Nein Sina, vielen Dank. Beim nächsten Mal gerne. Aber so lange die Hamburger Deern noch in Berlin ist, lasse ich Micha nicht aus den Augen. Du weißt ja, Vertrauen ist gut, Kontrolle ist besser.«

»Okay, die Entschuldigung lasse ich gelten. Also kommst du das nächste Mal mit. Kann ich es Dani ausrichten?«

»Gerne. Ich möchte sie ja auch endlich kennenlernen.«

»Gut, dann lass uns auflegen. Ich muss mich noch ein wenig aufhübschen.«

»Okay, und vergiss nicht, auch etwas zu essen. Du fällst uns sonst vom Fleisch.«

»Jaaaa Mami«, antworte ich genervt und Ines lacht.

»Viel Spaß und liebe Grüße unbekannterweise.«

»Danke, richte ich aus. Tschüss.«

»Kussi und bye.«

***

Bei Dani herrscht bereits reges Treiben. »Wo ist Dritan?« Die Frage ist eigentlich überflüssig. Sie hat ihn bestimmt, mit einem Lächeln im Gesicht, aus dem Haus komplimentiert. Ich reiche ihr meine Jacke und schlüpfe aus den Schuhen.

»Er hat sich auf mein Anraten aus dem Staub gemacht. Er kann zwar alles essen, muss aber nicht alles wissen.«

»Verstehe.« An Abenden wie diesem gelangen auch private Themen auf den Tisch, die den Männern besser nicht zu Ohren kommen sollten.

Im Wohnzimmer werde ich von mehren Frauen begrüßt. Einige kenne ich von der Silvesterfeier, andere stellen sich mir als Schulfreunde oder Arbeitskollegen von Dani vor.

Ich kann mein Entsetzen nur mit Mühe verbergen, als Mariella erfreut mit ihrem Rollstuhl auf mich zurollt. »Oh wie schön, nun können wir uns doch über das Ballett unterhalten. Am Silvesterabend war es uns ja leider nicht möglich. Die Freunde von Dritan haben dich dermaßen belagert, dass ich befürchtete, einer von denen gibt nicht eher auf, bis du einen Heiratsvertrag unterschrieben hast.«

Ich bemühe mich, zu lächeln, und nicke zurückhaltend. Doch hinter mir tönt Danis Stimme: »Ganz recht. Das sind Dritans übrig gebliebene Schulfreunde. Die hat er extra für Sina eingeladen. Wer weiß, was er sich davon versprach?«

Allgemeines Gelächter bricht aus und ich könnte vor Scham im Boden versinken. Erstens löst die Erinnerung an diesen Abend keine Begeisterung bei mir aus, und zweitens kämpfe ich immer noch um meine Fassung in Bezug auf Mariella. Hätte ich gewusst, dass sie auch eingeladen wurde, wäre ich nicht hergekommen.

»Also, so wie du dich an dem Abend amüsiert hast, hätte ich wetten können, dass einer von denen in deine engere Wahl gekommen ist.« Diese unverschämte Bemerkung kommt von einer rundlichen Person, die mir als Nachbarin von Dani in Erinnerung geblieben ist. Ich rümpfe die Nase und gebe keine Antwort. Von mir aus sollen doch alle denken, was sie wollen.

Wir setzen uns an den großen Esstisch und Dani fährt, wie selbstverständlich, Mariella neben mich. Ich könnte vor Wut platzen. Nicht, weil ich sie nicht mag, unter anderen Umständen fände ich sie sicherlich bezaubernd, aber die Tatsache, dass ihr Mann mich als Sexspielzeug benutzt und uns beide aufs Schändlichste betrogen hatte, macht die Sache nicht leichter. Ich hoffe, ich kann mich ihr gegenüber normal benehmen. Insgeheim denke ich jedoch darüber nach, unter welchem Vorwand ich so schnell wie möglich das Weite suchen könnte.

Wie auf Kommando fängt das Geschnatter an.

Lappalien werden zu unglaublichen Geschichten aufgebauscht und aus Problemen, die gar keine sind, werden wahre Katastrophen heraufbeschworen. Der gesamte Tratsch und Klatsch aus dem Süden Berlins, landet als zäher Brei auf unseren Tellern.

Belanglosigkeiten genervter Hausfrauen ... schrecklich!

Ich nippe gelangweilt an meinem alkoholfreien Cocktail und lasse die Peinlichkeiten der Schnattergänse über mich ergehen. Auf diesen Abend hatte ich mich die ganze Woche gefreut. Doch er ist furchtbar! Das nächste

Mal treffe ich mich wieder allein mit Dani im Café Obergeil.

Erst als Mariella von einem Problem berichtet, das nicht mit einem Mann, einem missratenen Kind oder einer Krankheit zu tun hat, spitze ich die Ohren.

»Der Hund verträgt sich nicht mit meinem Kater. Herbert, mein Kater, ist völlig eingeschüchtert, seit der Hund im Haus ist, obwohl er ihm nichts tut. Im Gegenteil. Er ist sehr freundlich und äußerst liebenswert, aber Herbert kommt einfach nicht damit zurecht, einen Hund im Haus zu haben. Er ist halt ein verwöhntes Einzeltier.«

Alle pflichten ihr bei, dass es für ihren Kater eine Zumutung sei, plötzlich mit einem Hund konfrontiert zu werden.

Mir ist sofort klar, um welchen Hund es sich handelt, nur, dachte ich, Püppi gehöre bereits seit Langem zur Familie. Hat Chris nicht erzählt, Mariella stamme aus einer Zirkusfamilie und brachte Püppi viele Kunststückchen bei? Warum tut sie so, als würde Püppi erst seit Kurzem bei ihr leben ... und weshalb sagt sie *der Hund* und nicht Püppi? Irgendetwas stimmt da nicht.

»Also, das ist ja wohl das Letzte, wenn mein Mann einfach ...«

Ich unterbreche den hakennasigen Barbara-Streisand-Verschnitt und frage Mariella: »Wie heißt dein Hund?«

»Püppi.«

»Und wie lange hast du Püppi schon?« Mein Herz klopft mir bis zum Hals. Hoffentlich bekommt niemand meine Nervosität mit.

»Seit Ende November. Chris tauchte plötzlich mit der Kleinen auf. Er meinte, dann hätte ich eine Aufgabe, käme an die frische Luft und so. Daran kann man mal wieder sehen, wie Männer ticken. Als ob man nichts anderes zu tun hätte, als einem Hund Stöckchen zuzuwerfen. Ich bin eher der Katzen-Typ. Auf Hunde stehe ich nicht. Aber eigentlich weiß er das.«

Ich schlucke laut. Es ist ganz anders, als er damals erzählte. Aber was von dem was er sagte, stimmt denn heute noch? Eigentlich war alles von Anfang an eine große Lüge.

»Und nun? Was machst du mit dem Hund?«, fragt die dickliche Nachbarin, deren Namen ich mir nicht gemerkt habe.

»Ich würde gerne ein schönes neues Zuhause für ihn finden.«

Meine Nervosität steigt. Am liebsten würde ich sie anbrüllen, Püppi mir zu überlassen. Ich liebe sie und sie liebt mich.

Ich wende den Blick von Mariella ab und ringe um meine Fassung. Im selben Moment starrt Dani mich fragend an. Ach du Schreck! Der Name, fällt es mir wie Schuppen von den Augen. Püppi war damals bei unserem ersten Treffen, als ich zurück in Berlin war, im Kaffee Obergfell dabei. Ich sagte, ich passe für einen Bekannten auf sie auf.

»Kannst du mir mal in der Küche helfen, Sina?«

Ich starre sie beklommen an und nicke. Als ich mich erhebe, springt ihre Schulfreundin ebenfalls auf und gackert: »Ich helfe auch.«

»Danke, Marion, ist nicht nötig. Bleib ruhig sitzen. Wir schaffen das zu zweit.« Der scharfe Ton lässt Marion sofort zurück in ihren Stuhl plumpsen und ich gehe mit gesenktem Kopf in die Küche, wie ein Schaf zur Schlachtbank.

In der Küche sieht Dani mich vorwurfsvoll an. »Hieß der Hund deines Bekannten nicht auch Püppi?«

Ich nicke stumm.

»Hat er ihn ins Tierheim gebracht? Der Hund, den Mariella beschrieb, ähnelt dem, der im Café dabei war.«

Ich zucke mit den Schultern. »Weiß ich doch nicht. Warum fragst du?«

»Weil Chris den Hund aus dem Tierheim holte. Ich weiß nicht genau wann, aber es überschneidet sich mit der Zeit, als du diese Püppi bei dir hattest. Sie brauchten einen kleinen alten Hund für den Einsatz gegen die

Drogendealer, damit Chris glaubwürdig den Obdachlosen mimen konnte. Dritan hat mir alles über den Auftrag erzählt. Der ging mächtig in die Hose, aber das ist ein anderes Thema. Irgendeine aufdringliche Tussi schien einen Narren an den beiden gefressen zu haben und brachte damit die ganze Operation zu Fall. Den Hund hat Chris dann Mariella gegeben. Er tat ihm leid. Er wollte ihn nicht zurück ins Tierheim bringen.«

Ich plumpse auf den Küchenstuhl und starre sie an.

Reagiere ... irgendwie, aber nicht entsetzt, zwinge ich mich.

»Es gibt doch nicht nur einen Hund auf der Welt, der Püppi heißt«, verteidige ich mich, obwohl es überhaupt keinen Grund dafür gibt.

Dani sieht mich forschend an. Ich konnte ihr noch nie etwas vormachen.

»Okay, vielleicht gab es bedauerliche Umstände, die meinen Bekannten dazu zwangen, den Hund wegzugeben. Was weiß ich? Ich habe ihn eine Weile nicht gesehen«, lüge ich über meinen imaginären Freund.

»Aber findest du das nicht merkwürdig? Warum hat er dich gefragt, ob du den Hund nimmst? Und wer ist der Typ überhaupt?«

»Ein ehemaliger Tanzpartner – aus dem Ballett«, lüge ich noch mal.

Dani mustert mich misstrauisch.

»Okay, mal angenommen, es ist derselbe Hund. Tut dir das nicht leid?«

»Doch, na klar.«

»Dann soll Mariella uns Fotos zeigen. Dann haben wir Gewissheit.«

Ich kann gar nicht so schnell reagieren, wie sie aus der Küche rennt.

Im Wohnzimmer geht bereits Mariellas Handy rum und alle Mädels bestaunen die süßen Fotos von Püppi.

»Ach, wie süß!«

»Oh! Wirklich niedlich!«

»Schade, aber Bernd hat eine Tierhaarallergie, sonst würde ich ihn sofort nehmen.«

»Also, der ist aber goldig!«

Ich schlucke laut und räuspere mich umständlich. »Zeig mal«, fordere ich sie auf und sie drückt mir ihr Handy in die Hand.

Ich erkenne sie sofort. Ein Pudelmix mit weiß-beige-braunem Wuschelfell. Meine Augen werden feucht und ich versuche verzweifelt, die Tränen zu unterdrücken. Die Kleine hat es nicht verdient, ungeliebt neben einem grimmigen verwöhnten Kater namens Herbert zu verdorren.

»Süß«, krächze ich, gebe ihr das Handy zurück und stürme aus dem Zimmer. Ich höre noch, wie Mariella fragt, was ich denn hätte und Dani antwortet, es ginge mir heute nicht besonders gut. Magenverstimmung oder so.

Ich sitze schluchzend auf dem Klodeckel und Dani sieht mich mitleidvoll an. »Das ist der Hund, stimmts?«

Ich nicke verzweifelt.

»Dann schlage ihr vor, ihn zu nehmen.«

Ich schüttele stumm den Kopf. Dann müsste ich ihm gegenübertreten. Das schaffe ich nicht.

»Aber du magst das kleine Ding doch, oder? Warum bist du sonst so verzweifelt?«

Meine Antwort ist ein Heulkrampf, den selbst Dani nicht abwenden kann. Ich weiß nicht, was ich machen soll. Natürlich will ich Püppi zurückhaben, aber was, wenn ich ihm dabei begegne, wenn ich sie abhole? Und würde er sie mir überlassen, nach allem, was geschehen ist?

Doch dann kommt mir eine ziemlich gemeine Idee. Ich könnte ihn damit unter Druck setzen, Mariella alles zu erzählen. Die ganze Geschichte. Als Beweis werde ich mein Wissen über den Verlauf seines Tattoos anführen.

Ja, das ist *die* Idee. So werde ich es machen, sollte er mir Püppi nicht überlassen wollen. Mariella kann ich sicherlich überzeugen. Sie ist harmlos und gutgläubig. Sie mag mich. Weshalb sollte sie dagegen sein?

Ich straffe die Schultern und sehe Dani herausfordernd an. Sie zieht verwundert eine Augenbraue hoch und grinst. »Hast dich ja schnell wieder eingekriegt. Was brütest du denn aus?«

»Wirst schon sehen.« Entschlossen stehe ich vom Klodeckel auf und deute ihr mit einem Kopfnicken an, mitzukommen.

Zurück im Wohnzimmer umschmeichele ich Mariella auf eine Art und Weise, die selbst mir ein wenig rutschig vorkommt. Ich stimme mit ihr überein, welch schrecklicher Situation der arme kleine Herbert ausgeliefert ist und bekunde meine grenzenlose Liebe zu Hunden. Dieser, den ich auf ihrem Handy sah, ähnelt in fataler Weise meinem treuen Freund, der mich durch meine Kindheit begleitete.

Es folgen ein paar ausgedachte Episoden, die einige der anwesenden Gänse zum Schluchzen bringt.

Es dauert nicht lange, da sind sich alle einig: Sina muss unbedingt diesen Hund bekommen. Er hätte es gut bei ihr. Und Mariella zeigt mir noch mal die Fotos, um ganz sicher zu gehen. Ich nicke begeistert. »Wie meine Elli ... Gott hab sie selig.« Ich überkreuze meine Hand vor der Brust und Mariella lacht zufrieden. »Wenn du magst, nimm sie. Ich glaube, du bist perfekt und sie hätte es gut bei dir.«

Dani verfolgt das Schauspiel mit hochgezogener Augenbraue und unterdrückt ein Grinsen.

»Ehrlich?«, frage ich außer mir vor Freude und lege eine Hand an mein Herz. »Du würdest sie mir geben? Oh Mariella, das ist wundervoll.«

Jetzt rennt Dani raus und ich höre sie glucksend lachen. Alle anderen sind der Meinung, sie würde vor Rührung weinen, aber ich weiß es besser.

19. Kapitel

Ich verabredete mit Mariella ein Treffen bei ihr zu Hause. Sie wohnt nicht weit von mir in der Podbielskiallee.

Als ich vor der riesigen Stadtvilla stehe, staune ich nicht schlecht. Bewohnt sie hier mit Chris eine Wohnung, oder gehört ihnen das Haus?

Egal, ich will nur den Hund abholen. Alles andere ist mir, gelinde gesagt, wurscht! Auch wenn ich ihn sehen sollte, werde ich mit erhobenem Haupt meinen Plan durchziehen. Sollte er mir Püppi verweigern, werde ich die Bombe platzen lassen. Egal welche Person ich damit verletze. Bei mir hat sich ja auch niemand darum geschert, wie tief das Loch ist, in das ich gefallen bin, nachdem ich feststellen musste, nur ein Zeitvertreib für Mr. Sanders gewesen zu sein.

Ich klingele an der Gartenpforte und kurze Zeit später höre ich die fragende Stimme von Mariella aus dem Lautsprecher neben der Klingel: »Wer ist da?«

»Ich bin es, Sarina Herzog.«

»Oh fein, komm rein.«

Das Tor springt auf und ich trete in einen parkähnlichen Garten, der über viele Jahre gewachsen ist. Liebevoll gepflegt und geschmackvoll angelegt. Ich laufe den breiten Weg zum Haus entlang und stelle mir vor, wie Chris hier jedes Mal mit dem Auto entlangfährt, um es dann in der Garage neben dem Anwesen abzustellen. Dort ist Platz für mindestens vier Autos.

An der Tür der Villa, ich schätze mal, sie stammt aus der Gründerzeit, bleibe ich befangen stehen. Dann öffnet sich die Tür. Mariella bittet mich herein und ich betrete die große Eingangshalle.

Wow, was für ein Haus! Der Wahnsinn!

»Schön, dass du da bist. Warte einen Moment.« Sie dreht sich um und ruft in das obere Stockwerk hinauf: »Chris! Sie ist da! Kannst du bitte Püppi bringen?«

Oh nein, auch das noch. Die unangenehmen Gefühle, die plötzlich auf mich einströmen, sind kaum zu ertragen. Und dann, noch ehe ich einen klaren Gedanken fassen kann, steht er am oberen Treppenabsatz und sieht mit seinen Wahnsinnsaugen auf mich herab. Püppi zappelt in seinem Arm und beginnt zu fiepen, als sie mich erkennt.

Er lässt sie runter und sie springt die Stufen herab, um freudig winselnd in meine Arme zu hüpfen und mein Gesicht mit Küssen zu bedecken. Sie kann sich kaum beruhigen und ich setze sie auf den Boden zurück, wo sie einen ihrer süßen Tänze aufführt.

»Meine Güte, Sina. Das ist ja Liebe auf den ersten Blick.« Sie lächelt mich glücklich an, dann ruft sie nach oben: »Siehst du Chris? Sina ist genau die Richtige.«

Chris nickt mit zusammengekniffenen Lippen und sieht ernst auf mich herab. »Ja, die Richtige. Für den Hund scheint das zuzutreffen.«

Ich werde knallrot und Mariella zuckt verständnislos mit den Schultern. »Tut mir leid. Er benimmt sich seit Wochen so merkwürdig.«

»Kein Problem«, sage ich lächelnd und füge etwas lauter hinzu, damit er es auch hört: »Ich will nur den Hund, nicht ihn.«

Zu meinem Erstaunen blafft er von oben herunter: »Ja, den Hund. Du wolltest immer nur den Hund ... Von Anfang an!«

Erneut werde ich knallrot wie ein Feuerwehrauto.

»Sag mal, kennt ihr euch näher?«, fragt Mariella verwundert.

Ich schüttele den Kopf, und sehe ängstlich die Treppe hinauf. Oben steht niemand mehr. Er ist weg.

Erleichtert packe ich Püppi und verabschiede mich mit einem Dankeschön und der Versicherung, dass es ihr bei mir an nichts fehlen wird.

»Möchtest du nicht reinkommen? Ich dachte, wir trinken noch etwas? Ich habe Kaffee aufgesetzt und Kuchen besorgt.« Ihre Enttäuschung ist ihr ins Gesicht geschrieben. »Vielleicht erzählst du noch etwas von deinem Beruf. Ich beneide dich so sehr. Alle Welt lag dir zu Füßen.«

›Alle Welt‹ ist natürlich übertrieben, aber ein gewisser Teil auf jeden Fall.

Gut Sina, reiße dich zusammen. Sei nicht unhöflich. Ein Kaffee, dann verschwindest du. »Okay, sorry, wo sind nur meine Manieren?«, entschuldige ich mich und Mariella meint, sie hätte noch einige Sachen für Püppi, die sie mir mitgeben möchte.

Sie führt mich ins Wohnzimmer. Ein modern eingerichteter Raum mit gradlinigen Strukturen in Grau- und Sandtönen. Alles wirkt offen und bietet genug Platz, um sich mit dem Rollstuhl frei bewegen zu können.

Er hat ihr ein wundervolles Heim geschaffen. Er muss sie sehr lieben.

Mariella rollt zurück in den Flur und brüllt in die erste Etage: »Kommst du bitte runter? Wir wollen Kaffee trinken!«

Ich halte Püppi im Arm und drücke sie ängstlich an mich. Ich soll mit ihm Kaffee trinken? Oh Mann, mir bleibt aber auch nichts erspart.

Wir setzen uns und Chris erscheint im Eingang zum Wohnzimmer. Er sieht mitgenommen aus. Der sexy Dreitagebart wirkt ungepflegt und die Haare, die sonst schwarz-blau glänzen, sind zu einer stumpfen, wirren Masse verkommen. Der Reflex, sie sofort glätten zu wollen, zuckt durch meine Finger. Ich stehe kurz vor einem Nervenzusammenbruch.

»Sina, das ist Chris. Chris, das ist Sarina Herzog, die Ballerina aus dem Regensburger Ensemble.«

»Ich weiß, wir haben uns bei der Silvesterfeier von Dani und Dritan gesehen.«

»Hallo«, bringe ich mühevoll heraus und er nickt mir gereizt zu, während er sich an den Tisch setzt.

Er mustert mich abwartend. Sicherlich hat er panische Angst, ich könne ein Wort über unser Techtelmechtel verlieren. Am liebsten würde ich ihn bloßstellen, aber wem würde das schon nützen? Ich könnte es Mariella nicht antun. Ich mag sie. Sie ist ganz anders, als er sie damals beschrieben hat. Sie ist weder berechnend, noch kaltherzig – im Gegenteil.

»Kaffee?«, fragt Mariella und hält mir die Kanne entgegen.

»Ja, danke.« Ich reiche ihr meine Tasse, damit sie einschenken kann. Dabei bemühe ich mich, das Zittern meiner Hände in den Griff zu bekommen.

Chris nimmt ein Stück Kuchen von der Etagere und stopft es in seinen Mund.

Benimmt er sich mit Absicht daneben, um mich zu provozieren?

»Aber Chris, wo bleiben denn deine Manieren? Zuerst der Gast ...«

Übertrieben freundlich fragt er mich, welches Stück ich gerne hätte.

Eigentlich keines. Irgendwie bin ich schon satt. Doch aus Höflichkeit entscheide ich mich für eine Plunderecke.

»Die mag ich auch gern«, sagt Mariella und freut sich, eine Gemeinsamkeit entdeckt zu haben.

Oh Mann, wenn du wüsstest, wie viele Gemeinsamkeiten wir noch haben, denke ich ironisch. Hoffentlich ist der Spuk bald vorbei.

Chris räuspert sich umständlich. Ihm ist diese Zusammenkunft genau so unangenehm wie mir.

»Chris ist zur Zeit krankgeschrieben«, berichtet Mariella mit einem mütterlichen Blick auf den Ehebrecher, der ihr gegenüber sitzt. »Er wurde im Einsatz verletzt – angeschossen.«

Ich bemühe mich, einen erstaunten Gesichtsausdruck zustande zu bringen. Ich wusste ja bereits von Dani, dass Chris angeschossen wurde. Aber dass er immer noch arbeitsunfähig ist, wusste ich nicht. »Oh Gott! Wie schlimm ist es denn? Und wo?«

»Ach, nicht der Rede wert. Ist alles verheilt.«

»Und weshalb bist du dann noch zu Hause?«

Er senkt peinlich berührt den Kopf und scheint über eine Antwort nachzudenken.

»Er ist für einige Zeit freigestellt«, berichtet Mariella freimütig. »Chris solle sich erst mal sammeln, hat seine Vorgesetzte gesagt.«

»Oh.« Mehr sage ich nicht dazu. Aber meine Gedanken kreisen um das, was ihm zugestoßen ist und darum, ob eventuell eine psychische Verstimmung dahinter steckt.

Chris gibt ihr zu verstehen, sie solle es gut sein lassen. »Langweile bitte unseren Gast nicht mit meiner Krankenakte.«

Es entsteht eine unangenehme Stille. Mariella nippt an ihrem Kaffee und ich beuge mich zu Püppi, um ihr den Kopf zu kraulen. Chris beobachtet mich missmutig.

»Hast Du überhaupt genug Zeit für einen Hund?«

Bums! Seine Frage trifft mich wie ein Schlag ins Gesicht. Er weiß genau, dass ich Püppi genug Zeit widmen kann und dass Ines immer einspringen würde, sollte ich mal verhindert sein. Er weiß, wie sehr ich Püppi liebe.

»Ja.«

Er lacht freudlos. »Sicher?«

»Aber Chris, was soll denn das? Wenn Sarina keine Zeit hätte, würde sie sich wohl kaum anbieten, den Hund zu nehmen.«

Ich hebe beschwichtigend die Hand und versichere, dass es Püppi bei mir an nichts fehlen wird – auch nicht an Zeit. Dann tupfe ich mit der Serviette meinen Mund ab und erhebe mich. »Ich muss jetzt los. Leider. Vielen Dank für den Kaffee und ich werde euch immer über Püppi auf dem Laufenden halten. Versprochen.«

»Oh schade! Ich hatte noch so viele Fragen an dich. Ich liebe das Ballett! Könnte ich laufen, ich würde ...« Sie bricht den Satz ab und starrt verlegen auf ihren Teller.

Ich weiß, was sie sagen wollte. Ich habe das Feuer in ihren Augen gesehen. Sie wäre sicherlich eine wundervolle Tänzerin gewesen.

»Wir haben bestimmt bald wieder Gelegenheit zum Plaudern. Dann erzähle ich dir alles, was du wissen möchtest.«

Mariella lächelt dankbar. Sie freut sich bereits auf unser nächstes Treffen. Chris mustert mich argwöhnisch und nur ich weiß, dass wir uns heute zum letzten Mal sahen. Ich werde in Zukunft weiterhin alle Verabredungen mit Dani und Dritan meiden, zu denen er auch eingeladen ist.

»Chris bringt dich zum Auto. Die Kiste mit Püppis Sachen ist schwer.«

»Danke.«

Wir verabschieden uns am Eingang und Mariella herzt Püppi ein letztes Mal. »Ach, wenn Herbert nur ein klein wenig umgänglicher wäre, könntest du bei uns bleiben, kleine Lady.«

Ich sehe, wie sie sich die Tränen verkneift und mein Herz wird schwer. Sie ist eine liebenswerte Persönlichkeit, die einen besseren Mann als diesen treulosen Herzensbrecher verdient hätte.

Wir gehen schweigend zum Auto. Püppi hopst aufgeregt neben mir her. Sie spürt, dass wir nach Hause fahren – dass sie endlich zu Hause sein wird – angekommen.

Nachdem alles verstaut ist, werfe ich Chris einen vernichtenden Blick zu.

»Tja, das hätten wir wohl beide nicht gedacht, dass unsere Geschichte so enden wird. Du hast mir Püppi damals weggenommen, obwohl du wusstest, das Mariella kein Interesse an ihr hat. Nun ist sie wieder bei mir. Sie gehört zu mir.« Triumphierend und mit erhobenem Kopf sehe ich ihm ins Gesicht.

Chris sieht mich mit schmerzerfülltem Ausdruck an. »Bitte Sina ... bitte lass mich alles erklären. Ich will dich nicht verlieren. Es kann doch nicht einfach zu Ende sein?« Er streckt seine Hand nach mir aus und ich schlage sie reflexartig weg. »Lass mich. Du bist ein Lügner und Betrüger. Du solltest dich schämen.«

Ich drehe mich weg, um in mein Auto zu steigen, da ruft er verzweifelt: »Jetzt hast du, was du wolltest! Den Hund … es ging dir von Anfang an nur um Püppi!«

Ich drehe mich traurig zu ihm und blicke ein letztes Mal in seine wunderschönen, nachtblauen Augen. »Nein Chris. Das, was ich wollte, war leider schon vergeben.«

Ohne eine Reaktion abzuwarten, brause ich los.

20. Kapitel

Der Wind pfeift eisig durch die Straßen und ich kämpfe mich mit Püppi auf dem Arm durch das Schneegestöber. Der Winter ist genauso kalt, wie der vor zwei Jahren, als ich Püppi im Arm des Obdachlosen entdeckte. Trotz ihres bunten Steppmäntelchens zittert sie. Ich zweifele daran, ob es eine gute Idee war, an diesem Wochenende den Weihnachtsmarkt zu besuchen. Es ist furchtbar kalt.

In der Ferne sehe ich Ines und Micha winken. Ich mache ein Zeichen, dass ich sie bemerkt habe. Püppi fest im Arm, kämpfe ich mich durch die Menschenmassen am Schloss Charlottenburg und begrüße die beiden mit einem Küsschen auf die Wange. Püppi hat in dem Moment vergessen, dass sie friert, als sie Jerry bemerkt. Sie hopsen und springen wie kleine Gummibälle und wedeln freudig mit ihren Schwänzen.

»Ick globe, wir sollten erst mal nach 'nem Glühweinstand kieken. Wärme von innen tut bei der Kälte bestimmt jut.«

Wir folgen Michael durch das Gewühl von Menschen und finden eine freie Stelle an einem überdachten Glühweinstand.

Mit den Zähnen ziehe ich die Handschuhe von den Fingern. Bei einem Blick auf den Boden zu unseren Vierbeinern bemerke ich, dass Püppi aufgeregt eine bestimmte Stelle am Tresen beschnüffelt. Selbst Jerry ist zur Zeit bei ihr abgemeldet.

»Na, kleine Dame? Was gibt es denn da so Interessantes?«

Micha bestellt drei Gläser Glühwein.

Der Wirt nimmt die Bestellung entgegen und knallt uns anschließend gestresst die Gläser auf den Tisch. »Macht fünfzehn Euro.«

»Watt'n ... sind die Gläser vergoldet?«, empört sich Micha.

»Nee, pro Glas zwei Euro Pfand. Kriegst du nachher wieder.«

»Mann oh Mann, sind dit Preise. Wird ja jedet Jahr teurer.«

»Kann ick och nischt für. Musst du dich bei meinem Chef beschweren.« Dann sieht er mürrisch zu mir, weil ich mit Püppi, halb gebückt, unter dem Tresen beschäftigt bin.

»Gibt es ein Problem da unten. Iss dit dir nicht sauber genug?«, blafft er mich an.

»Nein, nein. Alles gut. Mein Hund scheint nur etwas Interessantes zu schnuppern.«

»Ach, dit kann sein. Da war vorhin so ein Typ mit seiner Rollstuhltussi. Die hat ihre Bratwurst fallen lassen. Riecht wahrscheinlich lecker für die kleene Fußhupe.«

Ich werfe ihm einen bösen Blick zu, weil er Püppi als Fußhupe bezeichnet hat, und will gerade eine spitze Bemerkung machen, da wendet er sich bereits dem nächsten Kunden zu und lässt mich einfach stehen.

»Wenn da unten eine Bratwurst liegen würde, hätte Jerry sie bereits vertilgt. Sie muss etwas anderes riechen«, meint Ines und beobachtet den grell-bunten Steppmantel mit Fellinhalt, der seine Nase nicht vom Boden nimmt und freudig mit dem Schwänzchen wedelt.

Oh je, das kann nur eines bedeuten. Mariella und Chris waren hier. Darüber freut sie sich ... nicht über eine vermeintlich am Boden liegende Wurst.

Nervös lasse ich meinen Blick in der Menge der Menschen umherschweifen. Aber das ist völlig sinnlos. Wer weiß, wie lange es her ist, dass sie hier waren?

Es ist eineinhalb Jahre her, dass ich Püppi bei Mariella abholte. Seitdem sah ich Chris nie wieder. Seine Worte: ›Jetzt hast du, was du wolltest! Den Hund ... es ging dir von Anfang an nur um Püppi!‹, liegen immer noch wie eine bleischwere Last auf meiner Seele. Aber er scheint es so gesehen zu haben. Sein Fehlverhalten Mariella und mir gegenüber schien nie ein Thema für ihn gewesen zu sein. Hat er es überhaupt jemals als Unrecht empfunden, seine Frau und mich zu betrügen? Wohl kaum. Aus heutiger Sicht würde ich sagen: Nein.

»Erde an Sarina ... bitte kommen!«

Ines' Worte reißen mich aus meinen Gedanken.

»Sorry, ich war woanders«, bitte ich um Entschuldigung und werfe ihr einen versöhnlichen Blick zu.

Sie rückt dichter an mich heran und nimmt mich in den Arm. »Erzähle mal etwas von deinem neuen Verehrer. Wie ist doch gleich sein Name? Herr von Auerbruch?«

»Auerbach, Marius ... und er ist kein Verehrer. Er ist der Vater einer meiner Schülerinnen. Wir waren einmal essen«, gebe ich möglichst emotionslos zurück und hoffe, sie wird die Kröte schlucken. Aber weit gefehlt. Ines lässt sich nichts vormachen.

»Ach komm schon! Da lädt dich ein ausgesprochen gut aussehender Witwer mit großem Gehaltskonto zu einem unverbindlichen Essen ein und du willst mir erzählen, da war nichts?«

»Wir haben uns über Priscilla unterhalten. Sie ist sehr begabt.« Ich nehme einen großen Schluck Glühwein und sehe wieder in die Menschenmenge. Hoffentlich versteht sie den Wink mit dem Zaunpfahl und merkt, dass ich kein Interesse daran habe, ihr mein Privatleben zu offenbaren – jedenfalls nicht vor Michael. Der gibt nur unqualifizierte Kommentare ab. Darauf kann ich gut verzichten. Und außerdem war es nur ein Essen, sonst nichts.

»Okay, hab verstanden. Der Typ steigt dir seit Monaten hinterher und nun wart ihr essen, aber es ist nichts gelaufen. Du willst nicht darüber reden. Alles klar.« Sie hebt abwehrend eine Hand, als sei damit das Thema aus der Welt geschafft.

»Erzähl lieber mal von eurer Hochzeitsreise. War es schön in Florida?«

Ines nimmt meine Frage sofort zum Anlass, mich genauestens über das Paradies am südlichsten Zipfel der USA in Kenntnis zu setzen.

Beide, Micha und Ines, beschreiben lebhaft und wild gestikulierend ihre Flitterwochen inmitten von Palmen, zuckerweißem Sandstrand und Sonne satt.

»Voll geil«, sagt Micha und stupst Ines an. »War nicht unser letzter Urlaub dort – oder Schneckchen? Key West ist so was von cool!«

Ich grinse über seine Art, sich auszudrücken. Michael ist der Schnabel halt so gewachsen und ich mag ihn dafür.

Wir nehmen die Hunde auf den Arm und schlängeln uns weiter an Buden mit gebrannten Mandeln, alkoholischen Getränken, Weihnachtsschmuck und sonstigem Firlefanz vorbei.

Es war keine gute Idee, die Hunde mitzunehmen. Das Gedränge hier verschreckt selbst mich, wie muss sich da ein vierzig Zentimeter großer Hund fühlen?

Nach einer Stunde verlassen wir das Getümmel und nehmen Kurs auf zu Hause.

Bei mir angekommen, trinken wir noch mal einen Glühwein mit Schuss. Diesmal aber in aller Ruhe.

Am Abend, nachdem die Beiden gegangen sind, fläze ich mich auf meine Couch und denke über Marius nach. Seit Wochen versuchte er bereits, sich mit mir zu verabreden. Anfangs bot ich ihm an, nach der Schule ein offizielles Elterngespräch zu führen, aber schnell merkte ich, dass er sich nicht über Priscilla unterhalten wollte – sein Interesse galt mir.

Marius ist Geschäftsmann. Anlageberater bei der Deutschen Bank. Er ist fünfundvierzig, also gut fünfzehn Jahre älter als ich. Er sieht verdammt gut aus. Seine grauen Schläfen geben seinem jugendlichen Äußeren etwas Interessantes. Sein sportlicher Körper wirkt vital und seine grün-braunen Augen blitzen intelligent und oft amüsiert. Er besitzt eine scharfe Beobachtungsgabe und ein kühles, abschätzendes Wesen. Trotzdem wirkt er auf mich in manchen Momenten zerbrechlich und vom Leben angestrengt. Es ist sicherlich nicht leicht für ihn, seiner anspruchsvollen und verwöhnten Tochter gerecht zu werden.

Priscilla ist ausgenommen hübsch. Schwarze Haare, Kussmund, Stupsnase ... wie Schneewittchen. Das Drama ist, sie weiß es und nutzt es zu ihrem Vorteil aus. Sie benimmt sich wie eine kleine Diva und spielt ihre Klassenkammeraden gegeneinander aus. Ihr Verstand ist viel schärfer, als der anderer Kinder in ihrem Alter.

Manchmal fällt es mir schwer, sie zu mögen, doch dann rufe ich mir ins Gedächtnis, dass ihre Mutter vor drei Jahren starb. Jedes Kind verarbeitet ein solch traumatisches Erlebnis anders.

Ich zog mich in dieser Situation viele Jahre zurück und widmete mich voll und ganz dem Tanz. Priscilla wirkt hingegen eher extrovertiert und versucht, andere zu bevormunden und nach ihren Wünschen zu manipulieren.

Ein schwieriges Kind.

***

Bei einem Einkaufsbummel in der ›Mall of Berlin‹, zu dem Marius mich bereits vor Tagen überredet hatte, offenbart er mir bei einem Glas Champagner seine Absichten: »Meine liebe Sarina, es wäre gelogen zu sagen, ich hätte ein rein freundschaftliches Interesse an dir. Sicherlich ist dir nicht entgangen, dass ich in den letzten Monaten häufig deine Nähe suchte. Könntest du dir vorstellen, in Zukunft öfter mit mir etwas zu unternehmen? Ich würde dich gerne näher kennenlernen. Du gefällst mir und ich mag dich.«

Oh je, jetzt ist es so weit. Seine offenen Worte beeindrucken mich. Natürlich mag ich Marius auch. Er ist ein sogenannter Sechser im Lotto, wie Ines sagen würde. Aber wenn ich mich auf ihn einlasse, komme ich unweigerlich in einen Interessenkonflikt. Kann ich dann im Unterricht noch unvoreingenommen auf Priscilla einwirken? Mag er Hunde? Kann ich mit ihm und meinen Freunden unbeschwert feiern, oder würde er an Michaels direkter Art Anstoß nehmen? Passt er in mein Leben? Er ist fünfzehn Jahre älter als ich ... würde das gut gehen? Kann ich akzeptieren, dass Priscilla und ich dann auch privat miteinander zu tun hätten?

Bei dem Gedanken an Priscilla kräuseln sich mir die Nackenhaare. Sie ist kein Engel, sie sieht nur so aus. In Wahrheit ist sie ein Satansbraten, der unbedingt gebändigt gehört. Aber das ist und wird niemals meine Aufgabe sein.

»Sarina?« Marius legt seine Hand auf meinen Unterarm und sieht mich ungeduldig an. Er ist es nicht gewohnt zu warten. Und er ist es mit Sicherheit nicht gewohnt, nicht zu bekommen, was er will – wie seine Tochter.

»Oh, entschuldige bitte.« Ich streiche, nach einer Antwort suchend, durch mein Haar und bringe nicht den Mut auf, ihm einen Korb zu geben. Männer wie Marius akzeptieren kein ›Nein‹. Und außerdem weiß ich ja selber noch nicht, ob ich uns eine Chance geben sollte. Vielleicht schafft er es, meine Träume von blauen Augen mit goldfarbenen Sprenkeln endlich versiegen zu lassen. Vielleicht kann ich an seiner Seite in das Leben zurückfinden, in dem ich nach der Scheidung von Roman ankam und dass mir durch den Verrat des Mannes, den ich für die Liebe meines Lebens hielt, genommen wurde. Vielleicht ist er der emotionale Strohhalm, der mich über Wasser halten kann.

»Ich mag dich auch. Ich würde gerne mehr Zeit in deiner Gesellschaft verbringen.«

Er lächelt siegessicher und beugt sich zu mir. Ein zarter Kuss trifft meinen Mundwinkel und ich gebe ihn zaghaft zurück.

Es ist anders, als bei Chris. Bei Chris entfachte der erste Kuss ein Feuerwerk in meinem Herzen. Dieser

Kuss scheint wie eine stille Übereinkunft: Wir werden uns gegenseitig achten, Liebe kann wachsen.

Trotz der ungewöhnlichen Gefühle und dem, gelinde gesagt, merkwürdigen Anfang unserer Beziehung in der ›Mall of Berlin‹, ist unsere Freundschaft von Tag zu Tag gewachsen. Marius zeichnet sich als kultivierter Begleiter und angenehmer Gesprächspartner aus.

Über Weihnachten fuhr er mit seiner Tochter nach St. Moritz und ich quartierte mich bei meinen Großeltern ein. Zu Silvester besuchte ich Ines und Michael. Die Party in der Werkshalle seiner Firma war sicherlich ein krasser Gegensatz zu der Feier, der Marius und seine Tochter in St. Moritz beiwohnten.

Früher, zu Romans Zeiten, hätte ich St. Moritz vorgezogen. Heute empfinde ich mein Verhalten und meine Ansprüche von damals als oberflächlich ... auf Äußerlichkeiten und auf Erfolg geprägt.

Heute erfreue ich mich an der ausgelassenen und ungezwungenen Stimmung in der unspektakulären Umgebung von Michaels Firmenhalle.

Nach Mitternacht sende ich Dani eine Textnachricht mit Glückwünschen zum neuen Jahr. In den letzten Monaten trafen wir uns einige Male, aber Feierlichkeiten, zu denen eventuell auch der blauäugige Lügner erscheinen könnte, vermied ich. Ich vernachlässigte meine Freundschaft zu Dani, ohne es zu wollen. Auch Mariella ging ich aus dem Weg. Ich bedaure es sehr, aber ich hatte bisher nicht den Mut, Dani in mein kleines Geheimnis einzuweihen. Es betrifft schließlich auch einen engen Freund und Arbeitskollegen von Dritan. Wer weiß, welch Konsequenzen daraus für uns alle entstehen würden. Also zog ich mich zurück. Es schien mir die beste Lösung.

Erst lange nach Neujahr kommt eine Antwort.

Die Textnachricht lautet: *Danke, dass du an mich gedacht hast. Auch dir ein gesundes Neues Jahr. Ich antworte spät, da ich erst heute imstande bin, am Leben wieder teilzunehmen. Eine gute Freundin hätte mir in dieser schweren Zeit zur Seite gestanden, du aber meldest dich ja kaum noch. Das soll kein Vorwurf sein, nur eine Feststellung.*

Ich starre auf mein Smartphone, während mir heiß und kalt zugleich wird. In meinen Ohren summt es unnatürlich und mein Herz schlägt ungleichmäßig. Ich lese ihre Worte immer wieder und entnehme ihnen immer nur das eine: Wo warst du, als ich dich brauchte?

Ich schlucke den Kloß in meiner Kehle mühevoll hinunter, dann tippe ich ihre Nummer.

Sie nimmt nach dem dritten Klingelton ab. »Hallo, du treulose Tomate.«

Ich räuspere mich verlegen. »Hi Dani. Ich weiß nicht, was ich sagen soll. Es war nicht wegen dir, ich musste über vieles nachdenken.«

»Du hättest mit mir reden können. Seit wann ist etwas so schlimm, dass du es mir nicht anvertrauen willst?«

»Das ist jetzt egal. Sag lieber, was mit dir ist. Wobei habe ich dich im Stich gelassen?«

Meine Befürchtungen, sie habe sich von Dritan getrennt, ihr Bruder sei plötzlich nicht mehr schwul oder sie hätte ein graues Haar entdeckt, entpuppen sich als völlig irrwitzig, als sie flüstert: »Ich habe meine Tochter im fünften Monat verloren. Ihr Herz blieb plötzlich stehen.«

Ich fühle mich scheiße! Richtig scheiße! Was bin ich nur für eine Freundin? Nicht nur ich habe Probleme ... ich wusste nicht mal, dass Dani schwanger war. Hatten wir tatsächlich über fünf Monate keinen Kontakt? Mir stockt der Atem.

»Oh Gott! Dani ... es tut mir leid. Ich wusste nicht ...« Der Satz bleibt mir im Halse stecken.

»Nein, du wusstest es nicht. Wie denn auch?« Sie atmet einmal tief durch, dann fährt sie fort: »Wir nannten sie nach meiner besten Freundin.«

Ich überlege krampfhaft, wie die Frauen, die ich auf ihrem letzten Frauentreff, an dem ich teilnahm, hießen. An diesem Tag eröffnete Mariella uns, dass sie den Hund weggeben wollte.

»Sina? Bist du noch dran?«

»Ja.«

»Wir gaben ihr den Namen: Sarina-May Marquard.«

Ich schließe wortlos die Augen und fange still an zu weinen. Ich war nicht bei ihr, als sie mich brauchte. Sie benannte ihre Tochter nach mir. Ich könnte vor Scham im Erdboden versinken.

Sie gibt mir Zeit, mich nach dem Schock, den ich erlitt, zu sammeln.

»Es tut mir leid Dani ... ehrlich. Ich war mit meinen eigenen kleinen Problemchen dermaßen beschäftigt ... aber das ist natürlich keine Entschuldigung.«

»Nein, ist es nicht.«

Wir schweigen eine Weile und das Unausgesprochene zwischen uns baut sich zu einer Kilometer hohen Mauer auf. Dann sagt sie ruhig und gefasst: »Lebe wohl, Sina.«

In der Leitung klickt es. Erst Minuten später begreife ich, was eben passiert ist. Unsere Freundschaft fand ein jähes Ende ... durch mein Verschulden.

21. Kapitel

Freudlos werfe ich Schneebälle für Püppi und sehe ihr zu, wie sie hinter ihnen herrennt, um sie zu fangen. In Gedanken bin ich bei Dani. Das werde ich nie wieder gutmachen können ... und sie will es auch sicherlich nicht. Ich, an ihrer Stelle, wäre auch enttäuscht.

Der Steglitzer Park gleicht einem wundervollen weißen Wintermärchen, doch ich kann die Schönheit nicht erkennen, die in jedem Funkeln der Schneekristalle und in jeder dicht verschneiten Tanne durch die Sonne verzaubert wird. Ich kann seit meinem Telefonat mit Dani überhaupt nichts mehr empfinden. Keine Freude, kein Leid, kein Interesse ... rein gar nichts.

Marius macht sich langsam Sorgen – sagt er zumindest. Nach seinem Urlaub in St. Moritz, ist er irgendwie verändert. Aber vielleicht bilde ich mir das nur ein. Auf seinem Handy zeigte er mir viele Fotos. Auf nicht wenigen war eine Frau zu sehen, die optisch hervorragend zu ihm passen würde.

Auch das ist mir zur Zeit egal. Es tangiert mich nicht.

Ich schleppe mich zurück zum Auto und hebe Püppi auf den Rücksitz des Wagens und schnalle sie an ihrem Hundegeschirr an. Dann fahre ich zurück über die eisglatte Fahrbahn und versinke erneut in schwermütige Gedanken.

Plötzlich reißt mich ein energisches Hupen aus meiner Gefühlsduselei, dann höre ich einen ohrenbetäubenden Knall und ich werde zur Seite geschleudert. Mein Kopf knallt hart gegen das Seitenfenster. Glas splittert. Der Wagen beginnt sich zu drehen und überschlägt sich einmal, bevor er zum Stehen kommt. Etwas Warmes läuft mir ins Auge und ich versuche es wegzublinzeln. Ich kann meinen Arm nicht heben ... nicht fühlen.

»Püppi?«

Keine Antwort.

Ich schreie: »PÜPPI! ... PÜPPI!«
Nichts. Dann wird es dunkel um mich herum.

***

»... großes Glück gehabt ...« ... »... keine inneren Verletzungen ...« ... »... noch mal davon gekommen ...« ... »... Schädelfraktur ...« ... »... Schleudertrauma ...«

Wortfetzen, die ich nicht zuordnen kann, dringen in meine warme Hülle aus Vergessen und seelischem Schmerz. Irgendetwas Schreckliches ist passiert, aber was? Ich gebe mir die größte Mühe, aber es will mir nicht einfallen. Irgendjemand war enttäuscht von mir ... aber wer? Ist es so? Oder ist es nur ein Gefühl?

Wo bin ich?

Ich öffne die Augen. Meine Lider sind bleischwer. Trotzdem lasse ich nicht locker und spähe durch die schmalen Schlitze auf das Geschehen um mich herum.
»Ach, wie schön. Guten Morgen Frau Herzog.«

Frau Herzog? Wer ist das? Wer ist er?
»Mein Name ist Dr. Wolf. Wissen Sie, wo Sie sich befinden?«
Ich starre ihn durch meine Sehschlitze hindurch an und grübele über seinen Namen nach. Nie gehört. Kenne ich nicht.
»Frau Herzog?«
Meint der mich? Gut möglich, er sieht mich ja an.
Neben ihm stehen zwei alte Menschen. Ein Mann und eine Frau. Die Frau weint und der Mann sieht blass aus.
Kann den mal jemand stützen, der fällt gleich um.
Habe ich das gerade gesagt? Ich hab nichts gehört. Merkwürdig.
Wie ich es mir bereits dachte, fällt der alte Mann wie ein nasser Sack zu Boden und ich schließe meine Augen. Ich hab es kommen sehen. Eine bleierne Müdigkeit

überkommt mich und ich döse zurück in die warme Hülle. Da ist es schön. Keine Schmerzen mehr.

Und wieder werde ich wach. Jetzt ist es ruhiger im Raum und ich bekomme meine Augen etwas weiter auf. Auf einem Stuhl neben meinem Bett sitzt die alte Frau. Kenne ich sie irgendwoher? Ich kann mich nicht erinnern.

Ich bewege die Finger meiner Hand und drehe leicht den Kopf, um herauszufinden, ob es funktioniert.

Ja, klappt. Alle fünf Finger sind beweglich.

Na, dann kann ich ja auch den Rest mal ausprobieren. Vorsichtig bewege ich die Zehen. Unter der weißen Decke am Fußende bewegt sich etwas.

Fein, klappt auch.

Ich drehe den Kopf zu der älteren Dame an meinem Bett. Sie liest in einer Zeitschrift.

Ich konzentriere mich auf meine Lippen und die Zunge. Alles funktioniert noch etwas schwerfällig. »Wer sind Sie?«

Die Dame lässt vor Schreck ihre Zeitschrift fallen und starrt mich an. Dann springt sie auf und rennt aus dem Zimmer.

Sehe ich so schrecklich aus?

»Sie ist wach! Mein Gott ... sie ist wach!«, brüllt sie aus Leibeskräften und kehrt dann um, zurück auf ihren Stuhl. Sie nimmt meine Hand und fragt mit zitternder Stimme: »Wie geht es dir, mein Schatz? Du hast so lange geschlafen.«

Neben ihr erscheint ein Mann im weißen Kittel. »Genau genommen eine Woche.« Er sieht mich mitfühlend an und stellt sich als Dr. Wolf vor.

Die Frau auf dem Stuhl knetet nervös meine Hand. »Schätzchen ... ich bin es. Deine Omi.«

Mit Sicherheit nicht. Daran könnte ich mich erinnern.

»Wo bin ich?« Die Worte auszusprechen fällt mir schwer. Und es kribbelt in meiner Nase. Aber als ich zu ihr greifen will, eilt Dr. Wolf um das Bett herum und hindert mich daran.

»Wir ziehen den Schlauch so schnell wie möglich. Sie wurden künstlich ernährt.«

Ich lasse meine Hand fallen. Sie landet schwer auf meiner Brust.

Die andere Hand wird von der fremden Frau geknetet.

Ich werfe Dr. Wolf einen fragenden Blick zu und deute in Richtung der alten Dame.

»Das ist Frau Irene Herzog. Ihre Großmutter.«

Ich schüttele vorsichtig den Kopf, damit sie nicht merkt, dass ich ihren Schwindel bemerkt habe, und flüstere: »Ich kenne sie nicht.«

Dr. Wolf sieht mich fragend an und lächelt besorgt.

***

Ich schlendere mit meinem Rollständer, an dem ein Tropf mit einer Medikamentenflüssigkeit hängt, durch den Stationsflur.

»Guten Morgen Frau Herzog. Wie geht es Ihnen? Haben Sie gut geschlafen?«

Olek, der Pfleger, lächelt mich im Vorbeigehen aufmunternd an.

Ich kenne ihn, er arbeitet hier.

Ich steuere auf den Teewagen zu, um mir meine morgendliche Tasse Tee zu holen.

»Du hast immer gerne Kaffee getrunken.« Die junge Frau, die mich gerade ansprach, lächelt unsicher.

Die Stirnfalte zwischen meinen Augen stellt sich kerzengerade auf. »Kennen wir uns?«

Die Frau nickt und kommt auf mich zu. Ich weiche zurück. Zu viele Menschen sind in den letzten Tagen hier aufgetaucht, und haben behauptet, mich zu kennen.

»Ich bin Dani, deine Freundin. Wir gingen zusammen zur Schule.«

Ich versuche, mich zu erinnern. Der Arzt meinte, irgendwann, aus heiterem Himmel, ist die Erinnerung zurück. Manchmal würde es länger dauern. Je nachdem, was der Auslöser für den Gedächtnisverlust war.

Ich hatte einen Unfall mit Kopfverletzung, die aber, laut Arzt, keine bleibenden Schäden verursachte. Nur meine Erinnerung an das, was vor meinem Aufwachen im Krankenhaus war, scheint für immer ausgelöscht zu sein.

»Dani«, flüstere ich versonnen. Irgendwo, ganz hinten in meinem Kopf war da etwas. Dani ... Dani ... irgendetwas mit ›i‹ am Ende. Aber was?
»Kennen Sie noch andere Freunde von mir? Jemanden, dessen Name auch mit ›i‹ endet?«
Die Frau sieht mich zögerlich an.

Sie weiß etwas, denke ich und bohre weiter: »Mit ›i‹ ... da war etwas mit ›i‹ am Ende. Dani ist es nicht.«
Ich werde nervös und verschütte den Tee. Eine Krankenschwester kommt und fragt, ob ich zurück in mein Zimmer möchte.
»Nein, das ist Dani. Meine Freundin.«
»Oh, wie schön! Sie erinnern sich an Ihre Freundin?«
»Nein!«, herrsche ich sie an. Ich komme mir vor wie eine Idiotin, die nichts weiß. Ich muss das erst klären. »Aber da war etwas mit ›i‹! Aber was? Ich werde noch verrückt. Es liegt mir auf der Zunge.«
Die Frau öffnet den Mund und ich starre gespannt auf ihre Lippen. Die Schwester ebenfalls.
»Püppi.«
Ich hole tief Luft. Meine Beine werden schwach und ich stütze mich auf den Unterarm der Krankenschwester. Wie im Zeitraffer spult sich ein Film vor meinem geistigen Auge ab: Schneebälle ... wochenlanger, seelischer Schmerz wegen Daniela, ein verlorenes Kind, welches meinen Namen trug, ich heiße Sarina Herzog ... ich war Balletttänzerin ... Chris hat mich belogen ... Püppi ... Püppi!

»Wo ist Püppi? Bei meinen Großeltern?«

Die Krankenschwester sieht mich fassungslos an und fragt: »Wer ist Püppi?«

»Mein Hund. Püppi ist mein Hund. Wir waren im Stadtpark Steglitz. Auf dem Heimweg hatte ich einen Unfall. Einen Autounfall. Wo ist Püppi?«

»Es geht ihr bestimmt gut«, versichert mir die Schwester und schiebt mich unsanft zurück ins Zimmer. Daniela folgt ihr. Ihre Augen sind mit Tränen gefüllt.

»Bist Du mir noch böse, Dani?«

Sie schüttelt den Kopf. »Nein, bin ich nicht.« Sie nimmt mich in den Arm und weint.

Ich weine auch.

Nach und nach dringen immer mehr Details meines Lebens an die Oberfläche.

»Die alte Frau, die immer bei mir sitzt, das ist meine Oma.«

»Ja, Sina. Sie war jeden Tag bei dir. Heute wollte ich dich besuchen. Daher kommt sie etwas später.«

Ich nicke. »Bringt sie Püppi mit?«

Dani schüttelt bedauernd den Kopf. »Nein, das kann sie nicht.«

Noch bevor ich ihre Worte begreife, ertönt am Eingang zum Zimmer eine energische Männerstimme: »Hunde dürfen nicht ins Krankenhaus.«

Ich atme erleichtert auf, als Dr. Wolf eintritt. Ich dachte schon, Püppi sei etwas zugestoßen.

»Ach ja, stimmt. Dann werde ich mich beeilen, so schnell wie möglich nach Hause zu kommen.«

»Aber nur, wenn Sie mir sagen können, wo Sie wohnen.« Dr. Wolf zwinkert mir ermutigend zu. Mir ist nie aufgefallen, dass er so freundliche runde Knopfaugen hat. Sie erinnern mich an einen kleinen Igel.

»Wie war bitte Ihre Frage?« Der innere Vergleich mit dem Igel lenkte mich ab.

Er lacht und wiederholt seine Frage: »Wo wohnen Sie?«

»In der Schmidt-Ott-Straße 21 ... in Steglitz. Im ersten Stockwerk«, platzt es übermütig aus mir heraus. Die

Erinnerung zurückzuhaben ist wie der Anfang eines neuen Lebens. Ich drehe mich vor Freude im Kreis und stoße dabei fast meinen Ständer mit dem Tropf um.

»Na, ich denke, ich sollte ihre Großeltern darüber informieren, dass Sie morgen entlassen werden können.«

22. Kapitel

Meine Großeltern holten mich am nächsten Tag aus dem Krankenhaus ab. Meiner Frage, weshalb Püppi nicht mitkam, wichen sie aus.

Zu Hause erfuhr ich die ganze Wahrheit als Ines und Micha sich mit einer großen Transportbox die Treppe herauf quälten. Darin saß Püppi.

Auch wenn ich selber noch etwas wackelig auf den Beinen bin, so gebe ich doch mein Bestes, um Püppi zu versorgen. Sie verlor ein Hinterbein bei dem Autounfall und ich fühle mich unendlich schuldig. Ich hätte besser auf die Straße achten sollen, anstatt meinen Gedanken nachzuhängen.

Für unsere Gassirunde besorgte Dani mir einen Rollwagen, in dem ich sie bequem die Treppen herauf und hinunter transportieren kann. Zur Zeit bleibt sie überwiegend dort sitzen und ich nehme sie draußen nur heraus, damit sie ihr Geschäft verrichten kann.

Oben in der Wohnung übe ich mit ihr, sich auf drei Beinen fortzubewegen. An manchen Tagen klappt es gut, an anderen nicht.

Jeden zweiten Tag, fährt mich einer meiner Freunde zum Tierarzt. Püppis Verband muss regelmäßig gewechselt werden.

Mein kleiner Fiat ist im Autohimmel gelandet.

Marius meldet sich jeden Tag, um sich nach unserem Wohlergehen zu erkundigen. Besucht hat er uns bisher noch nicht. Ich glaube, er hat eine Abneigung gegen Krankheit und Gebrechlichkeit.

Tja, da bin ich wohl nicht mehr zumutbar, und ein Hund mit drei Beinen schon gar nicht.

Ich lege eine ruhige CD von meinem Lieblingskomponisten Yiruma ein und lausche den Klängen der Klaviermusik. Meine Gedanken schweifen ab und ich rufe jede erdenkliche Erinnerung zurück in mein Gedächtnis. Es ist alles da. Es fehlt nichts. Auch die Schmerzlichsten kehren zurück. Darunter der Tag, an dem meine Eltern durch einen Terroranschlag ums Leben kamen. Sie wurden, wie einige andere Geiseln, erschossen. Ich blieb bei meinen Großeltern.

Meine Grundschulzeit mit Dani. Wir waren unzertrennlich. Sie wollte Astronautin werden – ich Ballerina. Nur für eine von uns erfüllte sich der Traum.

Micha war unsterblich in mich verliebt. Immer, wenn er in Tempelhof bei seiner Großmutter war, kam er angesaust und wollte mit mir spielen. Wir trieben viel Unfug.

Nikolaj war mein Tanzpartner und meine erste große Liebe, als ich sechzehn war. Allerdings nur, bis ich merkte, dass er den anderen Jungs in der Schule schöne Augen machte. Uns verband immer ein zartes Band der Zuneigung. Wir passten aufeinander auf, auch später noch, als wir gemeinsam auf den Bühnen der Theater standen und ich mit Roman verheiratet war. Nikolaj war immer an meiner Seite. Doch wo ist er heute? Ich muss ihn finden, das nehme ich mir fest vor.

Ich döse ein.

Im Traum sehe ich Chris. Er ist nicht mit Mariella liiert und wir leben glücklich in dem großen Haus in der Podbielskiallee. Kinder lachen und springen mit Püppi durch den Garten. Ich liege auf der Veranda und Chris streicht zärtlich über die Wölbung meines Bauches.

»Es wird ein Junge ... ich kann es spüren«, flüstert er und ich lächele ihn glücklich an.

Jemand klingelt energisch. Ich drehe mich auf meiner Liege um und sage zu ihm: »Lass sie klingeln.«

Es klingelt erneut, diesmal eindringlicher. Mürrisch drehe ich mich um und plumpse von der Couch. Leise schimpfend reibe ich mir den schmerzenden Nacken.

Es war nur ein Traum. In Wahrheit liege ich wie ein Maikäfer auf dem Boden vor meinem Sofa und irgendjemand klingelt Sturm.

Ich raffe mich auf und schleppe mich verschlafen zur Tür, um die Gegensprechanlage einzuschalten. »Wer ist da?«, frage ich erschöpft.

»Die Post. Ich habe ein Einschreiben für Sie.«

Ich öffne die Tür, nehme das Schreiben entgegen, nachdem ich meine Unterschrift geleistet habe, schlurfe zurück ins Wohnzimmer und öffne den Brief.

Das Scheidungsurteil. Jetzt bin ich endlich frei. Wir trafen uns vor Gericht zwar bereits Ende des Jahres, aber nun ist es amtlich.

Geschafft! Ich werfe die Arme in die Höhe und jubele ... aber nicht lange. Unweigerlich schleicht sich auch ein klein wenig das Gefühl des Versagens in meinen Freudenausbruch. Wenn eine Ehe scheitert, haben immer beide Partner ihren Teil dazu beigetragen.

Am Abend telefoniere ich mit Marius und er erzählt mir:

»Ich fliege heute Nacht in die Schweiz. Wir haben Probleme mit einem unserer Broker vor Ort. Ich muss das prüfen.«

»Wann bist du zurück?«

»Nicht so schnell. Ich nehme Priscilla mit.«

»Oh. Meldest du dich?«

»Bestimmt.«

»Guten Flug.«

»Sina?«

»Ja?«

»Glaube mir, wenn es nach mir ginge, wäre alles anders, aber so ...« Er lässt den Satz, mit dem ich nichts anfangen kann, unbeendet. Mein Gefühl sagt mir, dass es ein Abschied ist.

»Sehen wir uns wieder?«

Er seufzt. »Wer weiß ... irgendwann. Vielleicht.«

»Lebe wohl Marius. Ich behalte dich in meinem Herzen.«

»Danke Sarina. Du wirst für immer in meinem sein.«

***

Am nächsten Morgen stehen zwei Polizisten vor meiner Tür und befragen mich zu meiner Beziehung zu einem gewissen Herrn von Auerbach von der Deutschen Bank.

Nach einer kurzen Vernehmung werde ich gebeten, mich im Laufe des Tages im Revier einzufinden. Meine Aussage soll zu Protokoll genommen werden. Auf meine Frage, was mit Marius sei, bekam ich keine Antwort, aber es fiel das Wort: dubiose Geschäftspraktiken.

Püppi geht es von Tag zu Tag besser. Ich wage einen Ausflug mit Dani und Dritan zum Grunewaldsee. Natürlich nicht ohne den kleinen Ziehwagen, den Dani mir für sie besorgt hatte.

Gemeinsam schlendern wir um den See.

»Sie läuft ja schon ganz gut. Denkst du, sie hat noch Schmerzen?« Dritan sieht mich ehrlich besorgt an.

Ich schüttele den Kopf. »Vielleicht eine Art Phantomschmerz, aber zur Zeit nimmt sie noch Tabletten.«

Wenn Püppi genug hat, bleibt sie einfach stehen. Dann hebe ich sie in ihren Wagen und ziehe sie hinter mir her.

»Die Idee mit dem Wagen ist Gold wert, Dani. Danke noch mal.«

»Nicht dafür.« Sie hakt sich bei mir ein und Dritan übernimmt die Karre mit Püppi.

»Ihr habt euch gut erholt. Hast du mal etwas von dem Unfallverursacher gehört?«

»Nein, nur soviel, dass er ebenfalls mit einigen Verletzungen ins Krankenhaus kam. Ich glaube, bei nicht vereister Fahrbahn, hätte er noch rechtzeitig bremsen können.«

»Das muss traumatisch für dich gewesen sein. Dein zweiter großer Unfall. Erst dein Bein, jetzt Püppis.«

Ich nicke schweigend. Ja, der Schock war groß, aber so heftig er kam, so schnell ebbte er ab. Das Leben geht weiter. Manchmal fühle ich mich wie eine Katze mit sieben Leben.

Dritan prüft die Eisdicke auf dem Wasser.

»Pass auf«, mahnt ihn Dani.

»Ja, ja.«

»Was hat er denn?« Mir ist nicht entgangen, das Dritan ganz woanders ist.

»Er soll einen neuen Partner bekommen. Das passt ihm überhaupt nicht.«

»Warum? Was ist denn mit seinem Freund?« Ich spreche den Namen bewusst nicht aus. Ich bin mir nicht sicher, ob er mir ohne ein Zittern in der Stimme über die Lippen geht.

»Sie haben sich bei ihrem letzten Einsatz geprügelt. Chris wird immer verstockter und da hat es Dritan gereicht. Aus einem mahnenden Rempler wurde eine blutige Schlägerei. Chris ist vorerst vom Dienst suspendiert.«

Ich bleibe erschrocken stehen. Was ist bloß mit diesem Mann los?

»Weißt du, weshalb sie sich gestritten haben?«

»Wegen einer Frau.«

»Einer Frau?«

»Ja. Bei dem ersten Einsatz, den er damals vermasselte, war ja alles noch niedlich. Er konnte ja nichts dafür, dass die junge Frau ihm wegen des Hundes ein Ohr abkaute. Aber die nächsten beiden waren definitiv durch sein Verschulden gescheitert.«

Ich war die Frau, denke ich beklommen. Ich habe durch meine Sturheit den Einsatz vermasselt. Oh Gott!

»Dritan meint, er habe sich anschließend mit ihr getroffen. Das ging eine Weile gut, dann endete es abrupt. Seitdem tickt er nicht mehr richtig.«

Ich schlucke einen dicken Kloß hinunter. Ist das alles meine Schuld?
»Weiß Mariella davon?«
»Keine Ahnung. Sie hat sich noch nie für seine Bumsgeschichten interessiert.«

Bumsgeschichte ... das bin ich also?

Ich versuche, mich zu sammeln und mir meine Empörung nicht anmerken zu lassen. »Du meinst, er hat sie schon oft betrogen?«
Dani bleibt stehen und sieht mich verwirrt an. »Weshalb betrogen?«
»Na ja, auch wenn sie nicht offiziell verheiratet sind, leben sie doch zusammen. Nenne es wilde Ehe, oder wie auch immer.«
Dani fängt schallend an zu lachen und Dritan dreht sich erschrocken zu uns um.
»Was gibt es denn da zu lachen? Macht ihr euch über mich lustig?«
»Nein, nein, nicht über dich. Ich lache über Sina. Sie hat doch tatsächlich gedacht, Chris und Mariella seien ein Paar.«
Ich werde knallrot und Dani starrt mich, nach Worten suchend, an. »Oh. Mein. Gott! Sina! Jetzt dämmert es langsam bei mir.«

Ich könnte vor Scham im Erdboden versinken.

Dritan grinst frech und blafft: »Der und ’ne feste Beziehung? Völliger Quatsch!«
Dani legt ihren Zeigefinger unter mein Kinn und drückt vorsichtig meinen Mund zu. Dann flüstert sie ganz leise, als würde sie die besondere Aufmerksamkeit

eines begriffsstutzigen Kindes erhalten wollen: »Mariella ist seine Schwester.«

Wir starren uns eine Weile an. Es dauert viel zu lange, bis der Groschen bei mir gefallen ist. Danis Blick bleibt prüfend in meine Augen gerichtet. Ich schwanke.

»Komm, setz dich auf den Baumstumpf da drüben. Du fällst ja gleich um.«

Ich setze mich und starre ziellos vor mich hin.

»Ey, was ist denn? Macht ihr 'ne Pause?« Dritan dreht sich um und kommt zu uns zurück.

Ich kann die Tränen nicht aufhalten. Eineinhalb verschwendete Jahre, in denen ich mit ihm hätte glücklich sein können. Und alles nur, weil ich ihm nie richtig zuhörte. Er versuchte, mir alles zu sagen, sicherlich auch, dass Mariella seine Schwester ist. Ich habe nicht eine seiner Nachrichten gelesen. Die Briefe zerriss ich ungeöffnet und seine Telefonate nahm ich nicht mehr entgegen. Sogar, als er unten an der Haustür klingelte, ließ ich ihn nicht rein.

»Was hat sie denn?« Dritan betrachtet mich wie eine Außerirdische.

»Liebeskummer«, gibt Dani mitfühlend zurück. »Weißt du, wer die Frau ist, die euren ersten Einsatz zu Fall brachte?«

»Nein, du?«

Dani nickt in meine Richtung und ich schniefe laut trompetend in ein Taschentuch.

Dritan haut sich mit der flachen Hand an die Stirn. »Ach du Scheiße, jetzt weiß ich, woher ich den Köter kenne. Das ist der aus dem Tierheim. Den hat Chris besorgt, damit seine Tarnung echter wirkt.«

Dritans Gelächter hallt durch den Wald und andere Spaziergänger sehen verstohlen zu uns herüber. »Ich fass' es nicht! Jetzt ist die Bombe geplatzt!« Wieder donnerndes Gelächter. »Ehrlich Sina ... es tut mir leid, aber ich kann mich nicht beruhigen.«

Er nimmt Püppi und karrt sie weiter am See entlang. Sein schallendes Gelächter ist noch zu hören, als er schon nicht mehr zu sehen ist.

Dani streichelt mitfühlend über meinen Kopf. Ich muss wahrscheinlich einen erbärmlichen Eindruck auf sie machen.

»Es muss dir nicht peinlich sein. Aber jetzt wird es Zeit, die Katze aus dem Sack zu lassen.«

23. Kapitel

Dritan brachte uns zu mir nach Hause. Dani stellte sich auf eine lange Nacht ein.

Anfangs konnte ich kaum die richtigen Worte finden, doch nach einer Weile flossen sie aus meinem Mund, wie ein rauschender Bach.

Ich erzähle ihr alles. Angefangen bei der ersten Begegnung mit dem als Obdachlosen verkleideten Chris, bis zu unserer ersten gemeinsamen Nacht. Ich berichte von der Anziehung, die er auf mich ausübte und meiner Faszination für diesen zerbrechlich scheinenden Mann, dem das Schicksal böse mitgespielt hat. Ich berichte von meiner Sorge um Püppi und unseren Auseinandersetzungen wegen der Tierarztkosten.

Plötzlich sprudelt alles aus mir heraus und Dani hört aufmerksam schweigend zu.

Ich erzähle ihr von seinen unendlichen Versuchen, mir alles zu erklären. Ich berichte davon, wie ich seine Textnachrichten ungelesen löschte, wie ich seine Briefe achtlos zerriss und ihn unten vor der Tür habe stehenlassen, wenn er klingelte.

Zwischendurch ergreift mich eine tiefe Traurigkeit und ich trockne meine feuchten Augen mit einem Taschentuch ab.

Als ich ende, fühle ich mich ausgelaugt und erlöst zugleich. Ein seltsames Gefühl. Und doch scheint meine Offenbarung keine Linderung der seelischen Qualen herbeizuführen.

Dani sieht mich regungslos an. Ich kann nicht abwägen, was sie denkt. Hält sie mich womöglich für leichtfertig? Immerhin ließ ich mich auf einen Fremden ein, der angeblich auf der Straße lebte.

Aber Liebe ist mächtiger als die schlimmsten Bedenken und Vorurteile. Kann sie das erkennen? Kann sie *mich* erkennen? Das, was mich ausmacht?

»Du liebst ihn. Das steht außer Zweifel.«

Ich nicke deprimiert.

»Dann ruf ihn an.«

Ich schüttele den Kopf. »Zu spät. Ich glaube, er wird nichts mehr von mir wissen wollen.«

»Das sehe ich anders. Vielleicht ist das die Erklärung, für sein sonderbares Verhalten in der letzten Zeit. Vielleicht ist er zum ersten Mal verliebt. Das wäre wirklich eine Premiere.«

Ich schüttele noch immer den Kopf.

»Okay.« Sie greift zu ihrem Handy und tippt eine Nummer ein. Noch bevor ich realisiere, was sie tut, fängt sie an zu reden: »Hi, hier ist Dani. Nein, es ist nichts mit Dritan. Ja, es geht mir gut. Ich sitze bei Sina und wir plaudern gerade über dich. Sie liebt dich und wenn du nicht binnen der nächsten dreißig Minuten hier aufschlägst, bist du der größte Idiot, der auf Gottes Erden wandelt.« Jetzt erhebt sie sich und meint: »Ich geh dann mal. Ruf mich morgen an, wie es gelaufen ist.«

Ich sitze fassungslos auf meinem Sofa und starre sie ungläubig an. »Ich mache ihm nicht auf. Das ist doch alles viel zu peinlich!«

»Du wirst ihm öffnen, da bin ich mir sicher.«

Mein Herz pocht unnatürlich und ich greife nach ihrer Hand. »Lass mich nicht mit ihm allein. Was soll ich ihm denn sagen?«

»Ach Schätzchen, das gleiche, was du mir sagtest, dass du ihn liebst. Ach komm, du bist doch ein großes Mädchen. Du schaffst das.«

Als Dani gegangen ist, stehe ich noch einige Sekunden unschlüssig im Flur. Gedanklich ordne ich den Ablauf meiner Tätigkeiten für die nächste halbe Stunde: Gesicht auffrischen, Deo unter die Arme sprühen (für Duschen bleibt keine Zeit), ein Pfefferminzbonbon in den Mund stecken, noch mal lüften.

Ich bin gerade fertig mit der Gesichtsauffrischung, da plagen mich Zweifel. Wer sagt denn, dass er kommen wird? Er scheint ja nicht vor Begeisterung geplatzt zu sein. Was, wenn er nicht kommt? Ich darf da gar nicht dran denken. Sofort steigt eine ungewohnte Übelkeit in mir auf. Oh nein, tu mir das nicht an.

Du musst kommen!

Wie eine aufgezogene Spielzeugpuppe rase ich durch die Wohnung und bringe alles in Ordnung. In letzter Zeit hatte ich keine Kraft, mich aufzuraffen und aufzuräumen, aber jetzt fege ich wie ein Wirbelwind durch die Räume.

Ein hektischer Blick auf die Uhr ... noch fünfzehn Minuten!

Ich ordne gerade die Kissen auf der Couch, da klingelt es.

Fünfzehn Minuten zu früh ... er muss wie ein Irrer losgerast sein.

Ich springe vor den Spiegel im Flur und werfe einen letzten Blick auf mein Äußeres, dann nehme ich den Hörer der Gegensprechanlage in die Hand und frage, als wüsste ich nicht, wer da steht: »Wer ist da?«

»Mach auf.« Sein energischer und ungeduldiger Tonfall ärgert mich ein wenig. Aber was kann ich von jemandem erwarten, der in der letzten Zeit bei mir sprichwörtlich gegen Wände gelaufen ist?

Ich drücke den Türöffner und kurze Zeit später steht ein aufgebrachter Pseudo-Obdachloser vor meiner Wohnungstür und starrt mich ungläubig an.

»Komm rein.« Ich trete ein Stück zur Seite und im selben Moment springt Püppi an ihm hoch und fiept unnatürlich schrill.

Sie vermisste ihn ebenso wie ich.

Auf einmal scheint alles wie in Zeitlupe abzulaufen. Er tritt ein, lässt mich dabei aber nicht eine Sekunde aus den Augen. Er bückt sich zu Püppi, um sie zu streicheln. Erschrocken nimmt er ihre Verstümmelung wahr. Ich beruhige ihn und versichere ihm, es würde ihr gut gehen. Er nickt abwesend und lässt mich nicht aus den Augen.

Sein Blick ist ernst, vielleicht ein wenig skeptisch. Aber er hält mich damit gefangen.

Wie erstarrt nehme ich wahr, dass er die Tür schließt, dann steht er vor mir. Regungslos.

»Sag es!«

»Was?«, frage ich verwirrt.

»Du weißt sehr genau, was ich jetzt hören will!« Er fixiert mich und hält mich weiterhin mit seinen knallblauen Augen gefangen.

Ich schlucke den imaginären Kloß herunter, der seit seinem Eintreffen in meiner Kehle sitzt. Ich weiß, was er von mir hören will. Dass ich ihn liebe. Aber was, wenn er nicht mehr so für mich empfindet? Was, wenn er mich einfach nur demütigen will, weil ich ihn verletzte? Ich würde mich mit diesen drei Worten zum Gespött machen ... oder?

»Sina, sag es.«

»Okay.« Ich fasse all meinen Mut zusammen und forme in Gedanken drei Worte, die mein Leben verändern werden. Ich öffne den Mund und sehe ihn ängstlich an. Er lächelt liebevoll. Und jetzt weiß ich, dass alles gut werden wird.

»Ich ... ich liebe ...«

Er lässt mich nicht ausreden und schließt mich in seine Arme. Dann vervollständigt er den Satz und spricht mir dabei aus der Seele: » ... dich, mehr als mein Leben.«

Püppi sitzt schwanzwedelnd neben uns und sieht fragend zu uns auf, aber weder er noch ich beachten es. Wir sehen uns einfach nur sehnsüchtig in die Augen.

Ich weiß, es wird immer so sein. Genau jetzt weiß ich, dass sich hier und heute mein Schicksal entscheidet.

Ich bin angekommen – nicht einfach nur zurück in Berlin, nein, ich bin in meinem Leben angekommen. Das, was ich noch vor fast zwei Jahren nicht zu hoffen wagte, ist eingetreten. Ich fand die Liebe, die ich immer ersehnte. Einen Menschen, der das Abbild meiner Seele ist ... jemand, den ich abgöttisch liebe. Warum, kann ich nicht sagen. Vielleicht einfach, weil ich nicht anders kann.

Der Schwan mit dem gebrochenen Flügel hat gelernt zu fliegen ... und er wird fliegen ... mit seiner Hilfe bis ans Ende der Welt und zurück.

Ein Meer aus Gefühlen und Glückseligkeit erfasst mich. Chris nimmt mich auf den Arm und liebkost mein Gesicht mit seinen Lippen. Lippen, weich und zärtlich, wie ein Hauch im Morgenwind. Meine Sinne schwinden.

Wie durch einen Wolkenschleier nehme ich wahr, wie ich ins Schlafzimmer getragen werden. All meine Sinne fixieren sich auf ihn. Es gibt nur ihn und mich. Ich nehme seinen Geruch wahr, als würde ich ihn zum ersten Mal bemerken ... seine Bewegungen, effizient und zielstrebig ... seine Atmung, schneller als zuvor ... seine Augen, immer noch in meine vertieft.

Als er mich auf dem Bett ablegt, flüstert er meinen Namen wie den einer Heiligen. Ehrfurcht schwingt in seinen Worten mit: »Kleiner zarter Schwan ... viel zu schön ... viel zu anmutig ... hast mich verzaubert.«

Ich küsse ihn liebevoll, will ihn nie wieder missen – für immer festhalten – nie wieder loslassen.

Er legt sich zu mir und drückt sich an mich. Ich spüre die Wärme seines Körpers und das Auf und Ab seiner Brust, wenn er aufgeregt und kraftvoll die Luft durch seine Lungen presst.

Ich spüre ihn – alles, was ihn ausmacht. Ich fühle Stärke, Kraft, Energie und Vitalität. Aber ich spüre auch eine zarte Verletzlichkeit, die nur mir offenbar wird, denn nur mir zeigt er sie.

Ich kuschele mich an ihn. Wir brauchen keine Worte. Der Moment spricht für sich und nicht nur das, er spricht Bände. Er erzählt von Sehnsucht, Liebe und Hingabe.

Ich glaube, Momente wie diesen erleben nur wenige von uns, daher werde ich ihn für immer in meinem Herzen tragen. Er ist kostbar - unendlich kostbar.

Am Morgen erwache ich in seinen Armen. Wir liebten uns bis tief in die Nacht und schliefen anschließend erschöpft und zufrieden ein. Die Gedanken an seine zärtlichen Gesten und seinen wundervollen Körper lassen mein Herz schneller schlagen. Chris war zärtlich und fordernd zugleich. All seine Bemühungen dienten nur dem einen Ziel: mich glücklich zu machen. Noch nie erlebte ich eine Nacht wie diese. Chris zeigte mir, wie ein Mann eine Frau begehrt und ihr all das schenkt, was sie sich wünscht.

Ich bin glücklich.

Viele Vergleichsmöglichkeiten habe ich nicht, denn Roman war, ob man es nun glauben mag oder nicht, der erste Mann, dem ich mich hingab. Ein Erlebnis, das in keinem Verhältnis zu diesem steht. Chris sammelte im Laufe seines Lebens sicherlich vielerlei Erfahrungen, aber erst heute, in dieser Nacht, vollzog er den wahren Akt der Liebe – mit mir.

Ich streiche vorsichtig mit den Fingerspitzen über sein schönes Gesicht. Eine zarte Berührung, denn er soll noch nicht aufwachen. Ich möchte ihn noch eine Weile ansehen. Sein entspannter Gesichtsausdruck gleicht dem eines Engels. Lange schwarze Wimpern ruhen schwer auf markanten Wangenknochen und der kirschrote Mund ist leicht geöffnet, als würde er jeden Augenblick um einen Kuss bitten.

Ich küsse ihn zärtlich. Seine Lippen sind weich und warm ... verführerisch. Mein Herzschlag beschleunigt sich. Ich drücke mich an ihn und lasse meine Hand unter die Decke gleiten. Seine Brust hebt und senkt sich ruhig atmend. Meine Hand gleitet durch sein fein gekräuseltes Brusthaar um dann tiefer, tief hinab zu seiner Mitte zu gelangen.

Ein Schauer rast durch meinen Körper, als ich daran denke, wie liebevoll wir die Nacht miteinander verbrachten. Doch jetzt ist es anders. Begehren bäumt sich in mir auf und ich taste nach dem, was mich im Moment am meisten interessiert.

Warme pulsierende Haut über hartem Fleisch gespannt lässt mich stutzen. Ich blicke verwundert zu ihm und er flüstert: »Ein Mann, der dabei schlafen kann, muss tot sein.«

Ich grinse verschmitzt und lasse meine Hand an ihm entlanggleiten. Er stöhnt zufrieden und zieht mich zu sich. »Davon werde ich nie genug bekommen.«

»Ich auch nicht.« Nein, ich werde nie aufhören, ihn zu begehren.

24. Kapitel

Unser zauberhafter Neuanfang nimmt ein jähes Ende, als es am frühen Morgen an der Tür klingelt. Verträumt und zufrieden, wie eine träge Katze, schlendere ich zur Tür und schnurre in den Hörer der Gegensprechanlage: »Wer stört?«

»Polizei. Wir möchten zu Frau Sarina Herzog.«

Schlagartig werde ich vom Land der Träume zurück ins Leben geschmissen. Polizei? Was wollen die von mir?

»Einen Moment bitte.« Ich drücke auf den Türöffner und renne aufgeregt zu Chris ins Schlafzimmer.

»Na, was ist denn mit dir los? Man könnte meinen, der Teufel ist hinter dir her.« Er lacht frech und räkelt sich anschließend ausgiebig.

»Nicht der Teufel, die Polizei.«

»Was?« Chris sitzt sofort im Bett. »Warum?«

»Keine Ahnung. Kannst du mit rauskommen? Ich weiß nicht, was los ist.«

»Na klar.« Mit einem Sprung ist er aus dem Bett und greift nach seinen Shorts. Das Spiel seiner Muskeln ist irre und das Tattoo spannt sich über seiner Brust, wie ein erotisches Sinnbild seiner selbst.

Sieh da jetzt nicht hin, ermahne ich mich. Draußen wartet die Polizei, warum auch immer.

Gemeinsam gehen wir zur Tür, nachdem wir uns angezogen haben und ich öffne sie einen Spalt. »Können Sie sich ausweisen?«, frage ich die beiden Herren in Uniform und fast synchron zücken sie ihre Dienstausweise und halten sie mir entgegen.

Chris schiebt sich an mir vorbei und begutachtet beide. »Sind echt.«

Ich lasse die Herren herein. Püppi beschnüffelt sie neugierig.

»Ach, du bist aber niedlich.« Einer der Herren in Uniform bückt sich zu ihr herab.

»Was wollen Sie?« Chris lässt sich von der menschlichen Geste nicht ablenken.

Der andere Polizist ignoriert ihn und wendet sich direkt mir zu. »Sind Sie Frau Sarina Herzog?«

»Ja.« Ein ungutes Gefühl beschleicht mich. Warum, weiß ich nicht. Ich bin mir keiner Schuld bewusst, aber die Art, wie er mich fragte, lässt auf nichts Gutes hoffen.

Er kramt in seiner Jackentasche und hält mir ein Bild unter die Nase. »Kennen Sie diesen Mann?«

Von dem Bild lächelt mir Marius entgegen. Ich lächele unbefangen zurück. »Ja.«

»Frau Herzog, ich muss Sie darauf aufmerksam machen, dass alles, was Sie jetzt sagen, vor Gericht gegen Sie verwendet werden kann.«

»Moment«, mischt sich Chris ein. »Was soll das? Wird das ein Verhör?«

Der Polizist sieht ihn an und sagt: »Bitte treten Sie einen Schritt zurück.«

Der andere Uniformträger lässt von Püppi ab und sieht Chris gereizt an. »Darf ich fragen, wer Sie sind?«

»Christoph Sanders. Warten Sie, ich hole meinen Ausweis.«

In dem Moment zückt der erste Uniformträger seine Waffe und richtet sie auf Chris. »Schön langsam, Freundchen.«

Mir rutscht das Herz in die Hose und ich schreie ängstlich: »Er ist auch Polizist, verdammt!«

Die beiden Herren werfen sich einen vielsagenden Blick zu. Man merkt, sie arbeiten schon lange zusammen und verständigen sich ohne viele Worte.

»Gut, gehen Sie voraus.«

Chris geht ins Schlafzimmer und bückt sich zu seiner Jacke herunter, die er gestern im Eifer des Gefechts achtlos zu Boden fallen ließ. Der Beamte lässt seinen Blick über das zerwühlte Bett schweifen.

Echt peinlich, und dann grinst er auch noch anzüglich. Frechheit!

Chris drückt ihm seinen Dienstausweis in die Hand und der rundlichere der beiden Staatsdiener studiert ihn aufmerksam. »Danke, Herr Sanders.«

»Darf ich jetzt wissen, worum es geht?« Chris steckt seinen Ausweis zurück in die Tasche.

Der Beamte räuspert sich und antwortet: »Nach derzeitigem Ermittlungsstand ist Frau Herzog die letzte Person, die mit Herrn von Auerbach Kontakt hatte.« Jetzt wendet er sich zu mir. »Frau Herzog, der Mann auf dem Foto, ist dass Herr von Auerbach?«

Ich werde blass. Das klingt alles andere als gut. »Ja, das ist Marius.«

»Ein Freund von Ihnen?«

»Nein ... ja ... ach, ich weiß nicht. Er ist der Vater einer meiner Schülerinnen. Was ist denn mit ihm?«

»Er wurde kurz vor der Schweizer Grenze in seinem Auto tot aufgefunden. Sein letzter Anruf galt Ihnen.«

Ich sacke zusammen. Chris springt zu mir und stützt mich.

Wir gehen ins Wohnzimmer zurück und setzen uns. Chris besorgt mir ein Glas Wasser aus der Küche.

»Tot?«, wiederhole ich monoton. »Das kann doch nicht sein!« Meine Stimme versagt.

Der Kräftigere der beiden sieht mich durchdringend an. »Frau Herzog, können Sie uns irgendetwas dazu sagen?«

Ich schüttele den Kopf. »Nein.« Der Schock kriecht in schmerzhaften Wellen durch meinen Körper.

Der Dünnere räuspert sich verlegen. »Darf ich fragen, in welcher Beziehung Sie zu dem Verstorbenen standen?«

Ich zucke mit den Schultern und bemerke einen stechenden Blick des Mannes, mit dem ich noch vor fünfzehn Minuten im Bett lag.

»Wie gesagt, er war der Vater von Priscilla. Eine meiner Schülerinnen.« Jetzt, wo ich ihren Namen ausspreche, wird mir heiß. Priscilla war bei ihm und ich schluchze: »Ist sie auch ...?«

»Nein, nein. Wir fanden nur ihn. Ein Kind war nicht im Auto.«

»Im Auto?« Ich grübele über unser letztes Telefonat und stelle dann fest: »Er wollte doch fliegen – mit Priscilla. Von einer Autofahrt war nie die Rede.«

Die Beamten sehen sich wieder vielsagend an und ich schreie: »Verdammt! Wo ist Priscilla?«

Chris versucht, mich zu beruhigen. »Warte doch erst mal, was die Herren zu berichten haben.« Er tätschelt meine Hand.

Der Dicke schreibt etwas in sein Notizheft und greift dann zu seinem Handy. »Ja, Wolfert hier. Im Auto soll, laut Angabe der Zeugin Herzog, ein Kind gesessen haben. Angeblich die Tochter. Name: Priscilla von Auerbach. Ja, Fahndung sofort einleiten.«

Ich beginne zu zittern.

»So, nun wieder zu Ihnen, Frau Herzog. Können Sie mir Angaben über den Grund seiner Reise nennen? War sie geschäftlich, privat ... eventuell ein Urlaub?«

Ich überlege kurz. Es fällt mir schwer, mich zu konzentrieren. Der Schock hält mich immer noch gefangen. »Soweit ich weiß, war es eine geschäftliche Reise. Er sagte etwas wie: ›Ich fliege heute Nacht in die Schweiz. Wir haben Probleme, mit einem unserer Broker vor Ort. Ich muss das prüfen‹.«

»War das der genaue Wortlaut?«

»So ziemlich. Er wollte Priscilla mitnehmen und konnte mir auch nicht genau sagen, wann er zurückkommt. Das kam mir sonderbar vor, da wir zur Zeit keine Schulferien haben.«

Der Dicke nickt und macht sich weitere Notizen. Dann steht er auf und wirft seinem Kollegen einen Blick zu, der so viel bedeutet wie: Wir sind hier fertig.

Der Dünne bedankt sich. »Vielen Dank Frau Herzog. Wir würden Sie bitten, für weitere Fragen zur Verfügung zu stehen.«

Ich springe auf und renne hinter den beiden her, die sich bereits auf dem Weg in Richtung Wohnungstür befinden. »Und was ist mit Priscilla? Können Sie mich bitte informieren, wenn sie gefunden wurde? Ich mache mir schreckliche Sorgen. Die Kleine hat doch niemanden mehr. Ihre Mutter starb vor einigen Jahren und es machte nicht den Anschein, als ob noch weitere Verwandte existieren.«

»Vorerst müssen wir sie erst einmal finden. Aber es steht Ihnen natürlich frei, sich auf dem Präsidium zu erkundigen. Auf Wiedersehen, Frau Herzog.«

Ich stehe wie versteinert im Flur und Chris schließt leise hinter den beiden Beamten die Tür.

»Geht es dir gut? Du siehst blass aus.« Chris sieht mich besorgt an.

Ich lasse mich gegen seine Brust fallen und er hält mich liebevoll fest. »Hey, kleiner Schwan«, flüstert er mitfühlend. »So schlimm?«

Ich nicke. »Ja, schlimm. Marius war ein netter Kerl – ein wenig einsam nach dem Tod seiner Frau. Und Priscilla? Nun, sie ist ein schwieriges kleines Mädchen, aber ich mochte sie trotzdem. Es ist nicht einfach, ohne Mutter aufzuwachsen. Ich weiß das aus eigener Erfahrung.«

Chris drückt mich fester an sich. »Du wirst sehen, sie werden das Mädchen finden. Mach dir keine Sorgen.«

»Vielleicht hast du recht, aber ich muss das alles erst einmal verarbeiten. Es ist schrecklich.«

Chris hebt mich auf seine Arme und bringt mich zurück ins Wohnzimmer. Dort setzt er sich, mit mir auf dem Schoß, in den großen Sessel und streichelt beruhigend mein Haar.

Ich lasse meinen Tränen freien Lauf und halte mich an ihm fest. Ich bin froh, ihn bei mir zu haben. Er gibt mir so viel Kraft und ich fühle mich in seinen Armen sicher.

Zwei Wochen später werde ich zu einer Vernehmung in das Polizeirevier geladen und erhalte eine Antwort, auf die quälende Ungewissheit in Bezug auf Priscillas Verbleib. Priscilla wurde, ebenfalls tot, im Kofferraum des Wagens gefunden. Ihr kleiner Körper wurde brutal in einen Koffer gezwängt, wo sie qualvoll erstickte.

Ich breche fast zusammen und kann mich nur schwer beruhigen. Eine freundliche Polizistin versorgt mich mit starkem Kaffee und Taschentüchern.

Die beiden Polizisten, Herr Wolfert und Herr Jütrich, setzten ihre Befragung fort. »Gab Herr von Auerbach Ihnen irgendwelche Disketten, USB-Sticks oder andere Datenträger? Vielleicht ein handschriftliches Notizbuch?«

»Nein, wir tauschten nur die CDs, die ich manchmal im Unterricht aufnehme, um die Eltern über die Fortschritte ihrer Kinder zu informieren. Einige der Eltern baten mich bei einem Elternabend darum. Es wurde gut angenommen. Sie sehen sich zu Hause gerne die kleinen Filme über ihre tanzenden Sprösslinge an.«

»Gut, gut«, wimmelt Herr Wolfert ungeduldig ab. »Sie sagten: austauschen.«

»Ja, Marius bestand darauf, mir für jede CD eine unbespielte zu geben. Das war nicht notwendig, da die Kosten dafür mit dem Schulgeld abgegolten sind, aber er war immer sehr genau. Das liegt wohl – ach je – lag wohl an seinem Beruf.« Ich tupfe erneut Tränen aus meinen Augen.

»Und haben Sie diese CDs verwendet? Wurden sie neu bespielt?«

Ich schüttele den Kopf. »Nein, aus irgendeinem Grund konnte ich sie nicht bespielen. Ich wollte ihn immer mal darauf ansprechen, aber dann entschied ich, es zu lassen. Sind ja nur ein paar CDs ...«

Jütrich unterbricht mich barsch: »Und was haben Sie damit gemacht?«

Ich erröte schuldbewusst, als mir klar wird, dass diese CDs eine wichtige Rolle zu spielen scheinen.

»Ja, was denn nun, Frau Herzog?« Wolfert klopft nervös mit der Rückseite seines Kugelschreibers auf die Schreibtischplatte.

»Ich warf sie weg«, gestehe ich kleinlaut.

»Scheiße! Wann?«

»Vorgestern.«

»Wann wird bei Ihnen der Müll gelehrt?«

»Morgen.«

Wolfert springt auf, rennt ins Nachbarbüro und ich kann hören, wie er einen anderen Polizisten anweist, sofort die Mülltonnen meines Wohnhauses zu durchsuchen.

Jütrich fragt unterdessen: »Wer weiß noch davon? Ich meine, dass er Ihnen diese CDs gab?«

»Niemand.«

»Wurden Sie bei der Übergabe eventuell beobachtet?«

»Übergabe? Das klingt, als würde ich geheimes Material erhalten haben. Aber nein, ich kann mich nicht erinnern, dass es jemand bemerkte.«

»Wir werden Ihnen trotzdem vorerst einen Beamten vors Haus stellen.«

»Bin ich etwa in Gefahr?«

»Kann ich noch nicht mit Gewissheit sagen. Wir müssen erst die Auswertung der CDs abwarten.«

Ein mulmiges Gefühl beschleicht mich und ich fahre mir mit den Händen über die Oberarme, als würde ich frieren.

Einige Tage später platzt die Bombe. Wir sitzen gemeinsam mit Ines und Micha beim Frühstück in meiner Wohnung, da hören wir im Radio die Nachricht. Die Deutsche Bank steht unter Verdacht, Gelder aus Anlagegeschäften veruntreut zu haben, um damit Verluste aus dubiosen Fehlspekulationen zu vertuschen. Ein verdeckter Ermittler eines Sonderkommandos und seine Tochter kamen dabei ums Leben.

»Scheiße!«, kommt es gleichzeitig aus Chris' und meinem Mund.

Ines sieht mich fragend an und ich überlege, ob ich ihr davon erzählen darf. Chris scheint meine Gedanken zu erahnen. Er legt sacht seine Hand auf meinen Arm und drückt unmerklich zu. »Sina, gib mir doch bitte die Butter.«

Ich habe sofort verstanden. Nichts erzählen, so lange der Fall nicht abgeschlossen ist.

»Is ja mal wieder typisch. Solange es Menschen gibt, die ihren verdammten Hals nicht vollkriegen und keener von die Politiker denen mal uff die Finger kloppt, machen die doch watt se wollen bei den Banken.«

Chris sagt nichts, aber ich sehe das Zucken seiner Mundwinkel, als er in sein Brötchen beißt. Ich glaube, an Michas Berliner Schnauze wird er sich nie gewöhnen.

So wie es aussieht, scheint auf den CDs von Marius brisantes Material vorhanden zu sein. Nach der Auswertung flogen die Machenschaften einiger Broker der Bank auf. Darunter auch die des Brokers in der Schweizer Filiale. Leider mussten zwei Menschen ihr Leben dafür lassen bei dem Versuch, diese Machenschaften geheim zu halten. Doch die Beweise, die aufgrund der CDs zutage traten, führten letzten Endes zu zahlreichen Verhaftungen.

Erst Tage nachdem der Fall abgeschlossen war, sprach Chris mich bei einem gemeinsamen Spaziergang an. »Bist du mit Marius enger, ich meine, hattet ihr ...?«

Ich schüttele energisch den Kopf. »Nein, hatten wir nicht. Wir waren einmal gemeinsam essen, mehr nicht.«

»Aber er wollte doch etwas von dir?«

»Ja.«

»Und was?«

Ich grinse frech. »Na, ich würde mal vermuten genau das, was du von mir willst.«

»Ja, das vermute ich auch. Und?«

»Und was?«

»Hättest du?«

»Nein. Da gab es immer noch diesen Wüstling, der auf schamlose Weise seine Frau betrog und mich ins Unglück stürzte. Den konnte ich einfach nicht vergessen.« Ich versuche, ernst zu bleiben, aber es will mir nicht recht gelingen.

»Das heißt, du hast keine Minute daran gedacht, ihn in die engere Wahl zu ziehen?«

Also, so langsam wird es mir zu bunt. »Jetzt gib endlich Ruhe! Wir hatten nichts miteinander. Und ich finde es geradezu taktlos, dauernd darauf rumzureiten.«

»Gut, da war also nichts.«

»Nein, verdammt! Und jetzt ist Schluss damit.«

»Okay.« Chris pfeift Püppi zurück, damit sie nicht so weit vorrennt. Obwohl man eher von humpeln sprechen müsste. Es ist beeindruckend, wie gut sie das Gleichgewicht halten kann, um das Fehlen des rechten Hinterbeins auszugleichen. Anfangs sah es nicht danach aus, dass sie je wieder fröhlich mit uns spazieren gehen könnte, doch jetzt ist sie der Star aller Passanten. Jeder beugt sich zu ihr herunter und bewundert das kleine dreibeinige Hundchen und redet ihm gut zu. Püppi genießt die neue Aufmerksamkeit und ich bin froh über die Ablenkung, die ich dadurch erfahre. Die Ereignisse der letzten Wochen waren traumatisch.

Bei Dani und Dritan hat sich erneut Nachwuchs angekündigt. Dritan achtet beinahe hysterisch darauf, dass Dani sich schont. Auf keinen Fall will er erneut ein Kind verlieren. Verständlich.

Chris hat seine Junggesellenbude aufgegeben und wohnt jetzt bei mir. Allerdings nur, bis Herbert das Zeitliche segnet. Dann werden wir zu Mariella in das große Haus seiner verstorbenen Eltern ziehen.

Alles scheint perfekt.

Chris sitzt wieder fest im Sattel und arbeitet mit Dritan an einem neuen Fall. Der psychologische Dienst befand ihn als einsatzfähig. Er muss jedoch in kürzeren Abständen als vorher zu den Untersuchungsterminen. Der harte Kerl ist nämlich gar nicht so hart, wie er immer vorgibt. Er ist butterweich, seitdem er mich kennt. Daher muss er sich so manche Hänselei seiner Kollegen gefallen lassen. Die Geschichte mit uns und wie wir uns kennenlernten, machte schnell die Runde auf dem Revier.

Seit Anfang September scheint irgendetwas mit mir nicht zu stimmen. Ich habe zwar schon eine Vermutung, woher die morgendliche Übelkeit stammt, lasse es aber vorsichtshalber von meiner Frauenärztin abklären. Das Ergebnis haut mich fast aus den Socken: Zwillinge – Mitte dritter Monat.

Das muss man (oder Frau), erst mal sacken lassen. Ich und Kinder? Trotz Pille? Und dann auch noch zwei? Was wird dann aus meiner Klasse? Kann ich das miteinander vereinbaren? Aber das Schlimmste ist, was wird Chris dazu sagen?

Ich hole mir Rat bei Dani. Die freut sich erst mal wie ein Kullerkeks über meine Schwangerschaft. Ihre lässt sich jetzt nicht mehr verbergen. »Bist ganz schön fett geworden«, hänsele ich sie.

»Spuck mal nicht so große Töne, du wirst noch fetter als ich. Das ist so, wenn man immer mehr will als andere.«

»Ha, Ha! Sehr witzig.«

»Freust du dich denn gar nicht?«

»Doch schon, aber ich weiß nicht, was Chris dazu sagen wird. In letzter Zeit ist er sehr angespannt. Der Fall, den er zu bearbeiten hat, scheint ihn viel Kraft zu kosten, und wir sprachen nie über Kinder und ob wir welche wollen.«

»Na ja, das hat sich ja nun erledigt, denn jetzt bekommt ihr welche. Und wie meinst du das, ›der Fall koste ihn viel Kraft‹? Dritan meint, er wäre seit Langem mal wieder einer dieser Fälle, die man blind und rückwärtslaufend über die Bühne bekommt.«

»Nein, das hat sich bei Chris anders angehört. Oft kommt er auch erst spät nach Hause. Meist, wenn ich schon lange schlafe.«

»Hm, das ist seltsam. Was sagt er zu dem Fall?«

»Nichts. Top secret.«

»Ach komm schon, du wirst mir doch nicht erzählen wollen, dass ihr euch nicht darüber unterhaltet?«

Ich schüttele betreten den Kopf. Anscheinend läuft das bei Dritan und Dani anders. »Was sagt denn Dritan dazu?«

»Um es mit seinen Worten auszudrücken: ›Pipifax und Kinderkacke‹. Soll so viel heißen wie: auch für untalentierte Kollegen geeignet. Die reinste Erholungsreise.«

»Das verstehe ich nicht. Chris macht daraus fast ein Staatsgeheimnis. Und dann die vielen Überstunden. Kannst du dir das erklären?«

»Im Moment nicht, aber ich werde mal meinem Mann auf den Zahn fühlen.«

»Ja, das wäre nett. Irgendwas stimmt doch da nicht.«

Dani meint, jetzt sei aber Schluss mit diesem Thema und wir sollten uns auf unsere Babys freuen. Da wir schlecht mit Sekt anstoßen können, beschließen wir, eine spontane Shoppingtour zu veranstalten, um die Ausstattung für unseren Nachwuchs zu sichern.

»Schaffst du das?«, frage ich skeptisch. Nicht, dass sie sich überanstrengt und auch dieses Kind verliert.

»Alles gut Sina. Ich bin nicht krank, ich bin schwanger.«

»Ich meine ja nur ...«

»Mach dir keine Sorgen, wir sind gesund.«

***

In der Stadt ist die Hölle los. Es scheint noch voller zu sein, als sonst an einem Freitagnachmittag. Mir erscheint die Idee, mit Dani shoppen zu gehen, plötzlich als sehr waghalsig. Doch sie hält wacker durch.

In einem Café in der Schlossgalerie, bewundern wir unsere Beute. Kleine Schuhe, Strampler, Mützen und ein Schaffell für den Kinderwagen, den Dani vor einer Woche im Internet bestellte.

»Wirst du es Chris heute Abend sagen?«

»Ich weiß nicht. Was, wenn er sich nicht darüber freut?«

»Willst du sie behalten?«

»Auf jeden Fall.«

»Sag es ihm. Er liebt dich. Er wird sich genauso darüber freuen wie du.«

»Hoffentlich.«

Wir plaudern und die Zeit vergeht wie im Flug. Dani sieht auf ihre Uhr. »Ach du Schreck, schon fast sieben Uhr.«

»Hoffentlich ist Dritan nicht sauer, weil wir so lange unterwegs waren«, bemerke ich skeptisch. Bei mir fällt es ja nicht auf, wenn ich mich verspäte. Chris wird erst lange nach mir heimkommen ... wie immer.

»Ich hab ihm vorhin eine Textnachricht geschrieben, damit er weiß, wo ich bin. Er sollte sich auch etwas zum Abendessen machen. Ich konnte mir schon denken, dass es spät wird.«

»Seit wann ist er denn zu Hause?«

»Seit fünf Uhr.«

»Aha.«

»Und Chris?«

Ich zucke mit den Schultern. »Ich glaube, es wird heute wieder spät. Freitags ist das immer so.«

Dani sieht mich zweifelnd an und schlägt dann vor, zum Italiener zu gehen. »Wir müssen ja auch noch etwas zwischen die Zähne bekommen.«

»Okay.«

Wir fahren in das *La Buca* in die Hubertusstraße. Wie immer, ist das Restaurant fast ausgebucht, aber wir ergattern noch zwei Sitzplätze im hinteren Bereich. Ich mag das schlichte Ambiente und das gute Essen.

Dani ruft bei Dritan an und erkundigt sich bei ihm, ob er gegessen hat, und informiert ihn darüber, dass wir uns gleich eine leckere Pizza genehmigen. Ein wenig zerrt die Eifersucht an mir. Die beiden gehen so liebevoll miteinander um. Wenn ich bei Chris anrufen würde, wäre wahrscheinlich nur der Anrufbeantworter eingeschaltet. Meist ruft er umgehend zurück, aber dennoch merke ich, dass er von mir nicht gestört werden will.

Dani grinst zufrieden, nachdem sie das Telefonat beendet hat. »Alles gut. Der Mann liegt satt und faul auf seiner Couch und zappt sich durch die Programme.«

»Hm.«

»Willst du Chris nicht wenigstens eine Nachricht schreiben?«

Ich überlege. Wozu eigentlich? Sollte er mal pünktlich nach Hause kommen und mich vermissen, könnte er mich anrufen. Ich schüttele also mit dem Kopf.

Dani scheint zu bemerken, dass da etwas nicht stimmt, bohrt aber auch nicht weiter nach.

Wir plaudern beim Essen über das Schicksal von Marius und Priscilla, über Püppis gute Genesung und was wir uns für die Zukunft wünschen. Dabei festigt sich mein Wunsch, mit Chris eine Familie zu gründen. Doch wäre das auch sein Traum? In letzter Zeit macht es nicht den Anschein, als würde er sich länger an mich binden wollen. Ob er insgeheim bereits nach einer anderen Freundin sucht?

Nachdem wir bezahlt haben, machen wir uns auf den Heimweg. Ich musste das Auto zwei Straßen weiter parken, da es in Steglitz immer Parkplatzprobleme gibt. Auf dem Weg zum Auto höre ich Chris plötzlich aus einer Seitenstraße rufen: »Warte einen Moment! Ich habe das Handy im Auto vergessen.«

Wie angewurzelt bleibe ich stehen. Dani hat es nicht bemerkt und läuft weiter. Ich werfe einen Blick in die Seitenstraße, wo eine vollbusige Brünette ungeduldig stehen bleibt, ihr langes Haar zurückwirft und antwortet: »Darling, ich verhungere gleich. Lass doch das blöde Handy im Wagen. Du hast es doch sowieso stumm geschaltet.«

»Nein, das geht nicht, falls Sina mich erreichen will.« Chris dreht sich um und läuft zum Wagen.

Sie weiß von mir!

Die Brünette schlendert weiter in meine Richtung. Ich kann mich nicht bewegen und starre sie ungläubig an.

»Ist was? Kennen wir uns? Oder warum glotzen Sie so?« Ihre unfreundliche Bemerkung lässt mich aus meiner Starre erwachen.

»Nein, nein. Entschuldigung. Ich habe Sie mit jemandem verwechselt.«

Wie vom Blitz getroffen renne ich Dani hinterher. Erst jetzt bemerkt sie, dass ich nicht mehr neben ihr bin und dreht sich um. »Wo bleibst du denn?«

»Ich hatte etwas im Schuh«, schwindele ich und habe arge Probleme, mir meinen Schock nicht anmerken zu lassen.

Sie sieht auf meine Schuhe und dann wieder zu mir. »Alles gut?«

»Ja, alles gut.«

Ihr Blick geht seitlich an mir vorbei und ich sehe, wie sich ihre Augen für den Bruchteil einer Sekunde weiten.

»Was ist denn?«, frage ich und will mich ebenfalls umdrehen. Aber sie hakt sich bei mir ein und zieht mich Richtung Auto. »Ach nichts. Komm, lass uns heimfahren.«

25. Kapitel

Irgendwie schaffe ich es, Dani unbeschadet zu Hause abzusetzen. Die gesamte Fahrt über sprachen wir kaum miteinander. Ich war in Gedanken bei der Brünetten und froh, dass Dani ebenfalls ihren Gedanken nachhing.

Ich helfe ihr, die Tüten ins Haus zu tragen und verabschiede mich von ihr mit einem Küsschen auf die Wange. »Bis bald, Liebes.«

»Bis bald Sina, und danke.«

Zurück am Auto suche ich verzweifelt meinen Autoschlüssel. Bei dem Gewusel mit den Tüten ist er hoffentlich nicht verloren gegangen. Ich gehe langsam den Weg zurück und suche den Boden ab. Es ist bereits dunkel, das erschwert es zusätzlich. Vor der Haustür von Dani bleibe ich stehen und will gerade klingeln, da höre ich durch ein geöffnetes Fenster ihre Stimme: »Dieser verdammte Idiot! Um ein Haar hätte Sina ihn mit dieser Ziege gesehen! Wann lernt der eigentlich, seinen Schwanz unter Kontrolle zu bringen? Ich dachte, das mit Sina ist etwas anderes.«

Es sticht in meinem Herzen. Sie hat ihn auch erkannt! Sie weiß Bescheid!

Dritan antwortet nervös: »Ist das meine Sache? Ich bin doch nicht seine Mutter. Verdammt noch mal, was kann ich dafür, wenn dieser Hirni nichts dazulernt?«

Sie streiten noch eine Weile über die Pflichten eines Freundes, über Danis schlechtes Gewissen, es mir sagen zu müssen und vieles mehr, dass ich nicht mehr bewusst wahrnehme. Ich setze mich auf die Treppe vor der Haustür und beginne zu schluchzen. Meine Atmung rebelliert und mein Körper wird von einem Weinkrampf unnatürlich geschüttelt. Ich friere. Der kalte Wind, der den nahenden Herbst ankündigt, nimmt zu.

Was mache ich denn jetzt? Schwanger – mit Zwillingen – allein – wieder von ihm betrogen ...

Ich ziehe die Knie an meinen Körper und lege meine Stirn darauf. Die Tränen versiegen und eine geistige Lähmung bleibt zurück, die Unfähigkeit klare Gedanken zu fassen. Ich wische mit dem Handrücken über meine Augen und spüre, wie meine Wimperntusche verschmiert.

Egal – für wen will ich denn noch schön aussehen? Eine abgehalfterte Ballerina mit zwei Kindern.

Ich starre in die Dunkelheit. Ab und zu sehe ich Lichter hinter den Fenstern der Häuser an und aus gehen. Dort leben Familien, die gemeinsam zu Abend essen - Väter, die ihre Kinder zu Bett bringen - Paare, die sich von den Erlebnissen des Tages erzählen oder einfach nur gemeinsam fernsehen.

Ich fühle mich plötzlich unendlich allein. Ich habe Angst davor, nach Hause zu fahren. Angst, ihm ins Gesicht sehen zu müssen und weitere Lügen über mich ergehen zu lassen. Ich fühle mich müde ... schrecklich müde. Und erschöpft.

Starr vor Kälte und am ganzen Leib zitternd, sehe ich die Straße entlang. Autos fahren an mir vorbei. Die Scheinwerfer blenden mich.

Was mache ich jetzt? Ich weiß es nicht. Ich bin unfähig, aufzustehen und nach meinem Schlüssel zu suchen.

Hinter mir schwingt die Haustür auf. Dritan steht mit einem Mülleimer in der Hand neben mir, dessen Inhalt er gerade entsorgen wollte.

»Sina? Was machst du denn hier?« Er beugt sich zu mir herunter. Ich kann nicht antworten. Meine Zähne schlagen bibbernd aufeinander.

»Ach du scheiße, Sina!« Er nimmt mich auf die Arme und trägt mich ins Haus. Vor der Wohnungstür bleibt er stehen. »Dani, mach auf!« Mit der Fußspitze pocht er gegen die Tür.

Als Dani öffnet, schlägt sie die Hände vor den Mund. »Oh mein Gott, Sina. Was ist denn passiert?«

Dritan trägt mich ins Wohnzimmer und Dani wickelt mich in einer flauschigen Decke ein.

Die Wärme tut gut.

»Ich koche ihr einen Tee.« Dritan dreht sich um und läuft in Richtung Küche.

Dani setzt sich zu mir auf die Couch und fragt mich, was geschen ist.

»Mein Autoschlüssel ...«, bringe ich zähneklappernd hervor. »... in einer deiner Tüten.«

»Aber weswegen hast du nicht geklingelt?«

»Das Fenster war angekippt und ich ...« Mehr brauche ich nicht zu sagen. Ihr ist sofort klar, dass ich alles mit angehört habe.

»Es tut mir leid, Sina. Ehrlich.« Sie streichelt meine Wange.

»Kann ich heute Nacht hierbleiben? Ich will ihn nicht sehen.«

»Aber natürlich.«

Ich rappele mich auf und schicke Ines eine Textnachricht: *Bitte hol Püppi zu euch. Ich melde mich morgen.*

Die Antwort kommt prompt: *Klaro. Bis denne und Kussi.*

In der Nacht, es ist halb zwölf, klingelt Dritans Handy. Ich höre, wie er den Anruf mürrisch entgegennimmt, und richte mich neugierig von der Couch auf. »Du hast Nerven! Du Vollidiot! Ist dein Hirn auf Erbsengröße geschrumpft oder warum baust du nur Scheiße? Hast du das Denken wieder deinem Schwanz überlassen? Ich dachte, du liebst sie. ... ja, sie ist hier ... nein, du kannst jetzt nicht kommen ... ich habe nein gesagt ... na gut, von mir aus ... aber meine Idee war es nicht. Dani macht mir sonst Feuer unterm Arsch.«

Kurz darauf klopft es leise an der Wohnzimmertür.
»Sina?«

»Komm rein Dritan.«

»Du bist ja wach«, flüstert er.

»Ich habe nur gedöst, nicht geschlafen. Bin zu aufgedreht.«

»Chris hat eben angerufen. Er will herkommen.«

Das konnte ich mir bereits denken, will aber nicht zugeben, dass ich gelauscht habe. »Warum? Ist ihm aufgefallen, dass meine Betthälfte leer ist? Oder vermisst er Püppi?« Ich kann den Sarkasmus nicht unterdrücken.

»Ach Sina, sei nicht so. Er hörte sich am Telefon echt schlecht an.«

»Ist mir egal. Ich will ihn nicht sehen.« Ich rappele mich auf und streife meine Jeans über. »Ich hau dann mal ab. Ich will ihm jetzt nicht begegnen. Vielleicht lässt du ihn auf der Couch schlafen. Zu Hause stecke ich den Schlüssel von innen ins Schloss, damit er nicht reinkommt. Morgen kann er seine Sachen holen. Ich stelle alles in ein paar Kisten bereit. Den Schlüssel soll er in den Briefkasten schmeißen.«

»Sina, hör dir doch erst einmal an, was er zu sagen hat.«

Ich stopfe hastig mein Shirt in die Hose. »Da gibt es nichts mehr zu sagen. Ich weiß, er ist dein Freund, aber ...« Ich breche den Satz unbeendet ab. Ich habe keine Lust mehr, mich andauernd erklären zu müssen.

»Aber vielleicht gibt es eine einfache Erklärung dafür. Gib ihm doch wenigstens die Möglichkeit, alles klarzustellen.«

»Die Erklärung lautet: Schwanzgesteuert, noch Fragen?« Langsam werde ich sauer.

Dritan läuft mir hinterher in den Flur. Ich setze mich auf den Hocker und ziehe meine Stiefel an. Warum lassen sich die verdammten Schnürsenkel so schwer binden? Gerade jetzt, wo es schnell gehen soll. Ich kaufe mir nie wieder Schnürstiefel.

»Es ist noch nicht lange her, da hast du ihn schon mal verdächtigt, dich betrogen zu haben. Mit seiner angeblichen Frau. Damals hättest du dir anhören sollen, was er zu sagen hat, dann wäre euch beiden eine Menge Ärger und Leid erspart geblieben.«

»Ach wirklich?«, frage ich spitz. »Denkst du, er hat noch eine Schwester, von der wir nichts wissen?«

Darauf hat selbst Dritan keine Antwort. »Ich meine ja nur ...!«

»Lass gut sein, Dritan. Lieb von euch, dass ich hierbleiben durfte.« Ich greife nach meinem Autoschlüssel auf der Anrichte, aber Dritan ist schneller.

»Lass das. Gib mir den Schlüssel«, fauche ich ihn an.

»Nein.«

»Ich habe mich bereits für eure Gastfreundschaft bedankt, der Rest geht euch nichts an.«

Dritan schnaubt oder sollte das ein Lachen sein? »Geht mich nichts an? Du bist gut. Es geht mich sehr wohl etwas an, wenn mein Kumpel deswegen im Dienst schlappmachen sollte.«

»Das ist nicht mein Problem.«

Von hinten aus dem Flur höre ich Danis verschlafene Stimme. »Was macht ihr beide mitten in der Nacht für einen Lärm?«

Dritan klimpert mit dem Autoschlüssel und sagt genervt: »Deine Freundin wollte sich klammheimlich davonschleichen.«

»Das stimmt ja gar nicht«, verteidige ich mich. »Dein lieber Mann hat seinen Freund Chris zu einem nächtlichen Plauderstündchen eingeladen. Da habe ich null Bock drauf.«

»Okay, jetzt mal langsam.« Dani kommt zu uns an die Eingangstür und sieht mich herausfordernd an. »Das ist doch toll, dann kannst du jetzt mit ihm Tacheles reden.«

»Nein danke, da gibt es nichts mehr zu reden. Übrigens sah ich ihn in der Seitenstraße bereits vor dir. Er unterhielt sich mit der Brünetten, als würde er sie eine Ewigkeit kennen. Ich habe ihn damals schon einmal mit ihr gesehen. Er machte sich über mich lustig, als er ihr unter der Autobahnbrücke am Bierpinsel zeigte, wie wir uns zum ersten Mal trafen. Er als Penner mit Hund und ich mal wieder mit viel zu großem Herzen. Hätte ich bloß die Finger davon gelassen. Es hätte mir viel Ärger erspart.«

»Du hast sie schon einmal zusammen gesehen?« Dritan runzelt die Stirn. »Eine Brünette? Die passt eigentlich nicht in sein Beuteschema.«

»Ich auch nicht«, erinnere ich ihn unwirsch. »Ich passe wohl in überhaupt kein Beuteschema. Wer will schon eine Dürre mit asiatischem Einschlag haben, die obendrein noch knall-hellblaue Augen hat?« Ich fange wieder an zu heulen. Das ist alles zu viel für mich. »Lasst mich jetzt gehen.«

»Nein Sina, in der Verfassung lasse ich dich nicht aus dem Haus.« Dani nimmt mich in den Arm und tröstet mich.

Es klingelt. Mist! Vor lauter Gequatsche habe ich die Zeit vergessen. Er muss wie ein Irrer gerast sein, um jetzt schon vor der Tür zu stehen.

Ich seufze resigniert und schleppe mich zurück ins Wohnzimmer.

»Schuhe!«, ermahnt mich Dani.

»Ach ja.« Ich gehe zurück zu dem Hocker im Flur und setze mich. Muss ich die Biester doch tatsächlich wieder aufbinden?

Chris ist mit wenigen Schritten oben und geht sofort neben mir in die Hocke. »Gott sei Dank, ich dachte schon, dir ist etwas passiert.« Seinen Versuch, mich in den Arm zu nehmen, wimmele ich ab. Er sieht verstört zu Dritan.

»Komm erst mal rein, Kumpel. Das kann länger dauern.«

Ich starre hohl vor mich hin. Dani setzt sich neben mich auf den Fußboden und hilft mir, das Gewirr der Schnürsenkel zu bändigen.

Aus dem Wohnzimmer hören wir einen Schlag, gefolgt von einem Aufstöhnen. Gleichzeitig springen wir auf und rennen zur Tür. Chris liegt am Boden und hält sich sein Kinn. Dritan massiert sich seine Hand.

»Bist du bescheuert?« Chris kocht vor Wut.

»Ich? Nee Kumpel, wohl eher du!« Dritan deutet auf den Sessel und blafft: »Setz dich und erkläre mir, weshalb du angeblich so viele Überstunden schiebst. Oder sollte ich besser fragen, wo du jeden Abend deinen Schwanz reinsteckst?«

Dani zieht mich zur Seite und legt sich den Zeigefinger an den Mund. Ich verstehe, dass ich unbedingt still sein muss. Wir lauschen gespannt.

»Das geht dich nichts an!«

»Ich denke schon, dass es mich etwas angeht, wenn du unsere Chefin vögelst. Also los, raus mit der Sprache!«

»Du spinnst ja. Siehst wohl zu viel Fernsehen.« Chris wirkt erschöpft und Dritan lässt ihm genug Zeit, sich gut zu überlegen, was er antworten könnte.

Nach einer Weile murrt Chris: »Misch dich da nicht ein! Ich schnapp' mir jetzt Sina und fahre nach Hause.«

»Wenn ich Sina richtig verstanden habe, hast du bei ihr kein zu Hause mehr. Also Kumpel, wenn du dich nicht noch tiefer in die Scheiße reiten und die beste Frau sausen lassen willst, die du je kriegen konntest, ist das hier unsere letzte gemeinsame Nacht. Ich meine es ernst, du Vollidiot.«

»Was hat Sina denn erzählt? Warum ist sie überhaupt hier?«

»Nicht Sina, Dani hat dich gesehen. Heute, mit einer Brünetten.«

»Davon gibt es viele.«

»Ja, aber keine, der du am Bierpinsel deinen vergeigten Einsatz erklären musstest! Sina konnte sich daran erinnern, euch gesehen zu haben.«

Chris seufzt ... ich auch. Das wird ja immer schlimmer.

Einige Zeit herrscht Stille, dann flüstert Chris: »Du wirst es mir sowieso nicht glauben, aber okay, ich erzähle es. Aber wehe, du verrätst ein Sterbenswörtchen, dann bist du die längste Zeit mein Freund gewesen!«
»Gut, ich hole uns ein Bier.«

Bevor Dritan aus dem Wohnzimmer kommt, flitzen wir ins Schlafzimmer und tun so, als würden wir flüsternd Probleme wälzen. Er sieht kurz nach uns und wir blicken ihn unschuldig an.
Er glaubt den Schwindel.
Etwas später schleichen wir zurück und lauschen erneut an der jetzt verschlossenen Tür. Ich rechne mit allem: Sexsucht, einem Top Secret Fall, eine hysterische Ex, eine zweite unbekannte Schwester oder einfach nur ein nicht zu kontrollierender Schwanz.
Beide Männer reden gedämpft und es ist nicht einfach, dem Gespräch zu folgen.
»Birgit hat mir die Pistole auf die Brust gesetzt.«
»Wie meinst du das?«
Chris antwortet nicht sofort, doch dann sprudelt alles aus ihm heraus: »Im vorletzten Jahr, nach der Weihnachtsfeier, habe ich sie im Klo gefickt. Die war so heiß, es ging nicht anders. Danach war die Sache für mich erledigt, aber sie hat immer wieder nach Möglichkeiten gesucht, mich privat oder allein zu treffen. Ich machte ihr klar, dass ich nichts von ihr will und dass es ein Ausrutscher war. Sie jedoch gab mir unmissverständlich zu verstehen, dass ihre Tür für mich immer offen stünde.«
»Ach du Scheiße.«

»Ja, kann man so sagen. Dann folgte am Bierpinsel der Vorfall mit Sina, circa eine Woche danach. Seitdem setzt sie mich unter Druck. Ich bekomme einen Haufen zusätzlichen Schreibkram. Sie ist an diesen Tagen, natürlich rein zufällig, auch länger im Büro. Manchmal beugt sie sich tief zu mir, damit ich in ihren Ausschnitt sehen kann ... Mein Gott, hat die Titten! Da muss man einfach hinsehen. Aber ich blieb standhaft. Ich hatte mich zu diesem Zeitpunkt bereits in Sina verknallt. So etwas habe ich vorher noch nie erlebt. Sina ist einzigartig ... so süß ... so zart ...«

Ich unterdrücke meine Tränen. Er liebt mich tatsächlich. Dani drückt schweigend meine Hand.

Jetzt spricht er weiter. Seine Stimme bebt: »Einmal griff sie in meinen Schritt. Herrgott, ich bin auch nur ein Mann. Der Anblick ihrer Titten blieb nicht ohne Wirkung, aber ich wollte sie nicht ... ich wollte Sina. Als sie merkte, dass ich hart war, grinste sie siegessicher und setzte sich vor mich auf den Schreibtisch ... mit gespreizten Beinen. Sie hatte keinen Slip an und ich hatte direkten Blick auf ihre feuchte Muschi.«

Dritan murmelt etwas, das einer obszönen Geste gleichkommt.

Chris spricht stockend weiter: »Im ersten Moment musste ich lachen. Die Situation war einfach unfassbar, aber dann merkte ich, dass sie es ernst meinte. Ich sollte sie ficken ... auf dem Schreibtisch.« Er räuspert sich und scheint einen Schluck Bier zu trinken. Dann fährt er fort: »Mensch Dritan, da sitzt die heißeste Schnalle des Reviers vor dir und bietet sich in einer Weise an, bei der keiner von euch Jungs lange nachgedacht hätte. Aber ich wollte zum ersten Mal alles richtig machen ... mit Sina. Ich wollte es diesmal nicht versauen. Dazu war mir Sina zu wichtig.«

»Oh Scheiße, Gott verdammte Scheiße!« Dritan ist fassungslos, genau so, wie Dani und ich.

»Ich schob ihre Schenkel zusammen und sagte ihr: ›Heute nicht!‹, und sie antwortete: ›Doch, heute und genau hier und jetzt oder ich werde dafür sorgen, dass du demnächst Streife läufst!‹ Mir klappte der Unterkiefer runter. Die Schlampe hat mir doch tatsächlich gedroht und das Schlimme ist, sie sitzt am längeren Hebel. Dann sagte sie, sie wolle nur noch einmal meinen Schwanz lutschen. Das konnte sie gut, verdammt, daran erinnerte ich mich.

Ich hatte also die Wahl: Mir einmal einen blasen lassen, oder für immer Streife laufen. Scheiße, ich hab mir einen blasen lassen, die Augen geschlossen und dabei an Sina gedacht.«

»Mensch Alter, das ist Belästigung am Arbeitsplatz, nur umgekehrt. Dafür kannst du sie anzeigen.« Dritan wirkt verstört.

»Nein, das ausgekochte Luder hat den Spieß umgedreht. Kurz bevor ich kam, hörte sie auf und setzte sich auf mich. Sie ritt mich wie der Teufel und ich entleerte mich in ihr. Anschließend sagte sie: ›So, mein Lieber, wenn du nicht machst, was ich will, hänge ich dir eine Klage wegen Vergewaltigung an!‹ Sie stieg von mir ab und ließ mich wissen, sie würde jetzt Anzeige gegen unbekannt stellen. Im Krankenhaus erzählte sie, sie wurde nach der Arbeit auf dem Weg zum Auto auf dem Parkplatz von einem maskierten Mann überfallen. Nun rate mal, wessen Sperma sie in ihr fanden. Sie kann mich hochgehen lassen, wenn sie will. Also dackele ich nach der Arbeit brav mit ihr zum Essen und tue, als sei ich geläutert. Aber glaube mir, wenn das noch lange so weitergeht, erwürge ich sie!«

Ich stehe starr neben Dani im Flur. Dieses Miststück! Am liebsten würde ich Chris trösten, aber Dani hält mich zurück und flüstert: »Kein Wort darüber, dass wir Bescheid wissen. Oder willst du sein Ego komplett zerstören? Was meinst du, wie viel Kraft es ihn kostet, sich Dritan anzuvertrauen? Mach jetzt keinen Fehler!«

Ich nicke stumm, das leuchtet mir ein. Aber mein Herz weint für ihn, dass er so etwas durchmachen muss.

»Ich hol uns noch ein Bier, oder willst du etwas Stärkeres?«

»Ja, egal was. Hauptsache, es knallt in der Birne.«

Wir flitzen ins Schlafzimmer und tun so, als würden wir schlafen. Dritan späht vorsichtig durch den Türspalt, dann schließt er die Tür leise. Wir atmen erleichtert auf. Er denkt tatsächlich, wir würden schlafen. So naiv kann auch nur ein Mann sein.

Nachdem wir keine Geräusche mehr aus der Küche wahrnehmen, schleichen wir zurück in den Flur. Dritan hat eine Flasche Tequila und einige Flaschen Bier ins Wohnzimmer geschleppt. Das Schlüsselloch zeigt genau den Ausschnitt des Wohnzimmers mit dem Tisch.

Drinnen geht die Unterhaltung weiter und wir spitzen neugierig unsere Ohren.

»Du musst es ihr morgen sagen!«

»Wem? Sina? Bist du verrückt?«

»Nein, ich bin weder verrückt noch gehässig, aber wenn du es ihr nicht sagst, wird sie dich für immer zum Teufel jagen. Darüber bist du dir hoffentlich im Klaren.«

Chris hört sich verzweifelt an. »Ich kann ihr das nicht sagen. Welche Frau würde so etwas glauben? Wäre es umgekehrt, wäre ich die Frau, könnte ich damit alles erklären. Aber als Mann? Wie glaubwürdig ist das?«

»Ich finde, du traust ihr zu wenig zu.«

»Pah! Sie ist eine Frau, sie ist eifersüchtig.«

»Zu Recht! Du bist nicht gerade das, was man als sittsam und anständig bezeichnen würde.«

»Na prima, jetzt fall mir noch in den Rücken. Aber mein Hauptproblem ist und bleibt: Wie schaffe ich mir Birgit vom Hals und wie bringe ich sie dazu, mich nicht als Vergewaltiger zu beschuldigen?«

Ich kann das Grinsen in Dritans Gesicht förmlich sehen, als er stolz verkündet: »Mit ihren eigenen Waffen.«

»Und wie soll das gehen?« Es ist Chris anzumerken, dass er kurz davor steht, zu resignieren.

Mein Herz krampft sich wieder zusammen und ich möchte jetzt so gerne bei ihm sein, aber ich darf nicht, um sein Ego nicht noch mehr zu beschädigen. Jetzt wird mir auch klar, weshalb er die letzte Zeit unter Druck stand. Dani erwähnte es bei unserem Spaziergang im Stadtpark Lankwitz. Damals wusste sie noch nichts von uns beiden und erzählte mir, dass er sich förmlich in Gefahr begibt und damit alle anderen gefährdet. Er wurde angeschossen.

Ich hasse dieses Miststück von Chefin! Jemand sollte ihr das Handwerk legen. Kein Mann könnte unter diesen Bedingungen arbeiten. Kein Wunder, wenn er zum psychologischen Dienst musste.

Drinnen wird die Unterhaltung impulsiver, als Dritan mit seinem Joker auftrumpft. »Als die Anzahl der misslungenen Einsätze sich häufte, hatte ich zuerst einen Maulwurf in unseren Reihen vermutet. Ich veranlasste, ohne den Dienstweg einzuhalten, dass in jedem Büro Kameras angebracht werden. Doch es entpuppte sich als Luftnummer. Unsere Kollegen sind sauber.«

»Ich fasse es nicht, willst du damit etwa sagen ...?«

»Ganz genau. Die Dinger zeichnen fleißig auf, aber ich kontrolliere sie seit einiger Zeit nicht mehr. Bisher kam ich nicht dazu, sie entfernen zu lassen.«

»Alter! Das ist ... ey Scheiße, das ist meine Rettung! Du verdammter Mistkerl lässt mich all das ausplaudern und sagst mir erst jetzt, dass alles gefilmt wurde?«

»Nun ja, dass mit den Kameras war, genau genommen, illegal. Aber der Dienstweg hätte mir zu lange gedauert und es wären zu viele Leute involviert gewesen. Eventuell auch der vermutete Maulwurf. Aber gegen Birgit werden wir es verwenden können. Spiel ihr einfach den Film vor. Wenn es so ist, wie du sagst, nämlich dass sie dich unter Druck setzte, dann hast du sie an den Eiern.«

»An den Eierstöcken.«

Eine kurze Pause folgt und dann ein herzzerreißendes Gelächter. Es ist Chris anzuhören, wie erleichtert er ist.

Mir schießen Tränen der Freude in die Augen und Dani schnieft ebenfalls bemüht leise.

Doch dann wird es abrupt still. »Und was sage ich Sina? Ich muss doch eine Erklärung parat haben. Sonst ist alles verloren.«

»Okay, was hältst du von einem supergeheimen Spezialauftrag, den nur du erhalten konntest, weil du der Beste von uns allen bist. Ich werde reumütig und mit gesenktem Kopf mein Versagen bekunden, dass nicht ich der Superheld in unserem Team bin, sondern du. Ich hoffe, Dani sucht sich keinen anderen Mann, wenn sie feststellt, dass ich nur die zweite Besetzung bin.«

»Das würdest du für mich tun?«

»Klar, wir sind die besten Kumpels. Dani wird es verschmerzen, nicht Ms. Superman zu sein.«

Ich sehe zu Dani und sie flüstert: »Er ist mein Mr. Superman. In jeder Hinsicht.«

Ich lächele glücklich und flüstere in ihr Ohr: »Danke ... danke, dass du mich nicht hast gehen lassen. Ich hätte den größten Fehler meines Lebens begangen.«

»Ich weiß, du nimmst immer die Flucht nach vorne, aber ich hoffe, du lernst daraus. Es ist bereits das zweite Mal, dass du ihm unrecht getan hast.«

Ich schäme mich und flüstere zerknirscht: »Ich weiß.«

Drinnen wird es impulsiver. Anscheinend heizt der Alkohol die Gemüter an. »Ich werde diesem Miststück den Hals brechen. Das wird ihr Ende in unserem Dezernat sein, wenn ich mit ihr fertig bin.«

»Meine Unterstützung hast du. Das Weib muss weg.«

»Darauf trinken wir.«

»Darauf trinken wir ... und darauf, dass wir uns von den Weibern nicht unterkriegen lassen.«

»Genau!«

Dani und ich verdrehen gleichzeitig die Augen. Jetzt ist es wirklich Zeit, schlafen zu gehen. Die

Selbstbeweihräucherung unserer angetrunkenen Männer müssen wir uns nicht mehr antun. Gemeinsam gehen wir zurück ins Schlafzimmer. Ich krabbele in Danis Bett und Dani in Dritans.

Wir schlafen Hand in Hand ein.

26. Kapitel

Am Morgen schloss ich Chris fest in die Arme. Seine Erleichterung war ihm anzumerken. Beim Frühstück tischte er uns dann die Story mit dem super geheimen Geheimauftrag auf. Dani tat so, als hätte sie erwartet, Dritan würde einen solchen Auftrag erhalten, aber dann zwinkerte sie ihm zu und gab ihm somit zu verstehen, dass er trotzdem ihr Held sei.

Zu Hause angekommen, fasse ich mir erschrocken an die Stirn. »Ach je, ich muss noch Püppi abholen.«

Chris sieht mich eindringlich an und fragt: »Wolltest du es gestern beenden? Ich meine ... hast du gedacht, ich würde ...«

Ich lege ihm meinen Zeigefinger auf die Lippen und schüttele den Kopf. »Pst, nicht Chris. Nicht darüber nachdenken.«

Er nimmt meinen Finger von seinen Lippen, gibt einen Kuss auf die Fingerkuppe und sagt: »Nicht mehr lange. Der Fall ist bald abgeschlossen. Dann habe ich alle Zeit der Welt für dich.«

»Für uns«, korrigiere ich ihn.

»Ja, klar. Für euch Zwei. Für Püppi und dich.«

Ich schüttele bedeutungsschwer den Kopf und flüstere: »Für uns vier.«

Ich werde nie den Gesichtsausdruck vergessen, mit dem er mich in genau diesem Moment ansieht. Erst fragend, dann zweifelnd, dann verstehend und dann ... ängstlich.

»Vier?«

Ich nicke zurückhaltend, denn seine Reaktion verunsichert mich.

Verlegen legt er vorsichtig seine Hand auf meinen Bauch. »Da drin?«

Ich nicke erneut. »Ja, da drin. Zwei.«

»Zwei! Verdammt!«

Sein Gefühlsausbruch trifft mich völlig unerwartet. Ich werde in den Arm genommen, wie ein Kind in die Luft gehoben und herumgewirbelt. Dabei ruft er laut: » Zwei! Zwei! Zwei!«

Ich kichere albern und zerzause sein Haar. Dann stellt er mich abrupt zurück auf den Boden und sieht mich mit feuchten Augen strahlend an. »Zwei.«

»Ja Chris. Zwei.«

Wir fallen uns in die Arme und er schluchzt vor Glück an meinen Hals: »Papa ... ich werde Papa.«

Selbst in meinen kühnsten Träumen hätte ich nicht mit dieser emotionalen Reaktion gerechnet – im Gegenteil.

***

Der ›Auftrag‹ wurde bereits zwei Wochen später zu den Akten gelegt und Chris kommt seitdem pünktlich nach Hause. Birgit Walter, die Leiterin des Dezernates, reichte ihr Versetzungsgesuch ein. Dritan wurde mit ihrer Nachfolge beauftragt. Dani platzt fast vor Stolz.

Und ich?

Ich bin die glücklichste Ex-Ballerina der Welt. Ich lebe mit meinem Pseudo-Obdachlosen in wilder Ehe in einer Dreizimmerwohnung. Aber nicht mehr lange. Der Umzug in das Haus seiner verstorbenen Eltern steht kurz bevor. Mariella ist furchtbar aufgeregt und der verwöhnte Kater Herbert wird sich damit arrangieren müssen, dass demnächst nicht nur Püppi, sondern auch zwei Kleinkinder seinen Alltag durcheinanderbringen werden.

Meine Großeltern weinten vor Freude, als sie von meiner Schwangerschaft erfuhren und gemeinsam versammelten wir uns in ihrer Wohnung um das altarähnliche Schränkchen mit den Fotos meiner Eltern.

Es ist noch nicht lange her, da glaubte ich, es würden keine weiteren Bilder dazu kommen – bis heute.

Feierlich stellt Chris ein neues Bild dazu. Ein Foto, auf dem ich mit Püppi im Arm und an Chris gelehnt, meinen Großeltern entgegenlächele.

»Unsere Sina ist erwachsen geworden«, flüstert Omi und streicht gedankenverloren mit dem Zeigefinger über das Hochzeitsfoto meiner Eltern. Opa nimmt sie fest in den Arm und raunt: »Hier und heute sind wir alle zusammen … vier Generationen.« Er blickt versonnen auf das Bild seines Sohnes. Dann legt er eine Hand auf meinen Bauch und fordert mich auf: »Gib es mir.«
Ich reiche ihm das Ultraschallbild mit dem Abbild der zwei Würmchen und er stellt es voller Stolz zu den anderen.
Ein magischer Moment …

Vielen Dank fürs Lesen.
Ich wünsche Euch eine schöne Zeit.
Wenn Euch mein Roman gefallen hat, empfehlt mich
bitte weiter oder schreibt eine Rezension.

Eventuell denkt Ihr an diesen Roman, wenn Ihr einen
Obdachlosen seht. Eilt nicht kopfschüttelnd an ihm
vorbei. Sein Schicksal würde Euch vielleicht berühren.

Eure Katrin Winter

Danksagung

Und – last but not least – an dieser Stelle ein herzliches

DANKESCHÖN

an alle mitwirkenden Testleser, Korrekturteufel und Informanden, die mit Humor und Sachverstand zum Gelingen dieses Projekts beitrugen.
Die Zusammenarbeit hat wie immer Spaß gemacht.

Peter – danke, dass du mal wieder die Nerven behalten hast, damit dieses Buch entstehen konnte.

Wolfgang – seiner Aussage nach, darf ich die von ihm eingebauten Fehler behalten ;-).

Renate und Wolfgang – diesmal zu zweit dabei. Ihr seid spitze!

Ilona, Kerstin und Katja – aufmerksame »Fehlerteufelchen« ;-).

Helga – inhaltsstark und dicht am »roten Faden« der Story. Keine Gnade für Schreibfehler.

Nicole – ausdrucksstark und aufmerksam.

Ulf – Stilmängel und Schreibfehler sind chancenlos.

Das könnte Ihnen auch gefallen:

ANNY - der Dreiteiler

von Katrin Winter

Band 1 **Band 2** **Band 3**

Ein emotionales Feuerwerk der Gefühle. Rasant, dramatisch, frech, sinnlich, erotisch und doch zerbrechlich zart. Eine Liebesgeschichte, die unvergessen bleibt ...!

Anny beginnt im Haus ihrer Adoptiveltern ein emotionales Katz- und Mausspiel mit ihrem hochbegabten, jedoch psychopathischen Stiefbruder Melvin. Der charismatische Einzelgänger entwickelt sich zu einer ungeahnten Herausforderung und fixiert sich im Laufe der Jahre immer stärker auf sie.

Anny reift zu einem frühreifen Teenager heran und die »Spielchen« mit ihrem Bruder gewinnen an Schärfe. Sie setzt sie bewusst ein, um sich gegen sein besitzergreifendes Benehmen zu behaupten, und löst dadurch eine emotionale Berg- und Talfahrt aus, an der beide zu zerbrechen drohen.

Als Taschenbuch exklusiv bei Amazon.

Als E-Book überall erhältlich.

IGELHERZ

von Katrin Winter

Der Inbegriff einer Love Story.
Dicht am Zeitgeschehen und einem hochexplosiven
Thema:

Die chaotische Lisa aus Berlin landet nach ihrem Burn-out bei ihrer pingeligen Schwester Pia auf dem Land. Mit einer neuen Wohnung und einem Job in der Kanzlei ihres Schwagers startet sie neu durch und lässt die Vergangenheit endgültig hinter sich. Doch gleich am ersten Arbeitstag kommt sie zu spät. Schuld ist ein Igel, den sie gemeinsam mit einem Fremden von der Straße rettet. Noch ahnt sie nicht, dass sich diese flüchtige Begegnung zu einer turbulenten Verwechslungsgeschichte entwickelt und daraus eine unerwartete Liebe entsteht.

Als Taschenbuch exklusiv bei Amazon.

Als E-Book überall erhältlich.